はじめての近現代短歌史

髙良真実

草思社

はじめに

短歌史を知ることの何がうれしいのか。短歌史の醍醐味は、過去の短歌の読み方がわかるようになることです。どんな短歌が良いものなのか。それを時代ごとに積み重ねていくと短歌史ができあがります。短歌史とは秀歌の歴史のことです。その時代の色眼鏡をかけてみると、いままでピンとこなかった歌がおもしろく読めるようになるかもしれません。

いやいや、どんな短歌が良いものかくらい、自分で判断できるのではないか。私も昔はそう思っていました。ところが、生まれ育った環境や教育によって、知らず知らずのうちに身につけていた短歌の価値基準というのは案外強力なもので、私は茂吉の次の歌の良さがさっぱりわかりませんでした

ゴオガンの自画像みればみちのくに山蚕《やまこ》殺ししその日おもほゆ
斎藤茂吉《さいとうもきち》『赤光』(一九一三)

近代短歌を代表する歌集『赤光』の、名歌とされているものです。「ゴオガン」はタヒチ島に移住した画家のゴーギャンのこと。その自画像を見ると、「みちのく」、つまり茂吉の故郷で

ある東北で、蚕を殺した日が思われる。歌に書かれているのはそれだけです。良い歌ならば、一読しただけで良さがわかるのではないか。これを名歌とする短歌の歴史とは何なのか。疑念が募ります。

ここに時代の眼鏡を導入してみます。ゴーギャンは西洋人で、西洋列強国の国民です。また自画像を描く際には鏡を使います。自画像に対面すると、画家の自意識に思いを馳せることもあるでしょう。翻《ひるがえ》って、自分の方はどうなのか。茂吉自身の自意識はどこから来て、どこを目指しているのか。茂吉を包んでいる時空間には、植民地を広げる列強国と、その一員になろうと富国強兵政策を続ける日本とがあります。その思考の渦から、産業のために蚕という虫を殺す幼少期が浮かび上がってきた……。すると、この歌においては、植民地支配の暴力と、山蚕殺しが嗜虐性《しぎゃくせい》という点でリンクするのではないか。ここまで来たとき、茂吉の思考がどう飛躍しているのかを辿ること自体が、すでに楽しいと気づきました。

自分の色眼鏡は大切なもので、それを捨て去る必要はありません。けれどたまには、別の時代の色眼鏡をかけてみると、短歌が違って見えるかもしれない。こういうわけで、短歌史を学ぶと短歌がより楽しくなります。それに歴史を知ることで、実作の幅が広がることもあります。知は力なり、です。

短歌が好きなら、短歌の歴史もお勉強しておかなくてはならない。そういう気持ちで「短歌史」と名のつく本を開き、挫折した経験がある方は少なくないでしょう。

本書は、これまで多大な気力と体力とお金を投じて学んでいくものであった短歌史を、できるだけわかりやすく、簡潔に伝えることを目的としています。

第一部では、近年の短歌から次第に過去にさかのぼり、時代ごとの短歌の世界を垣間見ていきます。第二部では、近代短歌のはじめから時代ごとのトピックを取り出して、当時の短歌の世界でどんな議論がされていたのかを解きほぐしていきます。

本書を通じて、読者の皆さんの短歌ライフがより豊かなものになることを願っています。故にこう宣言しましょう。汝等《なんじら》ここに入《い》るもの一切の苦患《なやみ》を棄てよ。短歌史の門はここに開かれました。

目次

はじめに　1

第一部　作品でさかのぼる短歌史　9

二〇二一年以降の短歌／二〇一〇年代の短歌／二〇〇〇年代の短歌／一九九〇年代の短歌／一九八〇年代の短歌／一九七〇年代の短歌／一九六〇年代の短歌／一九五〇年代の短歌／一九四〇年代の短歌／一九三〇年代の短歌／一九二〇年代の短歌／一九一〇年代の短歌／一九〇〇年代の短歌

第二部　トピックで読み解く短歌史　47

第一章　明治時代の短歌　48

短歌革新運動／東京新詩社『明星』の浪漫主義運動／根岸派の写実主義運動とアララギ派／自然主義／短歌滅亡私論

第二章　大正時代の短歌　68

アララギの乱調子／大正二年の衝撃／大正歌壇の様子／アララギの発展と離反者たち／女性歌人はどこにいったのか／口語短歌の系譜／『日光』と口語短歌／歌の円寂する時

第三章　昭和の短歌1（〜昭和二〇年）　100

伝統短歌／プロレタリア短歌／定型短歌のモダニズム／自由律短歌のモダニズム／『新風十人』／戦争と短歌／戦場と軍隊と

第四章　昭和の短歌2（昭和二〇〜三〇年代）　136

終戦直後の歌壇と第二芸術論／『人民短歌』と民衆／戦後派の新歌人集団／女人短歌会・女歌論／前衛短歌運動／六〇年安保と短歌／六〇年代の前衛と戦中派の再評価／戦後の女性歌人

第五章　昭和の短歌3（昭和四〇年代以降） 189
学園闘争世代の短歌／土俗論・回顧的な七〇年代／「内向の世代」の新人たち／七〇年代「女歌」論リバイバル／八〇年代女性シンポジウムの時代／ライトヴァースと消費社会の短歌／「サラダブーム」と歌壇の動き

第六章　九〇年代～ゼロ年代の短歌 236
俵万智以降の女歌論／短歌のニューウェーブ／冷戦崩壊前後の短歌と社会詠／ニューウェーブの受容と文体変革／世紀末・歌壇の膨張（ネットや朗読）／ポストニューウェーブと口語の深化／ゼロ年代歌壇の動きと論争／ゼロ年代の総括

第七章　テン年代以降の短歌 293
東日本大震災後の議論／学生短歌会と世代間の断絶／テン年代前半の歌壇論議／テン年代後半以降のフェミニズム

おわりに　327
参考文献一覧　330

【凡例】

・引用に際しては、旧字を新字に置き換えました。
・かな遣い、ルビは引用元の文献に準拠しています。
・著者にてルビを補った箇所は（　）で示しています。
・慣例的に旧字で表記される人名・作品等は旧字のままとしました。

第一部

作品でさかのぼる短歌史

【二〇一一年以降の短歌】

胸の釘ふたり暮らしの看板をはずしたあとに掛かるのはなに

山階基《やましなもとい》『夜を着こなせたなら』（二〇二二）

失恋の歌です。山階基の第二歌集から引きました。看板を掛けておく釘は看板が掛かっていてこそ役割を発揮できるのであって、看板を外されたあとに釘だけが残っているのを見ると痛々しく感じてしまいます。それに壁から釘が飛び出ていると危ない。風景と身体のイメージを複雑に織り交ぜながら、それでいてわかりやすく失恋の心情を描いています。

けはひなく降る春の雨　寂しみて神は地球に鯨を飼へり

睦月都《むつきみやこ》『Dance with the invisibles』（二〇二三）

文語旧かなの歌を引きました。二〇〇〇年代以降、口語短歌は自然なこととなりましたが、睦月のように選択的に文語を使う若手歌人もいます。掲出歌は「寂しみて」と「飼へり」が文語的です。下句は、寂しく思って神は地球に鯨を飼っている、となりましょう。旧約聖書の怪物の記述などを連想させるスケールの大きな歌です。

数字しかわからなくなった恋人に好きだよと囁いたなら　4

青松輝《あおまつあきら》『4』（二〇二三）

結句の「4」は数字しかわからなくなった恋人にささやいた結果の返り値でしょう。謎の多い歌ですが、「4」は死にも詩にも通じ、様々な意味を持たされています。青松輝はZ世代に圧倒的な支持を受ける歌人で、『4』はその第一歌集ですが、一般的に「エモい（ノスタルジックで詩的である）」と言われるような典型をずらしていくところに魅力があります。

平日の明るいうちからビール飲む　ごらんよビールこれが夏だよ

岡本真帆《おかもとまほ》『水上バス浅草行き』（二〇二二）

モノに人格を見出すのは付喪神《つくもがみ》の例を引くまでもなく一般的なことです。そうした明るいスピリチュアリティから、掲出歌はSNSを中心に「ごらんよ○○これが××だよ」という数多くの模倣例を生み出しました。しかしビールはこれから飲まれるもので、生み出された人格は飲まれることで即座に否定されます。掲出歌が唯一無二であるのは、そうしたおそろしさを醸し出す点にあります。

死んだらさ紫の世界に行くんだよ　スナックはまゆうの看板みたいな

上坂《うえさか》あゆ美《み》『老人ホームで死ぬほどモテたい』（二〇一七）

ハマユウの花は白色ですが、スナックの看板はなぜか頻繁に紫色のものを見かけます。「はまゆう」もスナックの名前としてよく見かけます。子ども時代を顧みると、スナックとは大人たちが行くとされる得体の知れないお店でした。死後の世界の認知不可能性が、スナックという場所の得体の知れなさを経由して迫ってくるような、ノスタルジックで怖い歌です。

ずっと月みてるとまるで月になる　ドゥッカ・ドゥ・ドゥ・ドゥッカ・ドゥ・ドゥ

谷川由里子《たにがわゆりこ》『サワーマッシュ』（二〇二一）

月を見て変身するものの代表例は人狼でしょう。けれどもただの人間でも、きれいな満月を見ているとうれしい気持ちになります。主体が月に感じている神秘性やうれしさは、下句の踊り出しそうなオノマトペで納得させられてしまう。「ドゥッカ・ドゥ・ドゥ」のような囃《はや》しことばに過剰に意味を持たせる必要はありません。楽しげな雰囲気だけで構成されている抒情詩です。

【二〇一〇年代の短歌】

あの虹を無視したら撃てあの虹に立ち止まったら撃つなゴジラを

木下龍也《きのしたたつや》『きみを嫌いな奴はクズだよ』(二〇一六)

庵野秀明《あんのひであき》監督による『シン・ゴジラ』は二〇一六年の映画でした。数ある怪獣の中でもゴジラは私たちの生活を根こそぎ破壊するような大災厄の比喩として位置づけられていて、一九五四年の初代ゴジラは戦争の喩、シン・ゴジラは東日本大震災の喩と理解されています。そうしたゴジラに人間性を見出してしまいそうになるのは、「泣いた赤鬼」の構造であり、物語の翻案例として頻繁に見られるものですが、翻案構造のわかりやすさから短歌の初学者に愛唱されるようになりました。

舟が寄り添ったときだけ桟橋は橋だから君、今しかないよ

千種創一《ちぐささういち》『砂丘律』(二〇一五)

舟が接舷したときだけ桟橋が橋になる。その発見だけでも一首は完成します。しかし掲出歌では、その発見が「今しかないよ」と決断を促す呼びかけに説得性を持たせる機能を与えられています。モノの機能を捉え直す技法は「リフレーミング」と呼ばれ、投稿歌壇の入選作に多く見られますが、この歌は結句に詰め込まれた詩情によって、そうした多くの歌とは一線を画しています。

もういやだ死にたい　そしてほとぼりが冷めたあたりで生き返りたい

岡野大嗣《おかのだいじ》『サイレンと犀』（二〇一四）

掲出歌は旧Twitterアカウント「食器と食パンとペン」に安福望《やすふくのぞみ》のイラスト付きで引用され、広く愛唱されることとなりました。『サイレンと犀』にも安福のイラストは多数掲載されています。いま「死にたい」と思っている気持ちは実際に死にたいわけではなかったのだという気づきを与える点が、この歌が多くの人にお守りのように愛される所以です。

君は君のうつくしい胸にしまわれた機械で駆動する観覧車

堂園昌彦《どうぞのまさひこ》『やがて秋茄子へと到る』（二〇一三）

うつくしいものを「うつくしい」と書くのは平凡です。しかし掲出歌は、複雑な修飾関係がそうした平凡さを回避しています。主語・述語だけを抜き出せば、「君」は「観覧車」である、となります。その「観覧車」は「機械で駆動する」。その「機械」は「君のうつくしい胸」にしまわれている。「うつくしい」のはおそらく「胸」の内側で、景を具体的に想像しやすい「機械」でも「観覧車」でもありません。この構造が、抽象的なうつくしさを次第に「君」自身へスライドさせる読みを誘発します。

夕映えに見つめられつつ手首という首をつめたき水に浸せり

内山晶太《うちやましょうた》『窓、その他』（二〇一二）

短歌をはじめたてのころは、内山晶太を地味な歌人だと思っていました。しかし短歌を続けてしばらく経ってから読むと、この世に歌人は内山晶太以外いらないという気持ちになります。この歌がとりわけ名歌だからというわけではなく（良い歌ですが）、内山は短歌に必要な詩情と情報量を手際よくまとめることに長けています。歌集をめくってもめくっても秀歌が続くことに慄《おのの》くのです。内山の新作は染野太朗《そめのたろう》、花山周子《はなやましゅうこ》、平岡直子《ひらおかなおこ》とともに二〇一九年から刊行している同人誌『外出』で読めます。

すきですきで変形しそう帰り道いつもよりていねいに歩きぬ

雪舟《ゆきふね》えま『たんぽるぽる』（二〇一一）

結句の「ぬ」は完了の助動詞で、歩いた、を意味します。口語的な上句から、下句の、特に結句で文語の助動詞が使われる短歌は口語文語混交体と呼ばれ、九〇年代からゼロ年代に登場した歌人がしばしば用いました。掲出歌は上句の激情が結句で急に冷静になるような印象があります。「ぬ」は、熱い心と冷静な足取りの対比を強調していると読むべきでしょう。

【二〇〇〇年代の短歌】

えーえんとくちからえーえんとくちから永遠解く力を下さい

笹井《ささい》宏之《ひろゆき》『ひとさらい』（二〇〇八）

掲出歌はいわゆる「畳文《じょうぶん》」です。畳文はイントネーションを変えることで同じ文字列に異なる意味を持たせる言葉遊びですが、この例では初句による句切れで「えーえんと」が取り出されるため、繰り返しの初回では、延々と口から、という意味を取り出せます。二句目以降では「永遠解く力」が見えてきて、結句で漢字表記が入ることにより畳文の二つ目の意味が確定します。言葉遊びに込められた呪術性を発揮している点で、掲出歌は広く愛誦されています。

パレスチナに人殺さるる謐《しず》けさを聞きつつ我は生まれ来にけり

奥田亡羊《おくだぼうよう》『亡羊』（二〇〇七）

詞書《ことばがき》に「第三次中東戦争勃発の日」とあります。第三次中東戦争以降、エジプト支配下にあったパレスチナのガザ地区はイスラエルの占領下に置かれました。九〇年代以降、社会詠の議論は大きく盛り上がり、ゼロ年代には部外者の立場による社会詠が批判されました。掲出歌は、歌人本人の生誕という偶然性が歌の詠まれる内的必然性を支えている稀有な例です。

雨の県道あるいてゆけばなんでしょうぶちまけられてこれはのり弁

斉藤斎藤《さいとうさいとう》『渡辺のわたし』（二〇〇四）

県道にのり弁がぶちまけられて落ちているだけの歌です。この歌が問題となったのは、そうした些細な事象を意識と時間の流れに沿って逐次的に配列しているためでした。三句目の「なんでしょう」は冗長な言葉でありながら、何かを視界に入れてからその何かが実際に何であるかを認識するまでの誤差を短歌定型の時間内で表現するにあたっては非常に効果的です。

いや死だよぼくたちの手に渡されたものはたしかに癒しではなく

中澤系《なかざわけい》『uta0001.txt』（二〇〇四）

掲出歌では「癒し」と「いや死」の二通りの意味を持つ畳文が使われています。世紀末周辺を直撃した就職氷河期は当時の若者たちに冷笑的で厭世的な世界観をもたらしました。中澤系の歌には、この世のシステムがすでに完成されていて、その管理社会の中で生きるしかない苦しみがしばしば見えます。中澤自身は、難病による長い闘病ののち夭折しました。

3人で傘もささずに歩いてるいつかばらけることを知ってる

加藤千恵《かとうちえ》『ハッピーアイスクリーム』（二〇〇一）

口語短歌の例は非常に古く、明治中期の言文一致運動のころにも見つけることはできます。しかし口語短歌は長らくの間、文語短歌の語尾を口語に置き換えただけの奇妙な文体が使われていました。ところでこの歌は、逆にどう文語訳すべきかわからないほど、自然な口語である印象を抱かせます。口語の「テイル型」でしか表現できない未来への予測がここにあります。

女子だけが集められた日パラシュート部隊のように膝を抱えて

飯田有子《いいだありこ》『林檎貫通式』（二〇〇一）

女子だけが集められる場面は、保健体育の生理に関する授業が思い当たります。対するパラシュート部隊は、危険の多いイメージと恐怖を暗示しています。高所から飛び降りることは単純に怖い行為ですし、さらに降下した先は戦場です。現代社会における理不尽を経験した主体が、回顧的に過去の一点を描いているものと読むべきでしょう。飯田有子はのちに短歌におけるフェミニズム表現の先駆的例として再評価されるようになります。

【一九九〇年代の短歌】

破壊もまた天使であるとグレゴリオ聖歌が冬の神戸を駆ける

尾崎《おざき》まゆみ『酸つぱい月』（一九九八）

一九九五年の阪神淡路大震災に際しての歌です。尾崎まゆみは神戸在住で、震災に立ち会っています。阪神淡路大震災は一月のことでしたから、震災の年の一二月は復興も徐々に進んでいるところでしょうか。キリスト教聖書の黙示文学には神の御使いが人々を殺して回る描写があり、上句はそのイメージを引き連れつつ、不思議な祝祭感を醸し出しています。

これは地球の筋肉とおもう目のかぎり凸凸《ごつごつ》として空につづけり

佐佐木《ささき》幸綱《ゆきつな》『旅人』（一九九七）

ユングフラウ山を詠んだ歌です。一九九八年にはアニミズム短歌に関する議論がありました。この時期の議論は七〇年代の土俗論の焼き直しではありません。アニミズム的な実感を率直に書いていくと超現実主義的になることがあり、「地球の筋肉」は山の力強さと雄大さを同時に描くことに成功しています。アニミズムの魅力については竹柏会《ちくはくかい》の奥田亡羊による評論「現代短歌におけるアニミズム」（『歌壇』二〇一〇年三月号）で仔細に語られています。

キャベツのなかはどこへ行きてもキャベツにて人生のようにくらくらとする

渡辺松男《わたなべまつお》『寒気氾濫《かんきはんらん》』（一九九七）

渡辺松男は新聞歌壇に投稿していたところを選者の馬場あき子に引き抜かれ、『かりん』に入会しました。現在では現代短歌を代表する歌人の一人です。普通に生活していると想像だにしなかったような仮定と、そこから導かれる結論が描写されており、トリックアートを見せられているような感覚に陥ります。この作風は後の歌集でさらに研ぎ澄まされていきます。

君の眼に見られいるとき私《わたくし》はこまかき水の粒子に還る

安藤美保《あんどうみほ》『水の粒子』（一九九二）

安藤美保は登山中の滑落事故により夭折した歌人です。『水の粒子』は遺歌集としてまとめられました。掲出歌は恋愛の清純な感情を詠んだ青春歌として歌集の表題歌となっています。ちなみに「私《わたくし》」という一人称は、それ以前の「われ」に代わって、九〇年代の女性歌人に広く使われるようになりました。

パレスチナ追われし君に語りいるわが故郷の雪の降るさま

三井《みつい》修《おさむ》『砂の詩学』（一九九二）

三井が仕事のためアラビア語圏に居住していた際の歌です。三井はテン年代の歌の項目で引用した千種創一の師でもあります。パレスチナ問題には一〇〇年の歴史があります。掲出歌では故郷を追われた人に、故郷を離れている人が、故郷の話をしています。パレスチナに降るものはなにか。雪を通して、その存在を思わずにはいられません。

ヘイ　龍《ドラゴン》　カム・ヒアといふ声がするまつ暗だぜつていふ声が添ふ

岡井《おかい》隆《たかし》『宮殿』（一九九一）

岡井隆は「ドクター・リュー」の異名で知られています。岡井は実際に内科医でした。もちろん本名である隆《たかし》の音読みです。それと「龍」のとりあわせなのですが、この歌では「ドラゴン」とルビが振られています。岡井は八〇年代以降口語を使いはじめました。ドラゴンに呼びかける存在も、「まつ暗だぜ」という返答をした存在も謎に包まれていて、そのことが啓示的な場面に立ち会った印象を抱かせます。

終バスにふたりは眠る紫の〈降りますランプ〉に取り囲まれて

穂村弘《ほむらひろし》『シンジケート』(一九九〇)

穂村弘の歌における他者は主体の孤独を逆説的に描き出す装置です。掲出歌は一見すると、恋愛の甘美なシーンを切り取っているように見えます。しかし「ふたり」を観察しているのが作中主体だとすると、主体は「ふたり」による愛の円環の外側に佇んでいることになります。紫のランプに取り囲まれたロマンチックな景の中には、居心地の悪さと恋愛への希求が漂っています。

みずいろのつばさのうらをみせていたむしりとられるとはおもわずに

正岡豊《まさおかゆたか》『四月の魚《うお》』(一九九〇)

正岡豊の『四月の魚』は刊行当時こそ歌壇的評価を得られませんでしたが、同世代からの熱烈な支持により二〇〇〇年代に再評価が進みました。歌集は『短歌ヴァーサス』六号（二〇〇四）に誌上歌集として収録されたほか、二〇二〇年に現代短歌クラシックス03として書肆侃侃《しょしかんかん》房《ぼう》から復刊されています。掲出歌は翅ある無垢な存在を仮定しており、それが暴力によって不意に毀損される様子が詠まれています。

【一九八〇年代の短歌】

「この味がいいね」と君が言ったから七月六日はサラダ記念日

俵万智《たわらまち》『サラダ記念日』（一九八七）

二八〇万部を売り上げた歌集『サラダ記念日』の表題歌です。短歌の世界では、この「サラダ」が実際はカレー味のからあげであったことも有名です。しかし「からあげ記念日」はいかにも油っぽく、清純な印象を与えることは難しいでしょう。歌を良く見せるための小さな嘘は誰も咎めることはありません。しかし例えば、肉親の死を虚構するような大きな嘘となると、しばしば虚構論争が勃発します。

水族館《アカリウム》にタカアシガニを見てゐしはいつか誰かの子を生む器《うつは》

坂井修一《さかいしゅういち》『ラビュリントスの日々』(一九八六)

自分自身の身体を器と捉えているならまだしも、他人を「子を生む器」と表現することには倫理的抵抗を覚えます。しかしそうした抵抗感自体が歌を鑑賞するための足がかりでもあります。タカアシガニという巨大で無気味な蟹の前に立つとき、人間は人間性を剝奪されて、自己複製を続ける生命機械の一種類に見えてしまう。水族館という鑑賞を目的とした施設も生命の尊厳に対する配慮を減らしていくでしょう。女性が子を産むことが当たり前であった時代背景も加味しておきたいところです。

観覧車回れよ回れ想ひ出は君には一日《ひとひ》我には一生《ひとよ》

栗木京子《くりききょうこ》『水惑星』(一九八四)

国語の教科書にも掲載されている有名歌です。この抒情性を期待して『水惑星』をひらくと、冒頭連作にはこれ以上に情熱的な恋愛歌が多くて驚かされます。また「我には一生《ひとよ》」は「我」の生命が残り少ないことを予感させ(実際に少ないかどうかはさておき)、闘病恋愛映画にも近いセンチメンタリズムを醸し出しています。栗木は恋愛歌から出発し、子を持つ主婦としての歌を詠むという、この時代に登場した女性歌人に典型的なキャリアを辿りましたが、近年の作品はまた違った趣を見せています。

べくべからべくべかりべしべきべけれすずかけ並木来る鼓笛隊

永井陽子《ながいようこ》『樟《くす》の木のうた』(一九八三)

栗木の歌と同じく教科書によく掲載されているほか、掲出歌は合唱曲にもなっています。推量・当然の助動詞「べし」の活用形を上句いっぱいに並べることで、鼓笛隊のドラムのリズム感が表現されているだけでなく、行進の規則正しさが「〜すべし」という規律の語法を連想させつつ伝わってきます。

【一九七〇年代の短歌】

父よ父よ世界が見えぬさ庭なる花くきやかに見ゆといふ午《ひる》を

岡井隆《おかいたかし》『天河庭園集』(一九七八)

「さ庭」は神を招くために浄めた庭を意味します。掲出歌には高度経済成長期のただ中で政治の世界が見えなくなっていく感覚を見出すこともできます。岡井はプロテスタントの洗礼を受けていました。岡井のエッセイ集『挫折と再生の季節　一歌人の回想』（二〇〇〇）には掲出歌の上句を用いた章があり、自歌自註が書かれています。曰く、この父は近くに肉親の父があり、遠くに旧約聖書の主なる神があると。この章自体はキリスト教に関する自作をテーマに、もう何首か引用されています。

男の子なるやさしさは紛れなくかしてごらんぼくが殺してあげる

平井《ひらい》弘《ひろし》『前線』（一九七六）

六〇年代半ばごろ以降にも、短歌に口語を取り入れる試みはなされています。次に引用する村木道彦とあわせて、平井弘はその代表的歌人です。二句目の「なる」は断定の助動詞「なり」の連体形で、〜である、を意味します。蛾やゴキブリなどの不快害虫を殺す男の子の「やさしさ」を口語で描くことで、男の子が不意に見せる残虐さがやわらかく演出されています。

ふかづめの手をポケットにづんといれ　みづのしたたるやうなゆふぐれ

村木《むらき》道彦《みちひこ》『天唇《てんしん》』（一九七四）

口語短歌の一例として引きました。かな遣いこそ旧かなですが、「づん」という擬態語、「ごとく」ではなく「やうな」という用法に口語の影がちらついています。日常の語法で、「水も滴る」は「良い男」や「良い女」を導く枕詞のように使われています。深爪は手の中でも指先に注意を促す言葉です。そこから、セクシーでけだるげに夕陽を見つめる主体像が導かれます。象徴表現によるこうした演出は、前衛短歌の影響を受けたこの時代の若手歌人にしばしば見られるものです。

サーチライトがわれよぎりゆきわが影がはいつくばっている　祖国

三枝昂之《さいぐさたかゆき》『やさしき志士《しし》達の世界へ』（一九七三）

六〇年代の学園闘争のあと、一九七〇年には三島由紀夫が市ケ谷の自衛隊駐屯地でクーデター未遂ののち自決する事件がありました。掲出歌はそうした政治の季節の空気を代表するような歌です。ライトに照らされた主体の影は地面に沿って伸びていきますが、それを「はいつくばっている」と表現することには、闘争に敗れたのちの鬱屈した感情が見えます。

爛漫と花咲く下に臥す者の眼窩はすでに蛆わきてゐる

岡野弘彦《おかのひろひこ》『滄浪歌《そうろうか》』（一九七二）

「爛漫と花咲く」季節といえば春です。春は誕生と死を両義的に含む季節で、死後多少の時間が経った「臥す者」はすでに腐敗しています。おそらく実景ではなく、古代や中世の旅人や、戦死者などを想像したものでしょう。こうした古代幻想を喚起する歌に注目した短歌評論家の岩田正《いわたただし》は、七〇年代に土俗論と呼ばれる一連の評論を発表しました。

祖国より鳩を愛して青年は幽暗のごとく吃りき　夏を

新城貞夫《しんじょうさだお》『朱夏《しゅか》』（一九七一）

掲出歌は沖縄が日本に復帰する前年に出版された歌集に収録されています。新城は沖縄の歌人で、この時期に登場した他の歌人たちと同様、前衛短歌の影響が色濃く見られます。実際、塚本邦雄《つかもとくにお》にも注目されていました。掲出歌の「祖国」は三枝の「祖国」と同様に皮肉と批判の対象ですが、新城の歌にはしばしば「吃り《ども》」のような、上手く話すことのできない存在が登場します。日本と沖縄と、二つの共同体の狭間にあって、従属的存在《サバルタン》が語りはじめることの困難さが表現されています。

サキサキとセロリ噛みいてあどけなき汝《なれ》を愛する理由はいらず

佐佐木幸綱《ささきゆきつな》　合同歌集『男魂歌《だんこんか》』（一九七一）

佐佐木幸綱は男歌の代表格として評価を受けています。恋愛対象の相手を「あどけなき汝《なれ》」と呼び、相手の幼さに対して大人の余裕を持った主体自身を演出する構図を読み取ることもできるでしょう。「汝《なれ》」がこれから年を重ねていったら愛の形はどう変化していくのか。そういった余計なことは一旦考えないでおきます。

【一九六〇年代の短歌】

馬を洗はば馬のたましひ冱《さ》ゆるまで人戀はば人あやむるこころ

塚本邦雄《つかもとくにお》『感幻樂《かんげんがく》』（一九六九）

塚本邦雄の有名歌です。塚本は掲出歌の初出で初句七音という技法を意図的に試みたことで知られています。かつて評論の中で朗詠に耐えうる歌を作りたくないと語った塚本が、中世歌謡に傾倒したことをどう考えるべきか……。恋をするなら殺すほどの恋を。徹底的に突き詰めよ、というわかりやすいメッセージを持つことも、掲出歌の愛誦性を高めています。

ふとわれの掌《て》さへとり落す如き夕刻に高き架橋をわたりはじめぬ

浜田《はまだ》到《いたる》『架橋《かきょう》』（一九六九）

『架橋』は浜田の事故死後に刊行された遺歌集です。結句の「ぬ」は完了存続の助動詞で、わたりはじめた、を意味します。手は手首に付いていて、手を離しても取り落とすことはありません。しかし高いところに立つと体がバラバラになるような恐怖を感じることはあります。また夕刻は逢魔が時の異名があり、超常現象に順接します。イメージの統一が巧みな歌です。

白樺に蟬はしきりに鳴き落ちてめぐる雷雨のはがねの匂い

近藤《こんどう》芳美《よしみ》『黒豹《くろひょう》』（一九六八）

新かな制定からしばらくの間は、新かなには日本政府の仮名遣い方針に従うという政治性がありました。芳美（男性）は旧かなで義務教育を受けた世代です。しかし当時の新聞歌壇は新かなのみで投稿を受け付けていたため、芳美は新かなで作歌するようになります。六〇年代は新かながリベラルで進歩的な知識人の態度表明となる時代でした。掲出歌は結句で戦争を連想させるなど、前衛短歌における象徴的手法の影響を受けていると指摘することもできます。

どの神も信じてをらずさりながらけものみちゆきし　ゆきしものあり

前登志夫《まえとしお》『子午線の繭』（一九六四）

一字あけの効果的な歌です。言いよどみ、ためらい、時間の経過が四句目・五句目間の空白に詰まっています。上句は主体自身の無神論の告白とも、「けものみちゆきし」誰かのこととも読めます。もっとも「けものみち」を進むのは獣であって人ではないかもしれない。いずれにせよ、「どの神も信じてをらず」と言いながら、山にただよう神秘的な何かの存在を示唆しています。

飲食《おんじき》ののちに立つなる空壜のしばしばは遠き泪の如し

葛原妙子《くずはらたえこ》『葡萄木立』（一九六三）

葛原妙子の有名歌です。下部が膨らんだ壜の形は確かに涙に似ているかもしれません。しかしこの連想を支えているのは、食事という行為が持つ本質的な暴力性によるものだと思われます。例えば牛乳などは、牛が子を育てるためのものを人間がかすめ取って利用しています。牛乳を豆乳に替えても生物への搾取構造は本質的に変化しません。「おんじき」という重たい古語も、そうした罪深さの感覚を演出するのに一役買っています。

【一九五〇年代の短歌】

戦死者ばかり革命の死者一人も無し　七月、艾色《もぐさいろ》の墓群

塚本邦雄《つかもとくにお》『日本人靈歌』（一九五八）

一字あけに対する共通理解は五〇年代に生じました。それ以前は、自由律短歌系の歌人や釈《しゃく》迢空《ちょうくう》を例外として、一字あけはほとんど見られません。二物を取り合わせる歌は少なく、その場合も「つ」「たり」「けり」など切れを明示できる語を使います。「墓群」は「ぼぐん」より「はかむれ」と読みたくなります「艾色《もぐさいろ》」は手入れの整っていない様の象徴でしょう。無名戦士は戦後に国からも見捨てられていること、その死は革命にも繋がらない無駄死であったことなどが暗示されています。

海を知らぬ少女の前に麦藁帽のわれは両手をひろげていたり

寺山修司《てらやましゅうじ》『空には本』（一九五八）

不思議な青春歌です。人間の祖先は海から来たのだから、自分自身が海であることを示すために両手を拡げていると解釈すればとりあえず理解はできますが、この読みは歌の不思議さを損ねる気がして積極的に推すことができません。ところでこの「少女」は詩情の演出のため召喚されている存在で、男の子が女の子に何かを教える気持ちよさは警戒したいところです。

基督《キリスト》の　真はだかにして血の肌《ハダヘ》　見つゝわらへり。雪の中より

釈　迢空《しゃくちょうくう》『倭《ヤマト》をぐな』（一九五五）

釈迢空（折口信夫《おりくちしのぶ》）の遺歌集から引きました。茂吉と迢空が逝去する一九五三年は近代短歌終焉の年と言われます。迢空の歌には独自の字あけと句読点があります。キリストが処刑されたのは春で、イスラエルに雪の降る季節ではなく、この歌は遠く離れた雪の中から主体が処刑の様子を幻視しています。なぜ「わらへり（わらった）」なのか理由は示されません。ここにどのような読みを与えるかはさまざまな解釈の余地があります。

外界があまり春らしすぎる日に裂けたるはわが青き水掻き

齋藤史《さいとうふみ》『うたのゆくへ』（一九五三）

齋藤史は戦後に葛原妙子《くずはらたえこ》や森岡貞香《もりおかさだか》らとともに女歌批判とモダニズム批判の攻撃対象となった歌人です。「モダニズム」は理知的で人工的な様を批判するために用いられる語でした。しかし掲出歌は人間の祖先がまだ海に棲息《せいそく》していたころのイメージと春とを重ねており、どことなく牧歌的な印象を与えます。同時に裂けた水かきは、春のような幻想環境でも人間であることから逃れられない哀しみを象徴しているように思えてなりません。

砲弾の炸裂したる光には如何なる神を人は見るべき

佐藤佐太郎《さとうさたろう》『帰潮《きちょう》』（一九五二）

掲出歌の作歌時期は一九五〇年です。歌集ではこの歌の前に「空間のなごみだつごとき気配して起きゐたる六月二十六日の夜」があり、「砲弾」の直接的な着想元はその前日に勃発した朝鮮戦争と思われます。「如何なる……べき」の係り結びは疑問よりも反語でしょう。口語にするなら、どのような神を人は見るのか、いや見ないであろう、となります。創世記で神が「光あれ」と呼びかけたことと、砲弾の光との差異を読みの補助線としてもいいかもしれません。

体《からだ》売りて得し外套の白き群流れつつゆく更けし歩廊を

大野誠夫《おおののぶお》『薔薇祭《ばらさい》』（一九五一）

大野誠夫は戦後の風俗を描写したことで知られています。終戦直後は赤線地帯と呼ばれる売春営業地帯が存在しました。風俗業に従事する人々のイメージと外套の色が紅白の対比をなしつつ、仕事を終えて夜更けに帰宅する彼女らの苦しみも同時に暗示されています。

早春のレモンに深くナイフ立つるをとめよ素晴らしき人生を得よ

葛原妙子《くずはらたえこ》『橙黄《とうおう》』（一九五〇）

葛原妙子の第一歌集から引きました。一九〇七年生まれの葛原は歌集刊行当時すでに四三歳です。戦後に婦人参政権が認められ、また女性による短歌の振興を目的とした女人短歌会の結成などがあり、四〇年代末は第一波フェミニズムの最後の動きが高まった時期です。これからの時代を生きる若い女性に向けての言祝《ことほ》ぎの歌として、長らく愛唱されています。

【一九四〇年代の短歌】

オリーヴのあぶらの如き悲しみを彼の使徒《しと》もつねに持ちてゐたりや

斎藤茂吉『白き山』（一九四九）

斎藤茂吉による敗戦への抒情歌です。「彼の使徒」はキリストの弟子たちのことで、新約聖書の記述によれば、彼らはキリストの処刑後みなキリストに連なった罪を怖れて家に籠もっていました。オリーブはキリストがユダヤ兵たちに逮捕されたオリーブ山を踏まえつつ、よどんだ重たい哀しみの質感を提示しています。キリストの復活後に力を取り戻す使徒たちと、敗戦の哀しみを拭い去れない茂吉を対比させて読むこともできます。

疲れし時痣うきて居る妻の皮膚もろきはかなきものと思ふよ

近藤芳美『静かなる意志』（一九四九）

戦後短歌を代表する歌人である近藤芳美の第三歌集から引きました。戦後の物資不足や貧しさを背景とする歌で、歌の題材として妻の痣《あざ》を見逃さなかった芳美の観察眼が活きています。実際にビタミン不足などによって血管が脆くなり、痣ができやすくなることはあるようです。実際の身体の脆さと、生活苦に耐えているぎりぎりの心情が重ねられています。

英雄で吾ら無きゆゑ暗くとも苦しとも堪へて今日に従ふ

宮柊二《みやしゅうじ》『小紺珠《しょうこんじゅ》』（一九四八）

ここまで戦後の歌です。近藤芳美と同じく戦後短歌を代表する歌人、宮柊二の第二歌集から引きました。歌が固く重たく暗いのは、短歌的抒情が戦争讃美に奉仕したことへの反省によるもので、抒情的な「英雄」像を回避するところに宮柊二の特徴があります。こうした時代の要請を鑑《かんが》みると、とっつきにくい歌も少しだけ魅力的に見えるような気がします。

たたかひのなかの女の生理などドアー・エンヂンの開《ひら》くとき思ひぬ

福田栄一《ふくだえいいち》『時間』(一九四三)

ここから戦時中の歌です。歌集を読むと、福田はスペインやロシアにおける女性兵士の存在を知っていたことがうかがえます。そこから女性兵士の生理まで自力で想像できる知識人は、あまり多くはなかったことでしょう。ドアエンジンとは電車に搭載されている自動扉開閉装置のことで、かつての鉄道では扉を手で開閉していたため、自動で扉が開くものはこのように区別されていました。電車の内部は人間の内臓を、またエンジン＝内燃機関は血と鉄のイメージを呼び出します。

塹《ざん》の夜《よ》をひとりが擦りし煙草火にいくたりの兵の顔か照りたる

木俣修《きまたおさむ》『高志《こし》』(一九四二)

木俣修は出征していませんので、掲出歌は新聞やニュース映画など戦場の様子を伝えるものを見て作歌したと推測されます。作歌時期は一九三九年。日中戦争のただ中でした。結句の「顔か照りたる」は「か」による係り結びで連体形の「たる」となっており、何人の兵士の顔が照っているのだろうか、を意味します。「たり」は完了の助動詞です。マッチと煙草が照らす範囲は非常に狭いのですが、そこにも兵士がひしめき合って息を寄せている様を想像し、戦場の厳しい環境に耐える彼らを偲《しの》んでいます。

運命にひれふすなかれ一茎《いっけい》の淡紅《うすべに》あふひ咲き出でむとす

前川佐美雄《まえかわさみお》『大和』（一九四〇）

「あふひ」は葵のことです。植物のアオイにはいろいろな色がありますが、音の響きはどうしても青色を連想させるので、薄紅色の葵を想像する際には色調面で少し混乱してしまいます。歌意は明快で、植物が重力に逆らって伸びるように、運命にひれ伏してはならないと宣言するものでしょう。『大和』は新古典主義に傾倒した時期の佐美雄を代表する歌集です。

遺棄死体数百《すうひゃく》といひ数千《すうせん》といふいのちをふたつもちしものなし

土岐善麿《ときぜんまろ》『六月』（一九四〇）

土岐善麿は明治期末に土岐哀果《あいか》の筆名で石川啄木とともに活躍していましたが、のちに本名で短歌を発表するようになります。当時はすでに五〇代の大御所です。掲出歌は日中戦争下という時局のため、自由主義的であると批判されました。「遺棄死体」は戦場に遺棄された敵兵の死体のこと。帝国陸軍の戦果を表す数字であり、無論誇張されることもありました。

くろぐろと蟻行進《かうしん》のさまを見て徐州戦は既に近しとおもふ

斎藤茂吉『寒雲』(一九四〇)

一九四〇年には短歌史上の名歌集が続々と出版されました。三枝昂之はこの現象について、翌年には日米開戦という危機感から多くの歌人が出版を急いだためではないかと推測しています(『昭和短歌の精神史』第I部六章参照)。本歌集は刊行順だと『赤光』『あらたま』に続く第三歌集です。掲出歌の作歌時期は一九三八年新春ごろで、南京攻略後に日中戦争が泥沼化していく前の不穏な感覚が表れています。

【一九三〇年代の短歌】

白き猫空に吸はれて野はいちめん夢に眺めしうすら日の照り

明石海人《あかしかいじん》『白描《はくびょう》』(一九三九)

明石海人は『日本歌人』の会員で、前川佐美雄に師事していました。歌集はハンセン病の境涯を詠んだ第一部「白描」と、幻想性の強い第二部「翳」の二部構成です。掲出歌は第二部から引きました。歌集は獣偏の白猫《しろねこ》ではなく手偏の『白描《はくびやう》』です。「夢に眺めし」と書かれることで、描写されている超常的な景が実際に見たものかのように感じられます。

壁にゐてわが影法師よそ向けりほんとのわれは消ゴムを嚙む

小玉朝子《こだまあさこ》『黄薔薇』(一九三二)

小玉朝子は前川佐美雄が中心となった定型モダニズムグループの周辺に属していました。結社は吉植庄亮《よしうえしょうりょう》主宰の『橄欖《かんらん》』です。「向けり」は完了存続の「り」で、「向いている」を意味します。結句こそ文語ですが、四句目には「ほんとの」という口語的表現が見られる点は、雪舟えまの歌のような口語文語混交体に近いかもしれません。三〇年代の口語定型モダニズム歌人はとても小数です。けれどもこのグループからは、掲出歌のような古びない魅力を放つ歌を多く見つけることができます。

海底《うみそこ》には超現実的な世界がある。若者よ魚になれ

前田《まえだ》夕暮《ゆうぐれ》『水源地帯』(一九三二)

一九一〇年代に登場し、すでに歌人として揺るがぬ地位を得ていた前田夕暮は、一九二〇年代末から超現実主義《シュルレアリスム》志向の口語自由律短歌を試みるようになります。夕暮世代の自由律歌人は、字あけの代わりに句読点や「——」などを使います。不思議なことに、若手は同じような切れの明示のために一字あけを使いました。自由律歌人たちは、口語は自然と間延びしていくものだから、自由律になるのは自然なことだ、という論理で自由律を試みましたが、魅力的な作例は残念ながら多くありません。

ヒヤシンスの蕾もつ鉢をゆすぶつてはやく春になれはや春になれ

前川《まえかわ》佐美雄《さみお》『植物祭』(一九三〇)

モダニズム短歌の嚆矢《こうし》とされる歌集『植物祭』から引きました。前川佐美雄は今でこそモダニズム短歌の代表歌人とされていますが、当時は自由律モダニズムが優勢であり、前川ら定型モダニズムグループは非常に小規模で、歌壇の中心からはほど遠いところにありました。このグループの歌人たちは、シュルレアリスムの影響から奇天烈な主体像を構築します。花は揺すぶっても咲きませんし、仮に狂い咲きしても春が来るわけではありません。しかし主体は呪術的行為を続けています。

【一九二〇年代の短歌】

汽車が通る　一日中のそれだけの出来事をみな立つて見送る

西村陽吉《にしむらようきち》『晴れた日』（一九二七）

先に一字あけの共通理解は五〇年代以降に生じ、それ以前に例は少ないと書きましたが、西村陽吉など口語短歌揺籃期の歌人はその例外にあたります。掲出歌は「一日中のそれだけの」で字数を膨らませていて内容はスカスカです。しかしそれによって、汽車が通ること自体に存在する微細な抒情が浮き彫りにされています。

山の霧いや明りつゝ　鴉《からす》の　唯ひと声は、大きかりけり

釈迢空『海やまのあひだ』（一九二五）

釈迢空の独特な字あけと句読点の意図は、第一歌集『海やまのあひだ』のあとがきに書かれています。曰く、「歌に内在して居る拍子を示す」ためのものとのこと。掲出歌は「鴉の」と三句目が一音字足らずになっており、鴉の存在感が強調されています。「鴉」の字もほとんど同じ意味の「烏《からす》」より大型のものを連想させます。

【一九一〇年代の短歌】

向日葵は金の油を身にあびてゆらりと高し日のちひささよ

前田夕暮《まえだゆうぐれ》『生《い》くる日に』（一九一四）

前田夕暮の代表歌です。この時期の若手歌人たちは、一般に印象派絵画の影響を受けていると言われます。意味の繫がりは「高し」で切れていますが、字あけは使われません。ひまわりを上からゆっくりと見下ろすような韻律が四句目で中断され「高し」で視点は突如として上を向きます。そこから天に輝く太陽まで視点を移していく動作が非常に印象的です。ちなみに「ひまわり」で有名なゴッホは後期印象派の画家です。

たたかひは上海《しゃんはい》に起り居《ゐ》たりけり鳳仙花紅《あか》く散りゐたりけり

斎藤茂吉《さいとうもきち》『赤光《しゃっこう》』（一九一三）

この「たたかひ」は、孫文が一九一三年に袁世凱《えんせいがい》政権打倒を目指して蜂起《ほうき》した第二革命（上海動乱）のことです。茂吉にとっては、その日に起こった出来事と目前の出来事を取り合わせただけなのかもしれません。しかし鳳仙花は、革命によって散る人命を暗示しているように思われます。この歌も意味のつながりは三句目で切れていますが、字あけは使われていません。

君かへす朝の舗石《しきいし》さくさくと雪よ林檎の香のごとくふれ

北原白秋《きたはらはくしゅう》『桐の花』（一九一三）

『桐の花』は詩人としてすでにキャリアを積んでいた北原白秋の待望された歌集でした。掲出歌はその代表歌です。「さくさく」という擬態語は、林檎の歯触りと雪道を歩く感触の両方をイメージさせます。雪と林檎の香りに一見繋がりはないように思いつつ、それでも下句に感動してしまうのは、こうした連想レベルでのイメージが統一されているためです。

その男NIKORAI《ニコライ》堂のうしろてに暫く住みて行方知らずも

与謝野寛《よさのひろし》『相聞《あいぎこえ》』（一九一〇）

寛《ひろし》は鉄幹《てっかん》の本名です。中期以降の鉄幹は本名で作品を発表するようになります。アルファベットを使う短歌はこの時代にもしばしば見られます。ハイカラな感じがかっこいいと思ったのかもしれません。鉄幹の主宰した雑誌『明星《みょうじょう》』は、こうした西洋趣味を特徴としており、日本全国の多くの若者たちを魅了しました。なおロシア正教の教会であるニコライ堂は千代田区神田駿河台にあり、一八九一年（明治二四年）に完成しています。

【一九〇〇年代の短歌】

みな人にそむきてひとりわれゆかむわが悲しみはひとにゆるさじ

若山牧水《わかやまぼくすい》『海の声』（一九〇八）

若山牧水の有名歌です。皆に背いて私は一人の道を行く。私の悲しみを人には決して許さない。文語によるこの宣言はハードボイルドな男性像を喚起します。かっこいいですね。自分自身を過激に演出していく様は浪漫主義の影響を感じさせます。

清水《きよみづ》へ祇園《ぎをん》をよぎる桜月夜《さくらづきよ》こよひ逢ふ人みなうつくしき

鳳《ほう》（与謝野《よさの》）晶子《あきこ》『みだれ髪』（一九〇一）

『みだれ髪』は二〇世紀の幕開けを告げる歌集です。もちろん現在から振り返った際にそう感じられるだけで、当時の時代感覚は和暦中心でした。祇園は京都有数の花街、清水は江戸時代に栄えたかつての花街です。いずれも色恋沙汰絶えない地域として知られており、「桜月夜」の造語も相まって、掲出歌に華やかなイメージを与えています。

第二部

トピックで読み解く短歌史

第一章　明治時代の短歌

【第一節　短歌革新運動】

明治期以前、短歌は「和歌」と呼ばれていました。明治二〇年代には、この「和歌」を時代に合わせて改良すべきだという議論が起こりました。この動きは和歌改良論と呼ばれます。

和歌改良論では落合直文《おちあいなおぶみ》や佐佐木信綱《ささきのぶつな》が活躍しました。ただし、議論が先行していて作品が伴わなかったため、時代を変革するほどの大きな動きにはなりませんでした。落合直文は若手を集めて一八九三年に浅香社《あさかしゃ》を組織します。佐佐木信綱は一八九八年に竹柏会《ちくはくかい》を立ち上げ、機関誌『心の花』（短歌結社として現存）を発行しました。長歌を含む「和歌」ではなく、短歌自体の革新は、次世代に引き継がれます。

さて、「和歌」とは何か。和歌は雅《みやび》や花鳥風月を重んじます。逆に言えば、雅な世界観に合わない内容を排除するため、歌に描かれる内容は制限されていきます。その制限を取り払い、当時の時代に合うような内容を自由に詠むことを提言したのが、明治三〇年代の短歌革新運動でした。

ただし、自由であると何が良いものかわからなくなります。何に価値を置き、何を良いものとするのか。様々な主義主張はこうして生まれました。明治時代においては、題詠の「恋」ではなく、個人の恋愛感情を押し出す浪漫《ろうまん》主義、客観的な表現を目指す写実主義、そして社会や感情の負の側面にも目を向ける自然主義の三つを、代表的な主義主張として挙げることができます。

短歌革新運動の担い手は与謝野鉄幹《よさのてっかん》と正岡子規《まさおかしき》の二人です。

与謝野鉄幹は、落合直文の浅香社で学び、二一歳で新聞『二六新報』に「亡国の音《おん》」(一八九四)を連載しました。この論で、鉄幹は恋歌が国を滅ぼすと主張しています。旧来の和歌が題詠の「恋」を重視するために、「大丈夫の元気」(立派な男子の力)が衰えてしまうとのことです。つまり、マッチョが恋のことを考えると軟弱者になってしまう……と。冗談みたいですが鉄幹は大真面目です。

「亡国の音」から二年後、鉄幹は二三歳にして近代短歌初の歌集である『東西南北』(一八九六)を刊行します。新体詩も含むので正確には詩歌集と呼ぶのが妥当かもしれません。

ともあれ当時、「歌集」は古今和歌集のような選集を意味しました。作品は基本的に選集に収録されます。個人の歌集は「家集」と呼ばれ、その歌人の全集として、晩年か没後に刊行されるものでした。若い鉄幹が歌集を出したことは衝撃的と言えます。収録作品は次の通り。

から山に、桜を植ゑて、から人に、
やまと男子《をのこ》の、歌うたはせむ。

尾上に八、いたくも虎の、吼ゆるかな。
夕《ゆうべ》ハ風に、ならむとすらむ。

与謝野鉄幹『東西南北』（一八九六）

朝鮮滞在中の歌です。一首目は特に、日清戦争期（一八九四年〜九五年）に高まったナショナリズムを反映し、植民地主義思想を前面に押し出したマッチョな書き方をしています。「恋」を否定した鉄幹は、こうした力強い男の歌を理想として掲げました。短歌を通じた国家への貢献を目指してのことでした。虎と剣がしばしば詠み込まれることから、鉄幹の歌は虎剣調《こけんちょう》とも渾名《あだな》されます。

歌集を出版した鉄幹は、「大丈夫」の歌を世に広めるため、人を集め、運動を拡げようとします。そうして一八九九年には東京新詩社を立ち上げ、翌一九〇〇年には新詩社の機関誌『明星《みょうじょう》』を創刊します。彼ら明星派の動きは次節で触れます。

もう一方の正岡子規は、与謝野鉄幹の「亡国の音」に遅れること四年、一八九八年の春先に「歌よみに与ふる書」を新聞「日本」紙上で連載しました。それ以前、子規は俳句の改革に従事していました。「貫之は下手な歌よみにて『古今集』はくだらぬ集に有之候《これありそうろう》」から始まる「再び歌よみに与ふる書」は衝撃的であまりに有名です。子規は宮中御歌所《おうたどころ》（宮内省に設置された宮中の和歌に関する組織）の桂園派《けいえんは》を批判するため、その価値の源泉である古今和歌集を批判しました。

子規は宮中御歌所の人々を「旧派和歌」と呼び、また自身を「新派和歌」と称しました。子規の家である東京根岸の子規庵には、新聞「日本」の購読者で子規に共鳴する人々が集まり、一八九九年からは歌人による子規庵歌会が開催されるようになります。

鉄幹と子規に共通しているのは、イメージの固まった和歌の題詠を否定したことです。鉄幹は自我を強調したのに対し、子規はより即物的な題詠を提唱しました。例えばお題が「松」ならば、和歌の定道に従って「待つ」との掛詞を使うのではなく、より見たまま、感じたままの松の木を詠みなさいというのが子規の考えで、これが写実主義です。浪漫主義と写実主義の対立が明治末短歌の基本です。

【第二節　東京新詩社『明星』の浪漫主義運動】

鉄幹は恋歌が国を滅ぼすと書いていました。しかし、鉄幹は恋歌を書きはじめます。どうやら、恋歌否定よりも重要なのは「自我の詩」を作ることであったようです。当時、題詠の「恋」ではない「恋愛」は、自我の発露と理解されました。

運動を拡大するには仲間が必要です。鉄幹は当時、投稿雑誌『文庫』歌壇で選者をしていました。そこからめぼしい人を探し、新詩社に誘っていきます。繋がりのあった大阪の雑誌『よしあし草』の投稿者たちにも同様に声をかけます。こうして窪田空穂《くぼたうつぼ》、鳳晶子《ほうあきこ》、山川登美子《やまかわとみこ》などが新詩社に加わりました。

鳳晶子（のち与謝野晶子）や山川登美子は、自由に短歌を詠むことに魅力を感じて、奔放な恋愛の歌を詠みました。鉄幹はこれに「自我の詩」の可能性を感じ、鳳晶子の歌集『みだれ髪』（一九〇一）をプロデュースします。また同年、鉄幹の歌集『紫』も刊行されました。作品を見てみましょう。

われ男の子意気の子名の子つるぎの子詩の子恋の子あゝもだえの子

与謝野鉄幹『紫』（一九〇一）

その子二十《はたち》櫛にながるる黒髪のおごりの春のうつくしきかな
やは肌のあつき血汐にふれも見でさびしからずや道を説く君
春みじかし何に不滅《ふめつ》の命ぞとちからある乳を手にさぐらせぬ

鳳晶子『みだれ髪』（一九〇一）

どれもまごうことなき恋歌です。鉄幹の歌は「男である」という意気込みから、恋愛感情にもだえる様子までがスピード感をもって描かれています。晶子の一首目は二〇歳の若さの驕《おご》り高ぶりを率直に詠んだものとして有名です。出版当時晶子は二三歳でした。なお晶子の三首目

「さぐらせぬ」の「ぬ」は、完了の助動詞「ぬ」の終止形なので、結句の意味は「さぐらせた」となります。

題詠の「恋」は平安時代の文化に基づくものです。平安時代は男性が女性の家に通う形で恋愛が進展しました。従ってお題が「忍ぶ恋」なら、男性が女性への恋慕の情を周囲に秘めておかなければならないつらさを詠みます。お題が「待つ恋」ならば、約束した男性がいつまでも現れない女性のつらさを詠みます。これは短歌の作り手のジェンダーにかかわらず、お題によって設定されます。

晶子の恋愛歌では、そうした形式的な感情ではなく、女性が男性をリードするような、力強い感情が詠まれています。これが自我の発露であり、明星派の革新的な点でした。

さらに『明星』の誌面には西洋詩の翻訳や西洋画・彫刻の写真などが掲載されています。最先端でおしゃれな『明星』はたちまち当時の若者たちを夢中にさせました。その結果、新詩社は会員数を増やし、創刊二年後の一九〇二年には、全国に一四の支部が設置される大きな結社となりました。

ちなみに、『明星』創刊時のメンバーであった窪田空穂は、鉄幹と考えが合わず、早い段階で新詩社を離れました。「自我の詩」をめぐる解釈が異なっていたためと言われています。空穂の作品は次の通り。

瓜見ゆる宵の畑路いつしかに祭賑ふ市に来にけり
黄の蕋《しべ》を真白につゝむ水仙のふとあらはれて闇に消えぬる

窪田空穂『まひる野』（一九〇五）

第一歌集『まひる野』より引きました。二首目結句の「ぬる」は完了の助動詞「ぬ」の連体形ですが、文法的に正確とは言えません。ここでは「消えてしまった……」と、余韻を残すような意味合いで使われています。二首とも日常の中でさりげなくおや？と思うような事柄を詠んでおり、鉄幹や晶子のように熱烈な感情はありません。しかし、こうした日常の小さなうれしさを拾い上げていく方向性は、明治末期自然主義の代表格とされる石川啄木《いしかわたくぼく》や土岐哀果《ときあいか》、前《まえ》田夕暮《だゆうぐれ》へ影響を与えました。

本筋に戻りましょう。初期『明星』の一つの到達点を示す歌集としては、一九〇五年に刊行された与謝野晶子、山川登美子、茅野雅子《ちのまさこ》による合同歌集『恋衣』を挙げることができます。

手づくりのいちごよ君にふくませむわがさす紅《べに》の色に似たれば

山川登美子『恋衣』（一九〇五）

人の名も仏の御名も忘れはて籠に色よき野花《のばな》つみぬる

増田（茅野）雅子『恋衣』（一九〇五）

鎌倉や御仏《みほとけ》なれど釈迦牟尼は美男《びなん》におはす夏木立かな

与謝野晶子『恋衣』（一九〇五）

山川登美子の歌は、いちごを相手に食べさせることで、紅をさした唇の色、つまりは自分の分身を食べさせようとしており、呪術的な行為がイメージされます。

与謝野晶子の歌は当時から話題になりました。「鎌倉よ、仏様だけれど、釈迦牟尼《しゃかむに》は美男《イケメン》でいらっしゃる。それに夏木立だよ」と、鎌倉大仏を題材にしたものです。結句の「かな」のニュアンスは機械的に現代語訳できません。根岸派の伊藤左千夫からは、仏像をそのように描くとは下劣・下等だという批判もありました。しかしそのような批判も意に介さないほど、『恋衣』は多くの読者に評価されました。与謝野晶子の詩「君死にたまふことなかれ」もこの合同歌集に収録されています。日露戦争は一九〇四年開戦であり、『恋衣』は戦時下で刊行されました。

これ以降、『明星』には石川啄木、北原白秋《きたはらはくしゅう》、岡本かの子、吉井勇《よしいいさむ》などが参加し、誌面は質量ともにさらに拡充され、価格も徐々に高くなっていきます。『明星』の人々は星や菫の花をしばしば詠み込んだことから星菫派《せいきんは》とも渾名されます。

しかしながら『明星』の天下は長くは続きませんでした。明治三〇年代末（一九〇六年ごろ）になると、文壇では自然主義が流行します。ところが鉄幹は自然主義を否定し、これに北原白秋や吉井勇など若手層が反発しました。一九〇八年一月には、彼ら七人が『明星』を脱退して、『明星』は一気に力を失うこととなりました。その結果、『明星』はその年の一一月に通巻一〇〇号をもって終刊しました。

【第三節　根岸派の写実主義運動とアララギ派】

正岡子規《まさおかしき》たち根岸派は新聞「日本」と深い縁があります。子規は叔父の親友である陸羯南《くがかつなん》の手引きにより、羯南が創刊した新聞「日本」に入社し、そこで文章を発表するようになります。はじめは俳句革新を精力的に推進していました。

俳句革新が一段落したのち、子規は短歌の革新にも乗り出します。新聞「日本」紙上では、一八九八年から古今和歌集を批判する「歌よみに与ふる書」が連載されました。

ところで当時の新聞事情について少し補足しておきます。前提として、明治初期の新聞には、教養のある読者層を対象とし、漢字とカタカナの文語で記述された政論中心の「大新聞《おおしんぶん》」と、大衆読者を対象とし、総ルビの平易な文章で記述された、通俗的な記事中心の「小新聞《こしんぶん》」がありました。明治後期になると、大衆に支持される小新聞が売り上げを伸ばし、大新聞は数を減らします。新聞「日本」は当時唯一の大新聞でした。また一八九〇年代末には空前のハガキ投書ブームが生じています。

子規は「歌よみに与ふる書」を連載する傍ら、「人々に答ふ」と題して投書で寄せられた疑問・質問に回答していました。さらに子規は、即物的な題を設定して何度か短歌を募り、それを「日本」紙上に掲載しました。子規の新聞歌壇は、当時の雑誌歌壇や現在の新聞歌壇と違い、定期的なものではありません。伊藤左千夫《いとうさちお》、長塚節《ながつかたかし》など、関東一円に在住していた投書や投稿歌壇の参加者たちは、次第に子規庵に集い、歌会に参加するようになります。

子規庵歌会はそれまでの歌会と異なり、句会の形式を採用していました。句会では、詠草一覧をまとめたのち、それを各参加者が回し読み、選を入れる句だけを手元に控えていきます。その後、選の多い順から評を行い、評が終わると作者を明かします。従って、全ての詠草が評の対象となるわけではなく、詠草一覧に記載された句の作者は一部しか明かされません。ポイントは匿名互選であることです。

それ以前の旧派の歌会では、選者のもとに詠草を提出し、選者が天・地・人などのランクをつけて、担当者が披講するという形式が一般的でした。匿名互選によって歌会からヒエラルキーを取り払った点は革新的であり、この構造は少しだけ形を変えて、現在の歌会でも維持されています。

子規の作品も見ていきましょう。

もんごろのつはもの三人二人立ちて一人すわりて楯つくところ
くれなゐの二尺伸びたる薔薇の芽の針やはらかに春雨のふる

瓶《かめ》にさす藤の花ぶさみじかければたゝみの上にとゞかざりけり

正岡子規『竹の里歌』（一九〇四）

一首目は連作「絵あまたひろげ見てつくれる」の一首です。見たままを描くことに腐心した子規ならではの作歌方法です。おそらく元寇を描いた「蒙古襲来絵詞《もうこしゅうらいえことば》」が下敷きになっているのでしょう。

二首目、三首目は子規の代表歌とも言える有名な歌です。二首目はまさに薔薇を凝視している感覚が伝わってきます。「やはらかに」は、接続上は「針」の述語でしょうが、薔薇のトゲと春雨の両方にやわらかいイメージを与えていると読みたくなります。

三首目は結核で病臥《びょうが》している視点から詠まれたものですが（子規は脊椎カリエスでほとんど寝たきりでした）、背景知識がなくとも、下から見ていることは伝わってくるかと思います。「藤の花ぶさ」と描写することで、想像上は藤の花房がだんだん伸びていくのですが、そのイメージは「みじかければ」で打ち消されます。「とゞかざりけり」の詠嘆は、その花房と畳の距離の静かな緊張関係をまとめるものです。おそらく緊張と安堵の入り交じった感覚でしょう。「けり」のような詠嘆は、「〜なことよ」と機械的に口語にすると、様々なニュアンスが失われてしまいます。

鉄幹らの明星派が全国的な結社であったのに対し、正岡子規の根岸短歌会は東京周辺の人々が集まる小規模なものでした。もちろん、新聞「日本」の販売圏は東北から甲信地方、そして東海まで広がっており、子規に私淑している人々はおのおの各地で短歌会を組織したようです。

ちなみに、鉄幹と子規の短歌革新運動以後も、御歌所《おうたどころ》を中心とする旧派和歌は一定の勢力を保っていました。しかし大正期を通して求心力を失い、次世代が育たなかったため、昭和初期には少数派へと転落します。現在の短歌は鉄幹と子規らの革新運動を源流としています。

さて、正岡子規は一九〇二年に没します。子規の没後、子規の正当な後継者を自認する伊藤左千夫は根岸短歌会を名乗り、東京歌会に若者を多く集めていきます。また運動の火を絶やさないために、一九〇三年には短歌雑誌『馬酔木《あしび》』を創刊しました。左千夫門下には斎藤茂吉《さいとうもきち》や土屋文明《つちやぶんめい》、中村憲吉《なかむらけんきち》、古泉千樫《こいずみちかし》、石原純《いしはらじゅん》などが集まりました。彼ら弟子たちは生前の子規とは面識がありません。

子規の影響を受けた東日本各地の人々は、子規に私淑していたのであって、左千夫に師事していたわけではありません。各地の短歌会は『馬酔木』に与せず根岸派を離れ、多くは消えていきます。例外として、島木赤彦《しまきあかひこ》が主宰する信州の雑誌『比牟呂《ひむろ》』とは交流が続きました。『馬酔木』は諸事情あって後継誌『アカネ』に引き継がれ、『アカネ』ではメンバー間のトラブルもあり『阿羅々木《アララギ》』が創刊されます。

一九〇九年九月には、題を『アララギ』とカタカナに改め、左千夫の弟子たちが交代で編集を担当するようになります。また、この機会に島木赤彦が主宰する信州の『比牟呂』も『アララギ』に合流し、ここに初期アララギ派が成立しました。『アララギ』は左千夫の弟子たち、特に島木赤彦の貢献によって大正中期に成長を遂げ、歌壇有数の結社となります。

ところで、『馬酔木』が『アララギ』になる時期には、森鷗外《もりおうがい》主催の観潮楼歌会《かんちょうろうかかい》が行われていました。観潮楼とは鷗外の自宅に付けられた名前です。『明星』を支援していた鷗外は短歌に興味をもち、一九〇七年から一九一〇年ごろまで、定期的に歌会を開催していました。歌会の方法は根岸派と同じ題詠・匿名互選です。

歌会へは、明星派から与謝野鉄幹《よさのてっかん》、与謝野晶子《よさのあきこ》のほか、北原白秋《きたはらはくしゅう》、吉井勇《よしいいさむ》、石川啄木《いしかわたくぼく》ら若い世代が参加しました。根岸派の『馬酔木』からは伊藤左千夫と、左千夫の弟子である斎藤茂吉《さいとうもきち》や古泉千樫《こいずみちかし》が参加します。また、竹柏会の佐佐木信綱《ささきのぶつな》も参加していました。斎藤茂吉と北原白秋はここで知り合うことになります。観潮楼歌会の意義は様々に論じられていますが、一つ挙げるならば、若手歌人の交流の場になったことでしょう。

【第四節　自然主義】

『明星』は多数派で、全国的なしっかりとした組織がありました。対して子規の根岸派はかなりの少数派です。各地の読者たちは子規に私淑しつつ、独自に短歌会を組織していました。ここに、叙景詩運動という第三軸を導入します。

叙景詩運動は、金子薫園《かねこくんえん》と尾上柴舟《おのえさいしゅう》が雑誌『新声』歌壇の投稿者を集めて、アンソロジー

『叙景詩』（一九〇二）を刊行したところから始まります。二人はどちらも落合直文《おちあいなおぶみ》の浅香社出身です。浪漫主義の抒情に満足できない彼らは、叙景、つまり風景を描くことを主張します。

金子薫園は投稿雑誌である『新声』（のちの『新潮』）に設置された歌壇の選者をしていました。薫園は投稿者たちを集めて白菊会《しらぎくかい》を組織します。ここからは昭和期に大歌人となる吉植庄亮《よしうえしょうりょう》や土岐哀果《ときあいか》（善麿《ぜんまろ》）が輩出されました。また尾上柴舟は一九〇五年に車前草社《しゃぜんそうしゃ》を組織します。大正期に活躍する若山牧水《わかやまぼくすい》や、昭和期に口語自由律短歌の急先鋒となる前田夕暮《まえだゆうぐれ》がここに参加していました。

さて、薫園・柴舟の弟子にあたる世代は自然主義の影響を受けていきます。浪漫主義は理想的な恋愛や感情を詠みます。浪漫主義で描かれる人間社会の様相は限定的でした。写実主義は風景を描くことに徹し、社会のことをあまり語りません。これに対して、自然主義は浪漫主義のアンチテーゼとして、浪漫主義が描かなかった人間社会の様子まで作品領域を拡張しようとする動きと説明することができます。

具体的な作品を見てみましょう。

白鳥《しらとり》は哀《かな》しからずや空の青海のあをにも染まずただよふ

若山牧水『海の声』（一九〇八）

酒のめば

刀をぬきて妻を逐ふ教師もありき
村を逐はれき

石川啄木『一握の砂』（一九一〇）

りんてん機、今こそ響け。
うれしくも、
東京版に、雪のふりいづ。

土岐哀果『黄昏に』（一九一二）

牧水の歌は、白鳥の描写に徹するのではなく、悲しくないのだろうか、と詠み手の感慨が詠み込まれています。写実は風景を客観的に描いたり風景に対して詠嘆したりするばかりですが、自然主義の歌人たちは感情を自由に詠み込む傾向があります。

石川啄木の歌はさながら掌編小説のような簡潔さがあります。酒を飲むと、刀を抜いて妻を追いかける教師がいた。彼は村を追われた。啄木は故郷の学校を回顧しているのでしょう。「逐ふ」は歌の中に二度出てきますが、一度目は能動、二度目には受動と、動作の向きが切り替わっています。

土岐哀果（善麿）は、石川啄木の三行書きに影響を与えています。「今こそ響け」は命令形ではなく、「こそ……已然形」の係り結びで、「まさに今響くのである」を意味します。東京版は新聞です。明治期に普及した大型の回転式印刷機である輪転機《りんてんき》が高速で新聞を印刷していて、そこに雪が降るうれしさが加えられています。啄木と哀果はより労働や生活に近いテーマを扱ったため、生活派と呼ばれます。この流れは大正中期ごろからプロレタリア短歌に発展していきました。

ところで、自然主義に影響を受けて『明星』を脱退した北原白秋や吉井勇ら若手はどうなったのでしょうか。彼らは一九〇九年に雑誌『スバル』を創刊しました。これは『明星』と区別して、新浪漫主義ないし後期浪漫主義と呼ばれます。

くちづけを禁ぜられたる恋人はひと日ひと日におとろへにけり
丁丁《ちやうちやう》と大木《だいぼく》伐《き》るを見るひまに百年《ひやくねん》経《た》つと知らざりしひと

吉井勇『酒ほがひ』（一九一〇）

一首目は恋愛をテーマにしてはいますが、与謝野晶子や山川登美子の短歌に比べて落ち着いています。二首目は歌の中で長い時間が流れていて、それ以前の浪漫主義とは違う夢の世界が描かれています。

ちなみに、白秋、哀果、牧水の三人は同じ一八八五年生まれで、早稲田大学へ同期入学しています。大正初期は、これらの若手歌人たちが相互に影響を与え、活躍していくことになります。

【第五節　短歌滅亡私論】

明治時代の末期を飾るのは尾上柴舟《おのえさいしゅう》による「短歌滅亡私論」です。この論は一九一〇年一〇月に東雲堂《しののめどう》から刊行された短歌雑誌『創作』上で発表されました。主要なトピックは三つあり、それぞれ要約しましょう。曰く、

一．短歌は昔のように一首で見るべきものではなく、新聞や雑誌に掲載されている形の、五首や十首でひとまとまりとして見るべきものになってしまっている。

二．時代は散文の方向に進んでいるから、短歌が今日の私たちを十分に写す力があるか疑わしい。

三．短歌において古語を用いると、私たちを十分に写すことができない。「吾々は「である」または「だ」と感ずる。決して「なり」または「なりけり」とは感じない」はずだ。

柴舟はこの三点を論拠として短歌が滅亡すると結論づけています。

第一の主張の背景には、短歌が新聞や雑誌において何首かまとめて小題を付し、一連として発表されるようになってきたことがあります。一連を一つの作品とみなす考え方は「短歌連作」と呼ばれています。ただし、柴舟は「連作」の語を用いていません。「連作」概念は、正岡子規の作品に注目する中で一九〇二年に伊藤左千夫が発案したものです。

子規の主な作品発表媒体は新聞でした。新聞紙面を埋めるためには何首か続けて掲載する必要があり、それが連作になりました。短歌連作の概念はアララギ派から広まり、大正中期ごろまでには歌壇全体で試みられるようになります。歌集の形式も、詞書《ことばがき》を交えて短歌が漫然と並んでいるものから、連作中心の構成へと次第に変わっていきます。

ポイントは新聞や雑誌といった新しいメディアの出現が、短歌の発表形式に変化をもたらしたことです。柴舟は時代の変化を感じ取り、短歌一首の独立性が損なわれているのではないか、従って短歌という形式自体がもはや時代に合わないのではないかと危惧しています。

柴舟の文章は様々な反響を呼びました。そのうち最も重要な反論が、「短歌滅亡私論」の翌月に同じ『創作』で発表された、石川啄木の「一利己主義者と友人との対話」です。この論は「A」と「B」の二人による対話篇で、「A」がおそらく石川啄木本人、「B」がその聞き手です。実際の文章を見てみましょう。

A　歌の調子はまだまだ複雑になり得る余地がある。〔中略〕歌には一首一首各《おのおの》異った調子がある筈だから、一首一首別なわけ方で何行かに書くことにするんだね。

B　さうすると歌の前途はなかなか多望なことになるなあ。

A　人は歌の形は小さくて不便だといふが、おれは小さいから却つて便利だと思つてゐる。さうぢやないか。人は誰でも、その時が過ぎてしまへば間もなく忘れるやうな、〔中略〕

内からか外からかの数限りなき感じを、後《あと》から後からと常に経験してゐる。〔中略〕おれはその一秒がいとしい。たゞ逃がしてやりたくない。それを現すには、形が小さくて、手間暇《てまひま》のいらない歌が一番便利なのだ。

石川啄木「一利己主義者と友人との対話」『創作』一九一〇年一一月号

啄木は短歌が滅亡しないことの根拠として、「調子」＝韻律を改造する余地があることを挙げます。また、散文の時代になっているという柴舟の主張に対しては、短歌は短歌でしか描くことのできないとりとめのない領域を拾い上げるものだから、まだ滅びはしないのだと返します。

啄木は文章で反論するだけでなく、その論を作品の形でも示しました。啄木は短歌を三行書きにするだけでなく、さらなる「調子」の改造のためやがて「——」や、「、」「。」なども使うようになります。啄木の作品は次の通りです。

こそこその話がやがて高くなり
ピストル鳴りて
人生終る

石川啄木『一握の砂』（一九一〇）

思ふこと盗みきかるる如くにて、

つと胸を引きぬ――
聴診器より。

石川啄木『悲しき玩具』（一九一二）

「引きぬ」（引いた）など文語の助動詞を使うこともありますが、多くの場合は動詞の終止形が使われており、意味の取りやすい歌ばかりです。また、「こそこそ」というオノマトペなど、啄木の歌からは口語的な側面を見つけることができます。こうした表現は短歌がより小さな領域を拾い上げるために模索されたものです。これらの歌が、柴舟の論がもたらした反響の成果でした。

第二章　大正時代の短歌

【第一節　アララギの乱調子】

正岡子規没後、その正統な後継者を自認する伊藤左千夫は、子規以上に万葉集を重視していました。子規が目指していたのはあくまで写実です。子規にとっての万葉集とは、写実の実践にあたって参考となる古典であって、古典としてかなり尊重してはいたものの、新時代に目指すべき理想ではありませんでした。生前の子規は、左千夫の万葉崇拝をたしなめていたようです。

しかし子規没後の左千夫は、自分自身の主張を、あたかも子規の思想であるかのように語りはじめます。そして、万葉集の単語や語法を積極的に使用した擬古的な短歌を、根岸短歌会の伝統と主張するようになりました。

時は一九〇八年、『アララギ』が創刊されました。左千夫は指導者として選歌や添削を行います。代表的な弟子には斎藤茂吉《さいとうもきち》、島木赤彦《しまきあかひこ》、中村憲吉《なかむらけんきち》、古泉千樫《こいずみちかし》、土屋文明《つちやぶんめい》がいました。アララギ派は歌壇の中で、万葉擬古調の短歌に価値を置く特異な集団と見なされていました。

ところが一九一一年ごろから、左千夫の弟子たち若手層は、外部の若手歌人たちとの交流を経て印象派など西洋絵画に影響された歌を作るようになり、指導者である伊藤左千夫と対立します。この傾向は「アララギの乱調子」と呼ばれます。
左千夫の擬古的な作品とは次のようなものです。

小金井《こがねゐ》の五百《いほ》つ桜《さくら》の花かすみにほふ明りに児らと遊ばむ
伊藤左千夫『左千夫歌集』（一九二〇）

没後編纂《へんさん》の全歌集から、左千夫最晩年の作品を引きました。「五百《いほ》つ」という古めかしい言葉遣いに注目です。また「にほふ」は古語で鮮やかな色がうつくしく照り映える様を表します。こうした擬古調は同時代の作品の中で異様なものでした。

文語短歌は当時の言葉で「普通文」と呼ばれる書き言葉で書かれます。「普通文」とは明治期に確立した統一的な書き言葉の一種で、次第に口語文（言文一致体）に取って代わられるものの、終戦直後までは新聞や官公庁文書に使われていました。普通文では平安時代の書き言葉に由来する助動詞を使います。しかし、動詞や名詞はある程度口語文と共通しています。

つまり近現代短歌において、万葉語（万葉集の時代に使われていた語句）などの古語はあまり使われません。それを積極的に使うのが最初期のアララギ派でした。

左千夫の擬古調に対して、乱調子の時期における弟子たちの作品は、次のようなものです。

氷のいろ太陽《ひ》に緩《ゆ》りぬれば船の腹地上に赤く塗られて居たり

島木赤彦《しまきあかひこ》　合同歌集『馬鈴薯の花』（一九一三）

街のうへは遠くひかりて停電の電車幾列《いくつら》もとまり居るかも

中村憲吉《なかむらけんきち》　合同歌集『馬鈴薯の花』（一九一三）

緋鯉浮く池のおもてにしろがねの雨いち早く落ちて来にけり

古泉千樫《こいずみちかし》『屋上の土』（一九二八）

弟子たちの歌には、左千夫の歌のように目立った古語が使われていません。

赤彦の歌における「緩《ゆ》り」は通常「緩《ゆる》なり」の形をとる形容動詞の語幹で、「緩る」という動詞は古語辞典や現在の辞典には見かけません。動詞ならば「緩《ゆる》ぶ」です。おそらく「揺る」から類推されたのでしょう。近代にはこうした新用例がしばしば見られます

赤彦の歌には詞書に「諏訪湖八首」とあるので、舞台は冬の諏訪湖です。氷の白、太陽の赤、船の赤と、色彩の重ね方が印象的です。「氷の色が太陽で緩やかになる」とは解釈が難しく、私は氷が溶けて表面が曇る様子と読みました。そこに突然、陸に揚げられた船が登場します。陸だから「船の腹」が見える。船はただ赤く塗られているだけかもしれません。しかし、先に太陽が言及されているため、夕陽によって船が照らされている様子を幻想してしまいます。

憲吉の歌は路面電車の停電が題材になっています。この時代において、電車はほぼ市電、つ

まり路面電車を意味します。長距離路線は汽車でした。また当時の電車にはしばしば停電による全線運休がありました。三〇分以上動かない事態もあったとのことです。さて憲吉は、停電で車内が暗い中、街の光が電車をぼんやりと照らす様子を描いています。停電中ですからガス灯の光でしょう。明治大正期は電灯とガス灯が共存していました。停車している車両はいくつもあり、多くの人が不便さと闇を共有しています。さらにこの歌では人々の感情を語らないことで、街と電車のコントラストを強め、闇の質量の大きさを暗示しています。

千樫の歌は文法的にも意味が取りやすいと思います。結句の「来にけり」は動詞「来《く》」＋完了の助動詞「ぬ」の連用形＋詠嘆の助動詞「けり」の終止形です。この詠嘆は、水面に落ちてきた雨粒の瞬間一つひとつを強調するものと読めます。この歌も「緋鯉」の朱色と「しろがねの雨」が紅白の対比をなしている点で色彩的と言えます。以上三首が乱調子の実例です。なおここでは歌を引いていませんが左千夫の弟子の一人である斎藤茂吉は北原白秋との交流が深く、もはや幻想的とも言える歌を残しています。

もちろん、左千夫はこれらの歌を批判しました。弟子たちも負けじと反論します。『アララギ』では論争が繰り広げられました。左千夫が長生きしていたら『アララギ』は瓦解していたかもしれません。しかし左千夫は、一九一三年（大正二年）に四八歳で急逝します。これにより、弟子たちはそれまで左千夫が担っていた問題、つまり『アララギ』の伝統として、どのように万葉集と向き合うべきかに直面することとなりました。

左千夫没後の『アララギ』編集は千樫が担当しました。しかし遅刊が相次いだために、業を煮やした赤彦が信州から東京に引っ越してこれを引き継ぎます。『アララギ』における万葉集との向き合い方を基礎付けたのは島木赤彦です。彼の指導のもと、アララギ派は飛躍的な成長を遂げます。

【第二節　大正二年の衝撃】

一九一三年（大正二年）には近代短歌史上に燦然《さんぜん》と輝く二冊の歌集が出版されました。一月刊行の北原白秋《きたはらはくしゅう》『桐の花』と、一〇月刊行の斎藤茂吉《さいとうもきち》『赤光《しゃっこう》』です。作品の前に、まずは著者二人の経歴を確認しておきましょう。

北原白秋は一八八五年生まれ、福岡出身です。当時は新人の登竜門として機能していた投稿雑誌『文庫』に新体詩を投稿する中で頭角を現し、二一歳で東京新詩社『明星』に参加。新詩社を脱退後は吉井勇らとともに『スバル』を創刊。第一詩集『邪宗門』（一九〇九）と第二詩集『思ひ出』（一九一一）は高く評価され、詩壇での名声をほしいままとします。一九一一年には文芸雑誌『朱欒《ザンボア》』を創刊。文芸雑誌の主宰とは、文壇に一つの派閥を形成するほどの権勢を誇るものです。

つまり、北原白秋は歌集『桐の花』を刊行する以前に、詩人としてのキャリアを相当に積んでいます。一九一三年（大正二年）の白秋は、二八歳にして詩壇の指導者でした。さて、作品について。

春の鳥な鳴きそ鳴きそあかあかと外《と》の面《も》の草に日の入る夕
あまりりす息もふかげに燃ゆるときふと唇《くちびる》はさしあてしかな
人妻のすこし汗ばみ乳をしぼる硝子杯《コップ》のふちのなつかしきかな

北原白秋『桐の花』（一九一三）

二首目の下の句に注目です。「ふと唇はさしあてしかな」（ふと唇をさしあてた＋詠嘆）のような動作ができるのは、実際の北原白秋本人がどうだったかはさておき、色男に違いありません。この詠嘆は余白をもたらし、余白は口づけのあとの余韻として意味を結びます。また、「唇は」の助詞の斡旋も見事です。もしここが「を」ならば、強調されるのは動作全体ですが、「は」を使うことによって、唇の質感だけにさりげなくフォーカスし、しっとりとした印象を作り出しています。初句のアマリリスは明治時代末期ごろに伝来した園芸品種で、異国情緒を感じさせます。もしかすると作中主体が口づけたのはアマリリスの花なのかもしれませんが、花に口づける人物も、だいぶキザなイメージをまとっていると思います。

三首目は搾乳業の場面を切り取ったものかと思われます。しかし、搾乳の読みを確定させるまでには時間がかかり、その隙間に、赤子への授乳の様子かもしれないという読みが入り込みます。「すこし汗ばみ」という誤読を誘うような語を置いていることからは、わざとそうしているると推察できます。

さて、一首目は歌集巻頭歌です。結句の「夕」にはルビも送り仮名もありませんが、音の関係で「ゆうべ」と読むのが適切でしょう。二句目は「な鳴きそ鳴きそ」（鳴かないでくれ、鳴かないでくれ）という音の繰り返しが小気味よいですね。「な＋動詞の連用形＋そ」は「〜しないでくれ」を意味します。白秋はこうしたリフレインを歌集の中で多用しています。『桐の花』は、外界の音への注目、また韻律上の心地よさも特徴的な歌集であると論じられています。

対する斎藤茂吉は一八八二年山形生まれです。精神科医であった叔父の斎藤紀一《さいとうきいち》に勉学の才能を認められ、一四歳で上京。開成中学校に入学します。その後は第一高等学校を経て、東京帝大の医科大学に進学しました。この間に、同級生との短歌文法をめぐるいさかいをきっかけとして伊藤左千夫に入門します。学生のころは短歌にのめりこむあまり、相当に成績を落としたとか。また、左千夫に連れられて森鷗外の主催する観潮楼歌会《かんちょうろうかかい》に参加、明星派に属していた石川啄木や北原白秋と知り合うことになりました。

一九一三年（大正二年）の茂吉は三一歳の精神科医です。白秋の雑誌『朱欒《ザンボア》』に寄稿した短歌が注目を集めていましたが、歌人としては駆け出しでした。なお『赤光』は伊藤左千夫の没後に刊行されています。作品を見てみましょう。

屋根の上に尻尾動かす鳥来りしばらく居つつ去りにけるかも
歩兵隊代々木《よよぎ》のはらに群れゐしが狂人《きやうじん》のひつぎひとつ行くなり
赤光《しやくくわう》のなかに浮びて棺《くわん》ひとつ行き遥《はる》けかり野は涯《はて》ならん

斎藤茂吉『赤光』(一九一三)

一首目では時間操作の技術が使われています。来た、居た、去ったが一文に圧縮されている。そして「〜にけるかも」で詠嘆が駆け抜けます。前節では古泉千樫の歌を例に、「来にけり」が瞬間を強調していることを確認しましたが、この歌でも、鳥が飛び去る最後の瞬間に強いスポットライトが当たっています。「けるかも」は万葉集に多い用例で、明治時代の普通文ではあまり使われません。このように、アララギ成熟期前半の万葉調とは、助詞助動詞レベルでの話です。名詞動詞レベルで古語はあまり使いません。その点が伊藤左千夫の指導するアララギ黎明期との違いです。

そして連作意識について。左千夫は子規の作品から短歌連作を発見しました。左千夫の弟子たちは、連作に時空間の広がりを加えました。茂吉もその一人です。しかし、茂吉の連作にはさらに、強烈な詩的異化への志向が見えます。

二、三首目は連作「葬《ほふ》り火　黄涙余録《おうるいよろく》の一」から引きました。この連作では、主治医をしていた患者が自殺したこと、代々木の火葬場まで棺の移送に同行し、その葬儀に立ち会ったことがテーマとなっています。当時の代々木原宿周辺は、青山練兵場や代々木練兵場といった旧帝国陸軍の施設がある、郊外の丘陵地帯でした。そうすると二首目は、茂吉が目にした景をそのまま描写しただけかもしれません。しかし、兵士と棺にはモチーフレベルでの強い連関があります。

三首目はもはや超現実主義の絵画です。シュルレアリスムは第一次世界大戦後、第二次世界大戦までの戦間期ヨーロッパに起こった詩や絵画の運動なので、茂吉の作品を語る言葉としては倒錯していますけれど、ともかく、その強烈な色彩は同時期のアララギ歌人たちとは比較になりません。画面いっぱいに拡げられた赤光は、中央に浮かぶ棺の影とコントラストをなしています。さらに下の句で「遙けかり」「涯ならん」と重ねられることで、歌のイメージは棺を中心として代々木の野原を無限大に拡げています。『赤光』は歌壇で広く絶賛され、ベストセラーとなり、茂吉は一挙に名声を高めました。

大正の短歌史は、『桐の花』と『赤光』の二つの歌集から始まります。

【第三節　大正歌壇の様子】

「歌壇」とは何でしょうか。歌壇とは、新聞・雑誌・書籍などの出版システムに、誌友のネットワークを組織化した短歌結社、つまり歌人のコミュニティが接合したものです。

前田夕暮が主宰する『詩歌』や若山牧水が主宰する『創作』など、結社誌の多くははじめ文芸雑誌として創刊されました。当初それらの雑誌は人気のある歌人に作品を依頼し、短歌だけではなく小説や評論も掲載され、誌面は充実していました。

雑誌は取扱い書店で販売されるほか、定期購読することもできます。この時代、定期購読者は「誌友」として雑誌が企画するイベントや歌会に参加し、対面で交流することもあったようです。誌友になると、投稿欄へ詩や短歌を投稿する資格が得られます。ここで主宰に実力を認められた作者は、「同人」や「社友」に昇格し、投稿作品が誌面の目立つ箇所に掲載されるようになります。結社の師弟制度はこのように発生しました。主宰の家を訪れて指導を乞う際に、幾らか謝礼を包む結社もあったようです。

やがて投稿欄は肥大化し、主宰は先生となり、投稿欄は師弟関係を内包した「選歌欄」となります。こうして主宰・選者、同人、誌友（一般会員）のヒエラルキーが生まれました。掲載される評論や作品も同人のものに限定されるようになります。誌面構成も選歌欄中心となり、雑誌は会員として所属するものとなりました。その結果派閥意識は強まりました。この段階に到達した雑誌が一般に「短歌結社」誌と呼ばれます。

結社旗揚げの初期段階までは、それぞれの主宰者や有力同人たちは相互に交流を持っていたようです。大正初期において、若山牧水、前田夕暮、石川啄木、土岐哀果、北原白秋、斎藤茂吉ら若手歌人たちは、『赤光』や『一握の砂』の版元である東雲堂書店《しののめどうしょてん》の西村陽吉《にしむらようきち》を中心に交流がありました。

しかしながら、派閥意識の強まりとともに、主宰や同人たちは他の結社を批判するようになります。結社間での論争もしばしば起こりました。この事態は一般に「歌壇の沈滞」と呼ばれています。

大正期には、前田夕暮の『詩歌』（一九一一年創刊）、若山牧水の第二期『創作』（一九一三年）、土岐哀果と西村陽吉による『生活と芸術』（一九一三年創刊）、尾上柴舟の『水甕《みずがめ》』（一九一四年創刊）、窪田空穂が指導する『国民文学』（一九一四年創刊）、太田水穂《おおたみずほ》の『潮音《ちょうおん》』（一九一五年創刊）、金子薫園の『光』（一九一八年創刊）など、近代を代表する雑誌や短歌結社誌が相次いで創刊されています。少し補足しておきましょう。

『詩歌』は前田夕暮の主宰する白日社《はくじつしゃ》の機関誌で、昼間を意味する「白日」は、夜の金星を意味する「明星」に対抗して採用されたと言われます。『詩歌』は大正期に一度廃刊しますが、昭和初期に復刊します。いずれの時期においても多数の会員を抱え、存在感を放っていました。『潮音』を指導する太田水穂は、落合直文や正岡子規の系統には属さない稀有な存在です。同郷の島木赤彦や窪田空穂、また信州にしばらく逗留していた若山牧水とも交流があります。水穂はのちに松尾芭蕉の俳句を理論化して短歌に応用し、日本的な象徴主義を提唱します。

歌壇の沈滞は、その後「宗匠主義《そうしょうしゅぎ》」や「封建制」などの語で批判されます。その際に決まって槍玉に挙げられるのは『アララギ』でした。伊藤左千夫の没後に『アララギ』主宰の座を引き継いだ島木赤彦が、一九一九年（大正八年）ごろから「鍛錬道」を唱え、短歌を規律訓練型教育に押し込めたためです。
結社と師弟制度を解体する動きが生じるのは、一九二三年（大正一二年）の関東大震災後でした。

【第四節　アララギの発展と離反者たち】

時は一九一三年（大正二年）末、島木赤彦は信州から上京し、『アララギ』の編集人となります。赤彦は信州諏訪郡の教員で、上京前は、校長職を経て諏訪郡視学（各校長を統括する役職）にまで出世しています。上京後は淑徳《しゅくとく》高等女学校に勤務する傍ら、信濃教育会の機関誌『信濃教育』の編集を行うなど、地元信州とのコネクションも保ち続けました。

赤彦が編集を担当して最初の二年、つまり一九一五年（大正四年）ごろまでは、乱調子の余波もあり、『アララギ』誌面や同人たちの歌集にはおもしろい作品がたくさんあります。そもそも「乱調子」は茂吉の命名です。茂吉はおよそ一八年後、アララギ二五年の歴史を語る中で、この時期を反省的に回顧し、ネガティブな意味合いを含めつつこう呼びました。作品を見てみましょう。

あかあかと一本の道とほりたりたまきはる我が命なりけり
ふゆ原に絵をかく男ひとり来て動くけむりをかきはじめたり

斎藤茂吉『あらたま』（一九二一）

昼深し禿げしボーイの頭《あたま》動くデッキの上の空は青しも
月の下の光さびしみ踊り子のからだくるりとまはりけるかも

島木赤彦『切火』（一九一五）

大正二～四年に製作・発表された作品を引きました。

茂吉の一首目はかなりの有名歌です。三句目の「たり」は完了存続の助動詞で、ここでは「～している」を意味します。「たまきはる」は命などにかかる枕詞です。枕詞は、その言葉本来の意味を失って、後続する特定の語を演出する役割を持ちます。「あかあかと」なので夕陽の道でしょう。問題はその一本道が、枕詞と詠嘆という二つの強調表現に挟まれて「命」であると語られていることです。思わず重大なことを言われていると身構えてしまいます。「道」が「命」であるとは、おそらく、自分の将来を真っ赤に照らされた一本道に喩えているのでしょう。妙なことを大上段に構えた真剣さをもって言われると怖くなりますが、その迫力こそ、この歌が秀歌と呼ばれる所以なのだと思います。

茂吉の二首目はまたもや時間操作の技法が使われています。この歌では「男」の時間が早送りになっています。「居て」ならわかりますが、「来て」は奇妙です。あたかも冬原に到着した次の瞬間に、一瞬で画材を拡げて、筆を滑らせているようです。また「動くけむり」も不思議です。けむりは刻々と姿を変える瞬間的な存在で、「男」はどの瞬間の「けむり」を「かきはじめ」ることができるのでしょうか。

赤彦の一首目は八丈島への船旅における歌です。ボーイの動作を描くだけでなくその「頭」が動くとしたところには若干の意地悪さを感じてしまいます。イメージの流れは初句の「昼深し」で下に落ちますが、「頭」「デッキの上」「空」と三段刻みで空まで上げられます。アララギ派の「写生」や「写実」は写真のような静止画を志すものではなく、多少の時間幅が含まれています。この歌も船旅における三秒くらいの瞬間を切り取ったものです。どこにも「眩《まぶ》しい」とは書かれていないのに、非常に眩しかったであろうことが伝わってきます。

二首目は文法から確認しておきましょう。「さびしみ」は形容詞の語幹＋接尾語「み」で、「〜なので」を意味します。つまり初句二句を口語にすると「月の下の光がさびしいので」となります。とはいえ、それを踊り子がくるりと回ったことの理由に挙げるのは奇妙です。この歌は赤彦が八丈島の流人踊りを見ている場面のもので、踊り手が月光のもと回転している点が印象的です。しかし「くるりと」と書かれるとなんだかハイカラで、日本の伝統芸能よりむしろバレエの回転《ターン》を思い浮かべてしまいます。日本の祭りの踊りで、「くるりと」回転するような振り付けはあるのでしょうか。

この時期のアララギ派が印象派の影響を受けていることは前述した通りです。印象派で「踊り子」といえば、ドガの絵がおのずと連想されます。要するに「くるりと」は、そうしたイメージのもとに使われているのではないか。つまりこの歌は写実からは逸脱しています。「さびしみ」という感情の表出は、写実の世界から飛び出すための助走として機能しているのでしょう。それ故の「乱調子」です。

乱調子が収束したのちのアララギは、次第に赤彦独裁となっていきます。

『アララギ』の選歌欄は一九一五年から茂吉・赤彦・憲吉・千樫の四人が担当し、一九一七年からは土屋文明と釈迢空《しゃくちょうくう》が加わります。しかしながら一九二一年ごろには、赤彦以外のほぼ全員が何かしらの理由でアララギを去るか、アララギの中心地である東京を離れてしまいます。茂吉は医学研究のため長崎へ移住し、次いでヨーロッパへ留学します。憲吉は関西に帰りました。文明は作歌を一時中断して信州の女学校に勤めます。この三人は地理的にアララギから隔離されています。

迢空は万葉観の違いもあり、茂吉との論争を経てアララギを脱退しました。一九二一年にはアララギ古参同人である石原純《いしはらじゅん》（当時四〇歳）が、同じくアララギ同人の原阿佐緒《はらあさお》（当時三三歳）に恋をして不倫に到り、赤彦は原阿佐緒を破門しました。この際、原阿佐緒を擁護した原の友人三ヶ島葭子《みかじまよしこ》も破門します。当然ながら石原純もアララギを退会し、この三人に肩入れしていた千樫もアララギを離れます。

アララギを脱退した彼らは、のちに北原白秋が中心となって創刊された『日光』に加わります。このことから『日光』は反アララギのために創刊されたと語られることもありますが、それは赤彦サイドからの見方であって、反アララギの意図があったと明言することは困難です。

赤彦は教育者でした。大正中期以降、赤彦は短歌を歌道と称し、作歌上達のための鍛錬道を提唱します。曰く、「自己の歌をなすは、全心の集中から出ねばなりません」云々。あるいは「歌の道は、決して、面白をかしく歩むべきのみではありません」云々。赤彦には短歌と教育理論を混同している部分があります。赤彦のこうした態度にもかかわらず、『アララギ』は急成長を続けました。他の結社では見られない増加率です。信州の教員層から会員を獲得できたためと言われています。

赤彦は大正最後の年に四九歳で没しました。昭和期のアララギは彼の弟子ではなく、斎藤茂吉と土屋文明が担うことになります。

【第五節　女性歌人はどこにいったのか】

お気づきかもしれませんが、ここまで大正期のトピックを語る中で、女性歌人の作品を一首も引きませんでした。

明治大正期に著名な女性歌人は少なく、この時期は男性歌人中心だったと語られることもあります。とはいえ、与謝野晶子に影響されて短歌を作りはじめた人は多かったことも事実です。女性歌人はどこに行ったのでしょうか。

原因は明治時代末に歌壇を席巻した自然主義にあります。自然主義以前、『明星』を舞台に花開いた「自我の詩」は恋の歌でした。恋歌はあらかじめ男女の性別役割を意識させるため、女性歌人は恋愛の主体として振る舞うことができます。

しかしながら、自然主義の歌は鉄幹の唱えた「自我の詩」とは違う、「近代的自我」が必要となりました。その近代的自我の主体として振る舞うことのできるのが、男なのです。こうして、女性歌人は短歌に貼り付いた〝男〟の仮面との葛藤を強いられることになります。

一九一四年（大正三年）に刊行された与謝野晶子の作品を見てみましょう。

君と行くノオトル・ダムの塔ばかり薄桃色にのこる夕ぐれ
ああ皐月仏蘭西の野は火の色す君も雛罌粟《コクリコ》われも雛罌粟《コクリコ》
恋人と世界を歩む旅にしてなどわれ一人さびしかるらん

与謝野晶子『夏より秋へ』（一九一四）

歌集『夏より秋へ』は自然主義の影響を受けていると言われます。確かに、それ以前の『みだれ髪』や『恋衣』に比べて、歌の題材は広がっています。また、晶子は鉄幹の洋行を追ってフランスに渡ったことが知られており、そうした特定の状況・特定の個人が想定される点も、自然主義的と言えます。引用歌はどれもいい歌です。

ただ、鉄幹（与謝野寛）は「君」ないし「恋人」として匿名化・理想化を受けています。晶子は夫婦関係を恋愛歌の枠組みで短歌にしています。この点で、晶子は自然主義に移行しきれてはいません。
他にも例を挙げてみましょう。

児をつれて歩む女に気まぐれの六月の夜が語るたはこと
今井邦子《いまいくにこ》『片々《かたかた》』（一九一五）

わが全身の血をさながらに波うたせ浴びゐる如し子は乳を吸ふ
若山喜志子《わかやまきしこ》『無花果』（一九一五）

女なれば夫《つま》も我が子もことごとく身を飾るべき珠と思ひぬ
片山廣子《かたやまひろこ》『翡翠《かわせみ》』（一九一六）

自然主義の華やかなりし大正初期に刊行された歌集です。恋歌の枠を離れ、女という主体像を確立するにあたっての困難をうかがわせるように、この時期の女性歌人の歌には、執拗に「女」であることへの自己言及があります。
ところが、そうして確立された「女」のイメージには、さらなる問題がありました。前提として、「男」のイメージは男性という性別のほかに、人間のイメージも持っています。ホモ・サピエンスやクロマニョン原人から連想される顔は、髭の生えた顔ではないでしょうか。つまり、「男」はとりたてて特徴を持たないヒトとして、短歌の中で振る舞うことができます。

キャンバスが白ければ、そこに固有の生活や感情を重ねるのは容易なことです。対して「女」には性別のイメージが貼り付いています。キャンバスがあらかじめピンク色に塗られているため、自分自身の固有の文脈や感情を乗せることに困難が伴います。

今井邦子はそうした問題に気づいていました。

梅雨ばれの太陽はむし〳〵とにじみ入る妻にも母《はゝ》にも飽きはてし身に
児の肉につと歯あつれば全身の愛ぞめさむれけものゝ如く
児のにほひつく〴〵かげば児も吾もけものゝ如き心地こそすれ
小さきえぷろん乳くさきえぷろん呪はれて子を生みし吾母となりし吾

今井邦子『片々』（一九一五）

今井は「妻にも母にも飽き」たと、性別役割《ジェンダー・ロール》への違和感を表します。また、それでも育児に従事しなければならない自分自身を「けもの」に喩えます。この喩は人としての尊厳が失われつつあることを嘆いているように思えてなりません。一首目の「むしむし」、三首目の「つくづく」というオノマトペも、どことなく苛立ちを感じさせます。しかし、今井はその後アララギの島木赤彦に入門し、先に挙げたような歌を封印しました。

戦後、釈迢空（折口信夫）は女性の短歌に言及して、「アララギ第一のしくじりは女の歌を殺して了つた――女歌の伝統を放逐してしまつたやうに見えることです」と言いました。有名な「女流の歌を閉塞したもの」（『短歌研究』一九五一年一月号）の一節です。女性歌人はどこにいったのか。この問いには、折口の論を引きつつアララギに殺されてしまったと答えることもできるでしょう。それだけではありません。

女性歌人たちは、そこにいたが、見えなくされていました。昭和初期も、女性歌人は増えたものの、男性歌人と対等に渡り合うほどではありませんでした。変化のきっかけは戦後、女性だけの短歌雑誌『女人短歌』が創刊されたことや、女歌の議論が起こったことなどにあります。その後歌壇は少しずつ変化を遂げてきました。しかし女性歌人の問題は、形を変えつつ、二〇二四年現在にも引き継がれています。

【第六節　口語短歌の系譜】

再び大正初期に戻ります。大正中期までの口語短歌には二つの流れがあります。一つは石川啄木を源流とする生活派、もう一つは言文一致思想を背景とする口語短歌推進者たちの動きです。

まずは生活派から語りましょう。啄木は生前、友人の土岐《とき》哀果《あいか》とともに雑誌『樹木と果実』を企画していました。啄木短歌の方向性は「一利己主義と友人との対話」で表明されている通り、時が過ぎれば忘れてしまうような一秒を愛しむことです。哀果は東雲堂の西村陽吉ととももにその遺志を継ぎ、啄木の一周忌である一九一三年九月に『生活と芸術』(〜一九一六)を創刊します。トルストイやゴーゴリなどロシア文学の新刊案内に混じって、短歌の新刊も紹介されるような雑誌でした。

啄木の短歌は口語的で意味のとりやすいものですが、啄木の影響を受けた哀果と陽吉の作品にもそうした傾向があります。作品を見てみましょう。

つと、
すひがらを投ぐれば、そこに
赤黒き、小さき蟻ありて、逃ぐるなりけり。

(すぐ、ゆけ)、——
海のひかり、つと浮び、
柳のみどり、かがやきにけり。

このものうき、寝ざめの心、
世の中が、
しーんとなつて、人ひとりゐず。

土岐哀果『街上不平』(一九一五)

西村陽吉『都市居住者』（一九一六）

哀果の一首目は、初句七音ということにするよりも、初句が二つに増えていると考えた方がいいかもしれません。「つと、（改行）」には五音と同じくらいの滞空時間があります。二首目は下句こそ平凡ですが、初句のパーレン（　）とダッシュ——の使い方は、テレパシー通信を想起させるような不思議さがある。『生活と芸術』の作品には、これらの歌のように変則的な字余りや字足らずが多い傾向にあります。陽吉の歌は、もし「ゐず」が「ゐない」のような口語ならば、散漫な印象になっていたでしょう。口語と文語のバランス感覚が優れています。

さて次に、言文一致思想を背景とする口語短歌推進者について語ります。最初期の例には、一八八八年に評論「言文一致歌」を発表した林甕臣《はやしみかおみ》がいます。ただし甕臣は、評論の自作がひどい出来だったこともあり、特にその後の人々へ影響を与えませんでした。大正期の口語歌に繋がる動きとしては、青山霞村《あおやまかそん》が草山隠者の筆名で刊行した『池塘集《ちとうしゅう》』（一九〇六）を挙げることができます。また西出朝風《にしでちょうふう》は一九一四年に雑誌『新短歌と新俳句』（年内に三号で終刊）を創刊し、口語歌を広めようとしていました。

花は散つてげたのはがたに葬られ雨に亡びる春の王国

青山霞村（草山隠者）『池塘集』（一九〇六）

雑報はその日その日に消えてゆく、
その書きぬしのおれも消えてく。

西出朝風『半生の恋と餓』（一九一八）

口語短歌推進者の作品は、方法意識が先行していることもあって、評価できるものがあまり多くありません。彼らの口語は比較的定型遵守です。

青山霞村と西出朝風は大正末期ごろ生活派に合流します。その成果として、東雲堂からは霞村、朝風、西村陽吉が選を務める『現代口語歌選』（一九二二）が刊行されました。さらに彼らは、一九二五年に『芸術と自由』を創刊し、口語短歌運動を継続します。対して歌誌『日光』では、こうした口語派の動きを牽制しつつ独自の口語理論が展開されました。前者に刺激を受けた人々は昭和期にプロレタリア系口語自由律短歌を作り上げ、後者に影響を受けた人々はモダニズム系口語自由律短歌を試みるのですが……。それはまだ先の話です。

【第七節 『日光』と口語短歌】

一九二四年（大正一三年）に創刊された歌誌『日光』は画期的な雑誌でした。『日光』は、関東大震災（一九二三年）後に発行できなくなっていたいくつかの結社誌を合同復刊する計画から発展し、歌壇の沈滞を打破する意図のもとに創刊されました。

歌壇の沈滞は『日光』創刊前ごろの結社誌を眺めてみると実感できます。有り体に言えば、結社誌がおもしろくなくなりました。外部寄稿者や論考は減り、主要同人の作品も活字が小さく組まれるようになりました。会員の増加によって選歌欄が肥大化し、次第に誌面を圧迫していった結果です。『アララギ』だけでなく、『創作』や『心の花』も同様の問題を抱えていました。もっとも、『日光』ものちにそれを経験することになります。

ともあれ、『日光』の誌面が抜群におもしろいことは間違いありません。北原白秋、前田夕暮、土岐善麿《ぜんまろ》（旧筆名：哀果）など、当時人気の歌人たちが短歌・詩・エッセイなどを寄稿しています。連載エッセイでは前田夕暮の「緑草心理」が特におもしろく、のちに書籍化もされています。

『日光』は、口語短歌の試作が行われた場でもあります。理論面では、石原純が「現代語短歌」を連載しています。北原白秋も連載エッセイ「季節の窓」（こちらものちに書籍化）で口語短歌に言及しました。白秋の主張を少し覗いてみましょう。

『日光』一九二四年五月号では、口語は間延びして字余りがちとなるにもかかわらず、強いて三十一音に収めるから失敗するのだと、白秋は当時の口語短歌を批判しています。口語詩も作れないならば口語短歌も作れまいとも付け加えており、白秋の詩人としての矜持《きょうじ》がにじみ出ています。

また同じ年の七月号では、「口語歌調の考察」の小タイトルのもと、自分の文章や夕暮の

「緑草心理」から五七五七七のリズムで、口語短歌のようにも読むことのできるフレーズを取り出しています。

口語短歌の実作面でも充実した作品が寄せられています。

「や、地震だ」と
いひかけたまゝ言葉をきり
見合せてゐた
瞳と瞳。

帽子も靴も持たず逃出したんだ。
気がついてふと淋しくなつた。

すぐそばまで
燃えて来た火を前に見て
玄関で食つた冷たいむすび。

矢代東村『矢代東村遺歌集』（一九五四）

矢代東村《やしろとうそん》の連作「九月一日」から抄出しました。関東大震災の経験をもとにしたものです。一首目は三句目「言葉をきり」が六音の字余りになっています。三首目の四句目「玄関で食った」も同様です。それぞれ助詞をはぶけば定型になりますが、助詞がないと不自然で、定型に振り回されているような印象となります。先の白秋の主張を思い出してください。

二首目の初句は「帽子も」と字足らずになっています。さらに三句目「逃出したんだ。」は七音です。こうした破調は難易度の高いものですが、この歌では改行によってバランスが保たれています。

他の作品も見てみましょう。

木の下に子供ちかよりうつとりと見てゐる花は泰山木のはな
手にもてば花おもくしてきりたての泰山木はにほひを放つ

前田夕暮　未刊歌集『南風』

夕暮は『日光』に、口語短歌の試作だけでなく、従来型の文語短歌も発表していました。引用歌は後者の文語定型作品です。しかしながら、「うつとり」「きりたて」などは口語の用法です。口語短歌として作られたわけではない作品にも、口語的発想がにじみ出ていると指摘できるでしょう。

彼らの試作は昭和期になると多数のフォロワーを抱え込み、新興短歌運動に結実していきます。

【第八節　歌の円寂する時】

一九二六年七月、改造社の言論総合雑誌『改造』で「短歌は滅亡せざるか」という特集が組まれました。折口信夫《おりくちしのぶ》の「歌の円寂する時」はその特集で発表されたものです。折口信夫は釈《しゃく》迢空《ちょうくう》の本名です。迢空は短歌、詩、小説などの創作に筆名を使い、その他の論文や論考などは本名で発表しました。一九二六年の迢空は三九歳です。この特集には北原白秋、斎藤茂吉、古泉千樫のほか、作家の佐藤春夫、芥川龍之介が寄稿しています。

ところで、先に迢空の作品も見ておきましょう。迢空は字空けと句読点を用いる点に特徴があります。

葛の花　踏みしだかれて、色あたらし。この山道を行きし人あり
人も　馬も　道ゆきつかれ死にゝけり。旅寝かさなるほどのかそけさ
雨のゝちに　雪ふりにけり。雪のうへに　沓《くつ》あとつくる我は　ひとりを

釈迢空『海やまのあひだ』（一九二五）

これらの表記は音読した際の印象を文字の上でも再現するために採用されたものです。釈迢空こと折口信夫は柳田國男《やなぎたくにお》に師事した民俗学者で、民話採集のために各地の山村を巡りました。一首目はその経験を反映したものでしょう。「あたらし」は漢字表記すれば「鮮《あたら》し」となり、新しい様ではなく色が鮮明な様を意味します。二首目の「かそけさ」は寂寞な様を描写する語で、表記も相まって自分の声すら紛れてしまうような孤独が感じられます。三首目の「沓」は同じ意味の「靴」よりも古代に近い感覚を想起させます。迢空作品の内容的特徴はこうした孤独と古代幻想にあります。

なお『海やまのあひだ』は迢空の第一歌集ですが、『アララギ』の選者を務めていたこともあり、迢空は大正末時点ですでに歌人として一目置かれていました。

さて、「短歌は滅亡せざるか」、つまり短歌は滅亡しないかという問いに対して、迢空は単刀直入に「歌は既に滅びかけて居る」と答えます。この文章では滅亡に到る三つの理由が述べられていますが、注目すべきは三つのうちのどれでもなく、終盤で語られる叙事詩の問題です。

迢空は啄木の問題意識を引き継いでいます。啄木は「一利己主義者と友人との対話」の中で、「日本の国語が統一される時」には短歌が滅びるだろうと、滅亡論を条件付きで肯定していました。その一方で、短歌の延命のために三行書きなどを提案しています。

こうした啄木と迢空の態度は似ています。迢空は短歌がその発生段階から抒情詩であって、叙事詩にはなりきれないことを語ります。近代生活を含むあらゆる事物は、短歌の抒情詩性が邪魔をして、「短歌としての匂ひに燻して」しまわなければ詠み込むことができない。それでは短歌がいずれ滅ぶのだ、と。しかし迢空は短歌の将来を悲観しながらもニヒリズムに陥らず、口語の採用による叙事詩を提案します。

私は民謡として口誦《こうしやう》せられた短歌形式は、終に二句並列の四行詩になつたのだと思ふ。それで試みに、音数も短歌に近く、唯自由を旨とした四行詩を作つて見た。さうしてそこに、短歌の行くべき道があるのを見出した様に考へてゐる。〔中略〕さて、〔引用者註：石原〕純ならびに私の作に就いて感じ得たことは、口語律が、真の生きた命のまゝに用ゐられる喜びである。其から更に、近代生活をも、論理をも、叙事味の勝つた気分に乗せて出すことが出来ることとなのである。三十一字形の短歌は、おほよそは円寂《えんじやく》の時に達してゐる。祖先以来の久しい生活の伴奏者を失ふ前に、我々は出来るだけ味ひ尽して置きたい。

折口信夫「歌の円寂する時」『改造』一九二六年七月号

迢空は、短歌がもともと歌謡であり、それが時代や言葉の変化とともに形式を変容させ、「二句並列の四行詩となつた」との認識に立っています。つまり、口語を取り入れる際に参考になるのは歌謡形式ではないか、ということです。

さて、ここで実作例として言及されている「音数も短歌に近く、唯自由を旨とした四行詩」

とは、『日光』一九二四年六月号と八月号に発表した作品「砂けぶり」のことです。初出の形で二首引用します。

おん身らは、誰を殺したと思ふ
陛下のみ名において――。
おそろしい呪文だ。
陛下万歳　ばあんざあい

横浜からあるいて来ました。
疲れきつたからだです。
そんなに、おどかさないでください。
朝鮮人になつて了ひたい様な気がします。

釈迢空「砂けぶり」（一九二四）

朝鮮人虐殺事件に関連したものを引きました。年譜によると、迢空は沖縄へ伝承採録調査に行っていたため、関東大震災当日の九月一日は東京にいませんでした。震災の報を知ったのはその帰路であり、船で横浜に着いたのち、徒歩で東京まで移動したようです。東京では自警団に取り囲まれています。

さて、この作品は分裂しています。「陛下のみ名において」人殺しが行われたことを「おそろしい呪文だ」と指弾しながら、「陛下万歳　ばあんざあい」とそれを肯定してしまう。また「朝鮮人になつて了ひたい」も首をかしげる表現です。この分裂はどのように捉えたらいいのでしょうか。

おそらくは、虐殺された朝鮮人へ心を寄せつつ、自らが彼らを殺した日本人の側にいることを忘れないためのものではないかと考えられます。短歌的抒情の攪乱《かくらん》と捉えることもできるでしょう。

また、叙事の試みをより短歌の範疇で引き継いだものに、連作「東京詠物集」があります。

地震頻発《ナヰシキ》り
踏みためがたきひた土に、
まづ　をろがみし
神のみ貌《カホ》
国土《クニ》稚《ワカ》く
世は太初《ハジメ》に還るらし。

心むなしく
大庭に居り

釈迢空「東京詠物集」『春のことぶれ』(一九三〇)

初出の『日光』では一行書きであったものが、『春のことぶれ』に収録する過程で多行書きに改められています。震災後、灰燼《かいじん》に帰した旧東京市を迢空は歩き見ています。そこに「神のみ貌《カホ》」を発見し、なおかつ「世は太初《ハジメ》に還るらし。」と、一九二三年の東京を古代へ接続しています。口語ではない形で関東大震災という出来事を叙述した点に、これらの歌の評価点を見出すことはできましょう。

しかし「砂けぶり」に比較すると「短歌としての匂ひに燻」されていることは否めません。はたして、短歌は短歌的抒情に適《かな》う内容しか詠むことができないのか。この問題は戦後にも再提起されました。

第三章　昭和の短歌1（〜昭和二〇年）

この章では昭和元年から終戦までの二〇年間、つまり一九二六年から一九四五年までを扱います。

【第一節　伝統短歌】

昭和元年は、子規・鉄幹らの短歌革新運動から三〇年あまりが経過しています。昭和期には再びの短歌革新が叫ばれ、新興短歌運動が巻き起こりました。もとは革新派であったはずの新派和歌の流れを引く歌人たちは、既成歌人ないし伝統短歌と呼ばれるようになります。時の流れはおそろしいものです。

もっとも、明治・大正期に登場した歌人たちは当時すでに壮年期の大御所です。この期間は、例えば斎藤茂吉にとって四四歳から六三歳までの二〇年間にあたります。

二〇二四年現在だと、四〇代半ばで大御所扱いされることは稀です。これには、当時の平均寿命が現在よりも短かったことも関係しています。明治大正期に紹介した歌人たちはこの時期からだんだんと亡くなります。若山牧水は一九二八年没（享年四三）、与謝野寛《ひろし》（鉄幹）は一九三五年没（享年六二）、与謝野晶子は一九四二年五月（享年六三）、北原白秋は四二年一一月（享年五七）にそれぞれ没します。

さて、一般的な傾向として、若手は大御所を批判します。昭和初期の歌人もその例にもれず、一九二八年には竹柏会『心の花』所属の石榑茂《いしぐれしげる》（当時二八歳、のちに五島茂《ごとうしげる》）が、『短歌雑誌』に全八回の「短歌革命の進展」を連載し、『アララギ』の斎藤茂吉、『芸術と自由』の西村陽吉《にしむらようきち》、『潮音』の太田水穂《おおたみずほ》を批判しました。初回の『アララギ』批判には茂吉がすぐに反応を示し、彼らの間に短歌革命論争が発生します。社会主義理論を教条的に振り回すのみの石榑は、論争で茂吉に惨敗しました。

一九二六年に島木赤彦が没して以来、『アララギ』は外部からの批判に対して防衛論争とも呼ばれる反論を繰り返しました。有名なものに、前川佐美雄《まえかわさみお》と土屋文明《つちやぶんめい》の模倣論争、太田水穂と斎藤茂吉の病雁《やむかり》論争などがあります。内容はほとんど不毛であるため、ここでは扱いません。

もちろん、伝統短歌側にも新しい動きがなかったわけではありません。きっかけは飛行機でした。時は一九二九年一一月。朝日新聞は歌人四人を飛行機に乗せて、その経験を短歌にするという企画「空中競詠」を実施します。四人とは、朝日新聞に勤めていた土岐善麿、『アララギ』の斎藤茂吉、『詩歌』の前田夕暮、『橄欖《かんらん》』の吉植庄亮《よしうえしょうりょう》でした。みな大御所の歌人です。

飛行機に乗ったことをきっかけに、それ以前から口語自由律短歌を散発的に試みていた前田夕暮は、完全に自由律へと移行します。土岐善麿は二九年八月に口語自由律へ移行していました。空中競詠は『日光』時代の試みを大きな運動へと発展させるトリガーとなりました。

自由律短歌の影響は伝統短歌側にも及び、一九三〇年代を通して「短歌散文化」と呼ばれる現象が生じます。作品をいくつか挙げましょう。

われより幾代《いくだい》か後の子孫《しそん》ども今日《けふ》のわが得意《とくい》をけだし笑はむ
上空より東京を見れば既にあやしき人工の物質塊“Masse《マッス》”と謂はむか

斎藤茂吉『たかはら』（一九五〇）

嵐の如く機械うなれる工場地帯入り来て人間の影だにも見ず
吾が見るは鶴見埋立地の一隅ながらほしいままなり機械力専制は

土屋文明『山谷集』（一九三五）

じんじんと山上百メートルを飛びつつあり緑に徹る命あるのみ

北原白秋『夢殿』（一九三九）

茂吉の歌は一九二九年の作。空中競詠に端を発する連作「虚空小吟」から引きました。「あやしき人工の物質塊“Masse《マッス》”」と、空から見た東京の非人格的な側面を描き出しています。

土屋文明の歌は、一九三三年の連作「鶴見臨海鉄道」から引きました。こちらも「人間の影だにも見ず」と、工場地帯における人間疎外を描き出しています。こうした作品成立の背景としては、日本における重工業の進展を指摘できるでしょう。

白秋の歌は一九三九年の作です。白秋は一九二八年に大阪朝日新聞の企画で飛行機に搭乗し、その経験をエッセイとしてすでに発表していましたが、歌集編集に際して創作意欲を刺激され、懐古的にこの歌を含む連作「郷土飛翔吟」を作ったようです。白秋の飛行機搭乗は、茂吉たちの空中競詠と別の企画です。ただし白秋の散文化作品はごく少数で、白秋はむしろ散文化に批判的な立場を示しています。

「短歌散文化」とは破調を怖れず、長大な熟語や固い言い回しを短歌に組み込む傾向のことを指します。「字余り短歌」や「ザックバラン調」などの用語が充てられることもあります。この傾向の原因は、同時代人の安部忠三《あべちゅうぞう》が『短歌雑考』（一九三二）で指摘するように、「現代語は、まづ名詞それ自体において字余りになるのである」ということに尽きると考えられます。安部の考察は定型短歌の散文化にとどまらず、自由律の流行についても、現代語の長大化が背景にあると指摘しています。

高度に発達した現代文明社会をどのように描き出すのか。その問題に直面した際に、新興短歌側は口語自由律をもってそれに応え、伝統短歌側は定型に準拠しつつ破調の形をとったのでしょう。

窪田空穂《くぼたうつぼ》の高弟である松村英一《まつむらえいいち》は、評論「短歌の散文化」（『短歌研究』一九三四年四月号）で、散文化的傾向のある作者として、茂吉と文明に加えて窪田空穂、尾山篤二郎《おやまとくじろう》、植松寿樹《うえまつひさき》、宇都野研《うつのけん》を挙げています。松村自身も散文化傾向のある作者として語られます。

とはいえ、散文化の傾向はあくまで一部です。散文化傾向にあると指摘されている作者にも定型短歌の佳作が多くあります。例えば、昭和期における茂吉の代表歌を見てみましょう。

ガレージへトラックひとつ入らむとす少しためらひ入りて行きたり

斎藤茂吉『曉紅《ぎょうこう》』（一九四〇）

散文化傾向を念頭に昭和期の歌集を読むと、思いのほか定型短歌が多く、肩すかしを食らった気持ちになります。伝統短歌側の作者にとって破調は例外的な技法であって、短歌の本質はあくまで定型にあると考えていたためでしょう。この点は定型揚棄を語る自由律短歌と大きく立場が異なります。彼らは自由律短歌から散文化という形で影響を受けつつも、それに対抗意識を燃やしていました。

ところで、短歌は現代文明社会を描き出す「現実主義的傾向」のみに終始すべきなのでしょうか。北原白秋は、歌壇に蔓延する現実主義に異を唱え、一九三五年に短歌結社『多磨』を創設しました。『多磨』創刊第二号（一九三五年七月号）の「多磨綱領」に曰く、「『多磨』の期するところは何か。浪漫精神の復興である。「詩」への更生である。日本に於ける第四期の象徴運動である。近代の新幽玄体の樹立である」。言挙げとしてはかっこいいですね。

しかしながら、白秋の掲げた「新幽玄体」は、その意味するところが曖昧であり、白秋のこれまでの作品を総括するための、後付けの理論でした。そのため、『多磨』の若手たちは白秋作品のうちどれを新幽玄体の実践例とすべきかに悩み、文学運動としてさしたる成果を残すことはできませんでした。

ここで一九三〇年代当時の歌壇のパワーバランスを概観しておきましょう。プロレタリア派(プロ派)とモダニズム(芸術派)は、伝統短歌に対してまとめて「新興短歌」と呼ばれます。

新興短歌は思いのほか少数派です。当時の大手出版社である改造社刊の『短歌研究』について、創刊年の一九三二年から新興短歌が終息を迎える一九四一年までの寄稿者を集計すると、新興短歌側の人名は全体の一〇%ほどにしかなりませんでした。新興短歌の内訳を見ると、大御所歌人である石原純、前田夕暮、土岐善麿らを擁する自由律モダニズムの割合が最も多く、後世ではモダニズム歌人の代表として評価されることとなる前川佐美雄ら若手世代の定型モダニズム派は、短歌総合誌にほとんど登場しません。この時期の若手たちは、自身で興した短歌雑誌や同人誌に拠って活動していました。

その後、日中戦争と太平洋戦争が始まると、歌壇は文学的な対立を捨て、戦争をいかに詠むかという方向に進んでいきます。

【第二節　プロレタリア短歌】

プロレタリア短歌(以下、プロ短歌)は、長いので当時から「プロ派」「プロ短歌」などと略されていました。

運動体としてのプロ短歌の源流は、一九二六年に結成された新短歌協会の無産派に求められます。口語短歌の振興のため、口語派の大同団結組織として結成された新日本歌人協会では、形式面をめぐっての対立により、まず非定型派が分離し、続いて思想面の対立から無産派が分離します。

新短歌協会を離脱した歌人たちは、無産派諸雑誌を糾合し、一九二八年九月に新興歌人連盟を結成しました。しかしこの組織は機関誌の発行準備をめぐる対立から三ヶ月で解散となります。作品が未熟であるから機関誌の刊行を延期すべきだと主張したグループには、茂吉と論争した石榑茂《いしぐれしげる》や、のちに定型モダニズム短歌に戻る前川佐美雄《まえかわさみお》、筏井嘉一《いかだいかいち》がいました。

機関誌早期刊行を主張した渡邊順三《わたなべじゅんぞう》や坪野哲久《つぼのてっきゅう》らは、一九二八年末に無産者歌人連盟を立ち上げ、機関誌『短歌戦線』を発行しました。また翌年五月に合同歌集『プロレタリア短歌集1929年メーデー記念』を刊行するのですが、この合同歌集は発売即発禁となります。同時期に機関誌も発禁とされました。しかし彼らは運動を続けます。無産者歌人連盟は一九二九年夏にプロレタリア歌人同盟へと発展し、機関誌『短歌前衛』(～一九三〇年秋)が創刊されました。

一九二九年五月の合同歌集刊行から『短歌前衛』の刊行期間までが、プロ短歌の最も勢いのあった時期です。『短歌前衛』は創刊号が二五〇〇部、一九三〇年一月号が三〇〇〇部発行されたほか、プロレタリア歌人同盟の合同歌集『プロレタリア短歌集一九三〇年版』は参加者が一九〇人にもなりました。二九年版は一八人でしたから、人数比で一〇倍。その勢いをうかがい知ることができます。

また、一九三〇年ごろからは、作品は著しい破調のために長くなります。この形式からは、短歌定型を封建制の桎梏《しっこく》と見なす詩への解消論が生じました。具体的には次のような歌が挙げられます。

がらんとした湯槽《ゆぶね》の中にクビになつたばかりの首、お前とおれの首が浮んでゐる、笑ひごつちやないぜお前

坪野哲久『プロレタリア短歌集一九三〇年版』

哲久の歌は、「、」によって三分割されている構造や「笑ひごつちやないぜお前」がかろうじて下の句のように読めることによって、なんとなく短歌と呼べるような気もします。この段階でも短歌かどうかかなり怪しいのですが、その後、作品はもっと長くなります。

同時代人の渡邊順三は、一九三〇年ごろの様子を「八行十行といふ長さのものさへ珍らしくなくなり、そのどこにも短歌らしい匂ひも味ひも無くなつたのである」と、『史的唯物論より観たる近代短歌史』（一九三三、発禁）の中で報告しています。

『短歌前衛』は相次ぐ発禁処分により一九三〇年一〇月に廃刊となります。刊行された雑誌や歌集が発禁処分を受けることは、文学運動にとって大きな痛手です。戦前の内務省による検閲では、書籍は印刷・製本後に内務省へ納本されます。そのため、発禁処分を受けた書籍は印刷費が回収できません。雑誌の場合は採算がとれずに廃刊となるおそれもあります。発禁処分が続けば出版社の廃業もあり得るでしょう。そうした経済的な損失だけでなく、著者にとっては、批評の現場から作品が消されてしまうという精神的な損失もあります。

しかし彼らは、機関誌『プロレタリア短歌』を一一月に創刊し、運動を続けました。『プロレタリア短歌』創刊時には、プロ短歌運動がもはや客観的には短詩運動であると認めつつも、封建的定型短歌との闘争のため、短歌を名乗る立場が打ち出されます。結果として、創刊からおよそ一年後の一九三二年一月に、プロレタリア歌人同盟は解散してKOPF《コップ》(日本プロレタリア文化同盟)へ合流しました。短歌におけるプロ短歌運動の第一期はこうして終わりを迎えました。

もちろん、性急な詩への解消論へ反論もありました。伊沢信平《いざわしんぺい》は詩への解消に納得せず、一九三三年独自に『短歌クラブ』を創刊します。ここに短歌への愛着を捨てきれなかった歌人が合流し、その年の四月には雑誌『短歌評論』が創刊されました。プロ短歌の再出発です。『短歌評論』の刊行時期(~一九三八年)には三冊の合同歌集が出版されています。プロレタリア短歌の作品的収穫期はこの時期でしょう。アジテーション・プロパガンダ的作品から抒情詩への転換が図られた時期でもあります。この方針転換は思想的後退とも言えます。合同歌集から作品を引きます。

夜更け
ヤツト書き上げた統計
それが君
同僚《とも》の叱られる材料になるのを思へ。

柵木左衛『集団行進』（一九三六）

よろめけば
よろめく方から打つて来る拳に
歯をくひしばつて体勢を整へる。

鳥三平『集団行進』（一九三六）

これらの歌は石川啄木や土岐哀果の作品に近い形式が採用されています。合同歌集中の他の作品では、職業生活上の不条理、病床の生活、獄中の生活などが主な歌の題材となっていました。

思想的後退はなおも続きます。日中戦争開戦の時期あたりから、プロ短歌は用語を「勤労者短歌」、続いて「生活派短歌」へと変更しました。そして太平洋戦争開戦とともに、プロ歌人たちは一斉に検挙されます。戦前のプロ短歌運動はこうして壊滅しました。

戦後、釈放されたプロ歌人たちは新日本歌人協会を結成し、機関誌『人民短歌』を創刊。労働組合や農村で結成された文化サークルを中心に、歌壇の封建主義打破や民主主義的短歌の確立を目指していくことになります。

【第三節　定型短歌のモダニズム】

モダニズムは近代主義ないし現代主義と訳されます。関連する語彙にダダイズム、キュビスム、シュルレアリスムなどがあり、それらを包括する傾向として「モダニズム」が使用されることもあります。モダニズムとは何か、明瞭に定義づけることは難しいのですが、当時における「現代的」な、全く新しい潮流を反映させた芸術傾向のことだと、ひとまず示しておきたいと思います。

モダニズムの背景には、世界が大きく変化したのだから、芸術の形も現代的であるべきだという意識があります。昭和初期から見て、短歌の形が大きく変化した直近の時期は明治末の短歌革新運動期でした。昭和初期にはその歴史が参照され、再びの短歌革新が叫ばれます。最もラディカルな変化を志向したのが自由律に拠った人々です。現代語を使う際に字余りしがちであることは伝統短歌の節で見た通りです。彼らはそこから定型を揚棄《ようき》すべきであると語るようになります。

対して、前川佐美雄《まえかわさみお》や石川信雄《いしかわのぶお》、日比修平《ひびしゅうへい》などは、定型を前提として、その中で現代的な題材や口語使用を試みました。この節で扱う定型短歌のモダニズムは少数派です。運動体が小さいので合同歌集もありません（企画はされていました）。自由律側には前田夕暮、土岐善麿、石原純と大御所の歌人が参加していたのに対し、定型側はほとんど若手のみでした。しかしながら二〇二四年現在、前川佐美雄らの作品は新興短歌の中で一番読まれています。今日的に「モダニズム短歌」を語る際、その収穫として挙げられる代表的な歌集は、前川佐美雄の『植物祭』、石川信雄の『シネマ』、齋藤史《さいとうふみ》の『魚歌』の三冊です。ここに加藤克巳《かとうかつみ》の『螺旋階段』が加えられることもあります。

それでは作品を見てみましょう。

戦争のたのしみはわれらの知らぬこと春のまひるを眠りつづける
百の陽《ひ》でかざられた世界の饗宴に黄な日傘さしてわれは出掛ける

前川佐美雄『植物祭』（一九三〇）

百年の種子から咲かす百年の白薔薇《さうび》なり日にかゞやけり
燐寸すりて火をうつす火の暈のなか壁のキリストふと笑ひたり

小玉朝子《こだまあさこ》『黄薔薇』（一九三二）

シネマ・ハウスの闇でくらした千日のわれの眼を見た人つひになき
数百のパラシユウトにのつて野の空へ白い天使等がまひおりてくる

まなぶたをうらがへされて待避線路に億兆のゆめをわれは追ひゐし

石川信雄『シネマ』（一九三六）

七階からのぞけば逆さのにんげんがしみじみきたない生きものであり

早崎夏衛《はやさきなつえ》『白彩』（一九三六）

季節はづれの薔薇あはれなりと水かければ花瓣《はなびら》もろくくづれゆくなり

明方のあかるき庭にわが立てば花のやうに世界がひらきくるなり

岡松雄《おかまつたけし》『精神窓』（一九三七）

まつ白い腕が空からのびてくる抜かれゆく脳髄のけさの快感

炎えあがるさかんな夢にさめゆけばむせかへるほどの春光のなか

加藤克巳《かとうかつみ》『螺旋階段』（一九三七）

指先にセント・エルモの火をともし霧ふかき日を人に交れり

たそがれの鼻唄よりも薔薇よりも悪事やさしく身に華やぎぬ

齋藤史《さいとうふみ》『魚歌《ぎょか》』（一九四〇）

ここに挙げた七人は、加藤克巳を除いて全員、前川の主宰する雑誌『短歌作品』『カメレオン』『日本歌人』に関わっていました。克巳だけは早崎と岡松が一九三五年に『短歌精神』を創刊してから運動に参加しており、この七人の中では最年少です。克巳は戦前に前川と面識がなかったようです。

彼らの作品は幻想的です。そして相互影響が強く、共通の語彙やモチーフが見られます。「壁のキリスト」「天使」「セント・エルモの火」など、西欧文化のモチーフも好んで用いられました。前川佐美雄は『植物祭』のあとがきで、「日本の短歌は、日本の短歌なるが故に、もつと西洋的になる必要がある」と書いています。また作品傾向は口語志向の文語定型とも評されます。「かざられた」「のつて」「きたない」など、随所に口語が織り込まれています。

この運動の目指すところは何か。石川信雄に語ってもらいましょう。

> この運動の主要題目として、現代精神（モデルニスム）と抒情（リリスム）と人間研究若しくは人生批判（モラリテ）のことを、僕は考へてゐた。〔中略〕「明星」は歌はうとした。「アララギ」は観ようとした。僕等は歌う《マ》たが《マ》、観てゐなければならぬ。〔中略〕風景美への陶酔も一つの詩的状態だが、人間生活への批判感慨こそ、より切実な抒情詩ではあるまいか。〔中略〕僕等の「新芸術派」の運動は、その実は、「現代派」の運動であつた。
>
> 石川信雄「新古典主義的精神について　現代主義の修正」『日本歌人』一九三六年五月号

石川はアララギの写実に一定の評価を示しつつ、そこにとどまらない抒情詩を目指していたと語っています。夢と幻想に彩られた彼らの作品は、実のところ人間生活への批判を中心に据えたものでした。

しかし、定型短歌のモダニズムが試みられた期間はそう長くありません。佐美雄は一九三六年ごろから日本浪曼派《にほんろうまんは》に接近し、新古典主義を標榜《ひょうぼう》します。口語使用は次第に影を潜めました。石川信雄（のち信夫《のぶお》）は評論に専念し、戦前は作歌を中断します。先に引用した石川の文章は、これまでの運動を振り返りつつ、新古典主義への脱皮を言挙げするものでした。

小玉朝子（のちに内田朝子）もほどなくして歌を離れます。早崎と岡松は一九三八年春ごろから『短歌精神』を発行しなくなり、克巳は兵役のため日中戦争へ出征しました。石川も兵役を経験しています。

相互影響の強さが作品を行き詰まらせたと見ることもできるでしょう。そこに兵役も加わりました。時局はモダニズム短歌へも暗い影を落としています。

【第四節　自由律短歌のモダニズム】

一九二九年の空中競詠以降、前田夕暮は口語自由律短歌へ完全に移行します。もちろん口語と自由律はそれぞれ以前から試行されていました。夕暮を飛行機へと誘った土岐善麿は、一九二九年八月に飛行船グラフ・ツェペリンを見たことをきっかけとして自由律へ移行しています。

自然がずんずん体《からだ》のなかを通過する——山、山、山
野は青い一枚の木皿だ、吾等を中心にして遠く廻転する

前田夕暮『水源地帯』（一九三二）

彼等の科学・彼等の肉体・彼等の意思なのだ、ツェペリンをここまで飛ばしたのは
松原に家を建てて心を養はうとした時はもう遅かつた

土岐善麿『新歌集作品1』（一九三三）

夕暮の一首目は山間部上空を飛んでいる際の景でしょう。種田山頭火の自由律俳句「分け入つても分け入つても青い山」『草木塔』（一九四〇）を想起する人もいるかもしれません。こちらは山中を歩いた際の句で、文脈は大きく異なります。

善麿の一首目は、飛行船の来訪に際しての歌です。善麿の感動と興奮は伝わりますが、歌として評価できるかは難しいところです。二首目は初期作品に見られるようなナンセンスさがあります。

石原純は、夕暮と善麿の二人に先立って自由律作品と理論を発表しています。しかし、寡作な上に自由律期の歌集を生前に刊行しておらず、ほとんど評価されていないため、ここには引きませんでした。

さて、自由律短歌モダニズムには数多くのグループがありました。みな目指すところは短歌の革新ですが、それぞれ目指すところは違います。そのため当時は「自由律短歌」「ポエジイ短歌」「内在律短歌」「新短歌」など、様々な呼称が生まれました。現在ではまとめて「自由律短歌」と呼ばれます。

自由律モダニズムの有力な若手としては、中野嘉一《なかのかいち》、逗子八郎《ずしはちろう》、兒山敬一《こやまけいいち》の三人が挙げられます。この三人は理論家としても活躍し、三人とも一九三三年に短歌と方法社から評論集を出しています。

中野嘉一は『詩歌』の有力な若手で、詩人でもありました。軍医として太平洋戦争に従軍し、メレヨン島での凄惨な経験を題材とした詩集・歌集を残しています。精神科医で、太宰治の主治医としても知られています。

逗子八郎（本名：井上司朗《いのうえしろう》）はプロレタリア的傾向への接近を経てポエジイ短歌に入り、また山岳詠や紀行文を発表しました。内閣情報局官吏としても知られています。

兒山敬一は竹柏会『心の花』に所属し、一九三〇年に前川佐美雄ら新芸術派と行動を共にしていましたが、その後袂を分かち自由律に入ります。数理哲学者としての著書もあります。

それでは作品を見てみましょう。

絵のない茶碗をさがしてると、われながら　ひろがる生活はことごとく絵であつた。

兒山敬一『動かれる青ぞら』（一九三四）

玻璃器《グラス》から咽喉《のど》に溢《こぼ》れる水　月光が美しく人体に侵入してゆくのが見える

この部屋を洗ふ濃い時間の流れ　人間ほど人間を悲しくさせるものはない

逗子八郎「海潮音」合同歌集『新短歌』一九三七年版

兒山の歌は連作「デパアトの冬」から引きました。カフェーや百貨店《デパアト》は当時の流行語である「モダン」を体現する空間でした。

逗子の歌にはやや定型の面影が感じられます。一首目は、水を飲むだけの動作に月光を合わせることで、幻想性を醸し出しています。二首目は人間関係の破綻を暗示するものでしょう。いずれも日常的風景を超現実的に異化しています。

歌の表記にも注目です。二〇二四年現在では、字空けや句読点は一般的な技法となっています。しかし、この時代では一部の歌人たちだけが使っているものでした。不思議なことに、上の世代は句読点やハイフンを好むのに対し、若手は比較的一字あけを使う傾向がありました。

昭和初期の自由律は、確かに大きく盛り上がりました。しかし太平洋戦争の進展とともに、多くの歌人は定型に復帰していきました。戦後の自由律短歌は概して不振です。ただし、数少ない例外として、戦後に宮崎信義《みやざきのぶよし》が創刊した『新短歌』があります。この結社は『未来山脈』と名を変え、二〇二四年現在まで続いています。

【第五節　『新風十人』】

一九四〇年七月、当時の中堅歌人たちを糾合した合同歌集『新風十人』が刊行されました。版元は八雲書林、発行者は鎌田敬止《かまたけいし》です。

一九四〇年七月は日中戦争開戦からちょうど三年後の戦時中でした。この年の年末にかけて、土岐善麿の歌集『六月』は反体制的な「自由主義」だと批判されました。また一一月には体制迎合的な歌人三人（太田水穂《おおたみずほ》・吉植庄亮《よしうえしょうりょう》・斎藤瀏《さいとうりゅう》）の勧告により、大日本歌人協会が解散する事件が生じています。

日米開戦の気配は強くなりつつあり、一九四一年二月には『日米戦はゞ』が出版されています。その一二月には実際に太平洋戦争が始まりました。

なお、この合同歌集は同時代的評価と戦後の評価が大きく変わることに注意しなければなりません。坪野哲久《つぼのてっきゅう》は戦前評価が低く、戦後に評価が押し上げられました。前川佐美雄と齋藤史は戦前に好意的な評価と否定的な評価がどちらもあり、戦後は翼賛歌人として批判を浴び、その後再評価が進みます。筏井嘉一《いかだいかいち》は戦前戦後を一貫して評価が高い歌人です。

まずは、戦前評価が低かった歌人の作品を引きます。

曼珠沙華のするどき象《かたち》夢にみしうちくだかれて秋ゆきぬべき

征《い》でむかふ若者のいのちおそれつつ粛《つつし》みをもて国統《す》べたまへ

みなぎれるこの一行《いちぎやう》のいのちはもおひつめゆかば死に近からむ

坪野哲久「ひとりうたげ」『新風十人』（一九四〇）→『桜』（一九四〇）に収録

すさまじく天《あめ》の奥どをひき裂きて稲妻のひかりはしるあはれさ
あかあかと紅葉《もみぢ》を焚きぬいにしへは三千の威儀おこなはれけむ
野に摘みて花はむらさき濃《こ》くあれば砲煙の世の何となげかむ

前川佐美雄「等身」『新風十人』（一九四〇）→『天平雲』（一九四二）に収録

坪野の歌では、誰が「国」を「統べたま」うのか、また「一行のいのち」を「おひつめゆ」くのは誰なのかが曖昧になっています。前川の歌でも、「砲煙の世」における嘆きの内容も明示されません。

一九五〇年代半ばに前衛短歌運動が起こった際、『新風十人』に用いられている象徴表現は、前衛短歌の前駆体として見なされるようになります。こうした象徴表現は、時局によって直接的な表現が制限されたため、おのずと生まれたものと論じられています。この現象を、戦後の短歌評論家である菱川善夫《ひしかわよしお》は「危機時代の美意識」と呼びました。

もっとも、『新風十人』には時代を直接反映した歌も多く収録されています。

戦乱《せんらん》の後《のち》に来《こ》む世のすがしさを或る日はおもふ子を抱きつつ

敵地ふかく衂《ちぬ》れる兵にささへられて何《なん》とわれらの日々しづかなる
いくさまだ銃後ゆたかに米ありてましろき飯《いひ》を三度《さんど》いただく

筏井嘉一「銃後百首」『新風十人』（一九四〇）→『荒栲《あらたえ》』（一九四〇）に収録

筏井の歌は銃後（戦場の後方にいる国民）の生活を描き出し、戦争を過度に肯定せず、かといって反対もせず、小市民的態度が垣間見えます。特に「戦乱の後に……」における「すがしさ」は台風のあとの晴天を思わせる表現であり、避けがたい災難（あるいは国難）としての戦争が立ち上がります。

秋草の野の上《へ》に立たむ砲煙の美しければ我も死なむか
闇のなかに妻が掲《かか》げし戦勝の旗みつつ我は立ちつくしをり
尊かる命《いのち》死にせずかへりくる兵のそびらのくれなゐの雲

福田栄一「凜々」『新風十人』（一九四〇）→大部分は『時間』（一九四三）に収録

対して、筏井より十歳年下である福田栄一の作品には余裕がなく、次に出征するのは自分かもしれないといった、ひりひりとした緊張感が貼り付いています。そうでしょう、福田より一つ年上にあたる石川信雄は一九三九年に応召していました。

ところが、福田と同い年の佐藤佐太郎作品は、戦時の雰囲気を感じさせない日常の属目詠にあふれており、アララギ流の写実主義による都市のリアリズムとして評価されています。

池なかの杭《くひ》にとまれる鵜がひとつ嘴《くちはし》あけてをりし時のま
いましがた鉄はこび来《こ》し馬車《ばしや》ありて汗かきし馬みちのべに立つ
窓そとを一隊《いつたい》の兵とほるとき二部《にぶ》に分かれて歌ふもろ声《ごゑ》

佐藤佐太郎『歩道』(一九四〇)

最後の歌には行進する兵士が登場するものの、描かれているのは牧歌的な情景です。佐藤佐太郎はその後、太平洋戦争の進展とともに、戦争賛歌を書くようになります。『新風十人』からもう一人だけ紹介しておきましょう。五島美代子《ごとうみよこ》は『暖流』(一九三六)の母子関係をテーマとした歌が評価され、「母の歌人」と呼ばれるようになります。

子を抱《いだ》き妄念熄《や》む時はあらず餓鬼道修羅道身に近しと思ふ

五島美代子「掩蔽燈火」『新風十人』(一九四〇)→『丘の上』(一九四八)に収録

戦時の燈火管制に関する一連から引きました。戦後刊行の歌集ではこの文脈が外されています。初出の連作の方では、戦争で失われるかもしれない子の生命を思う母の感情が生々しく伝わってきます。

『新風十人』は昭和初期に登場した新興短歌運動の総決算でした。これ以降、短歌の題材は戦争に絞られていくようになります。

【第六節　戦争と短歌】

前節では一九四〇年に発行された『新風十人』を扱いましたが、この節では少し時計の針を巻き戻して、一九三六年の二・二六事件から語りはじめたいと思います。

二・二六事件とは、陸軍皇道派と統制派の対立を背景としつつ、昭和維新を目指した近衛師団の青年将校たちが蹶起《けっき》し、閣僚らを殺害したものです。この事件は帝都戒厳令という異常事態をもたらしました。日本史では、一九三二年の五・一五事件は憲政の常道を破壊した事件として、二・二六事件は軍部の発言力をさらに高めた事件として称されます。しかしながら、山手線が全線運休になるなど、市民生活への直接的な影響は後者の方が絶大です。当然ながら二・二六事件詠は簇出《そうしゅつ》しました。

中でも評価が高いのは、齋藤史《さいとうふみ》の連作「濁流」です。史は青年将校たちの中心にいた栗原康秀らと幼馴染みでした。父である斎藤瀏《りゅう》（元陸軍少将、歌人）は青年将校らを支援したことにより事件後服役しています。作品を見てみましょう。これらの歌は一部が『新風十人』に収録されています。

羊歯《しだ》の林に友ら倒れて幾世経ぬ視界を覆ふしだの葉の色
暴力のかくうつくしき世に住みてひねもすうたふわが子守うた
齋藤史「濁流」『魚歌《ぎょか》』（一九四〇）
額《ぬか》の上に一輪の花の置かれしをわが世の事と思ひ居たりし
手を振ってあの人もこの人もゆくものか我に追ひつけぬ黄なる軍列
齋藤史『魚歌』（一九四〇）

史の歌集『魚歌』は、前半のモダンで華やかな雰囲気が「濁流」を境に消えることで知られています。最後の歌は石川信雄の出征を見送る際のものです。幻想的な景ではありますが、定型短歌のモダニズムの節で引用した二首の明るさはありません。

二・二六事件の翌年にあたる一九三七年には日中戦争が始まりました。当時は「支那事変」や「日支事変」と呼ばれています。これを受けて、一九三八年には『支那事変歌集』戦地篇、一九四一年には同銃後篇が出版されています。日中戦争を描いた短歌のうち、特に評価されているのはアララギの渡辺直己《わたなべなおき》のものです。渡辺は一九三七年に応召し、陸軍将校として日中戦争に従軍、一九三九年に陣没します。没後に呉アララギ会有志によって歌集がまとめられました。

突撃直前の吾が意識にふと浮びしはアネモネの紅きひとひらなりき

集中弾が鉄板にはぬる音高し軽戦車は今向《むき》をかへたり

渡辺直己『渡辺直己歌集』(一九四〇)

一首目は写実を離れてアネモネが幻視されています。戦場の血と花の紅が取り合わされているのでしょう。二首目では躍動感のあるアララギ流の写実が実行されています。渡辺は『支那事変歌集』戦地篇にも出詠していますが、歌が引用され、評価されるのは没後に歌集が出版されてからでした。

歌集出版後、詩人・小説家の中野重治《なかのしげはる》は『短歌研究』一九四〇年一〇月号に「渡辺直己の歌」と題して評論を寄稿しており、四四首も歌を引いて大絶賛しています。戦前は勇壮な側面が評価され、戦後は知識人としての苦悩に焦点が当てられる傾向にあります。

なお、アララギの歌人である米田利昭《よねだとしあき》は、戦後に『戦争と歌人　渡辺直己の生涯と芸術』(一九六八)を書き、渡辺の歌が一部映画をもとにした虚構であったことを指摘しています。戦争詠における写生とはなんでしょう。

出征していない歌人の作品も見てみましょう。斎藤茂吉の『寒雲』には多く戦争の歌が登場します。

おびただしき軍馬《ぐんば》上陸のさまを見て私《わたくし》の熱《あつ》き涙せきあへず
戦線より便《たより》あるとき映画にて補充をしつつ今も偲びつ
決死兵も映画にてはただ日常の行為のごとく映りてゐたり

斎藤茂吉『寒雲《かんうん》』（一九四〇）

これらの歌はニュース映画をもとに作られたものです。当時はテレビがありませんから、映像ニュースは映画館で映画本編にあわせて上映されていました。映画好きの茂吉は映画を題材にした歌を多く残していて、戦時中はその傾向に拍車がかかっています。はたして、映画を観て短歌を詠むことは「写生」や「実相観入」に矛盾しないのか。茂吉自身は次のように語ります。

映画は〔中略〕或る程度まで信用する部類です。実際、眼の前に見るんですから、その範囲で、私には映画といふものはたいへん有難いんです。しかし、現地から来る歌は、もツと真実ですから、（幾らか誇張があつても）それでもわれわれにはいゝんです。

座談会「出征歌人に話を聴く」『短歌研究』一九三九年二月号

なるほど、茂吉は映画の真実性を語りつつ、現地の歌を「もツと真実」だと考えていたようです。とはいえ、「歌壇の大家が従軍してもさうどしく名歌が出来るといふわけには行くまい」とも発言しています。一九三八年八月に派遣された小説家主体の従軍ペン部隊と、それに端を発する文学者の戦争取材および広報活動を念頭に置いてのことでしょう。

では実際に歌人が従軍して、戦場を取材したらどのような歌が生まれるのか。陸軍嘱託の従軍歌人として一九三八年一二月から翌年四月まで戦場を見聞した小泉苳三《こいずみとうぞう》の作品を見てみましょう。

死に向ふ生命《いのち》の前におきろなく浮びて来たる無限光体《むげんくわうたい》
水の上に捕虜となりたる娘子軍《(ぢやうしぐん)》は十八九歳にて皆若かりき
亡骸《なきがら》は敵と味方を分ためや弾飛ぶなかに曝されてあはれ

小泉苳三『山西前線《さんせいぜんせん》』（一九四〇）

小泉苳三は当時立命館大学の教授でした。従軍歌人は兵士ではありませんが、小泉自身は前線の危険な状況も間近に経験しています。一首目の「おきろなく」は広大無辺なさまを意味します。「無限光体」はおそらく太陽でしょう。三首目の「分《わか》ためや」は推量の助動詞「む」の已然形に反語の「や」がついたもので、亡骸になれば敵も味方もないことを婉曲的《えんきょくてき》に表しています。戦後この歌集には非難が集まり、小泉苳三は立命館大学の教授職を辞任しました。

さて、ここまでは日中戦争に関連する歌を見てきました。その後、一九四一年一二月に太平洋戦争が始まると、短歌はさらに戦意高揚を目的としたものになっていきます。前線の作品からはいくらか佳作を取り出すことができるかもしれませんが、銃後の作品は読むに堪えません。

対米宣戦を受けて、一九四二年一月号の『短歌研究』は特集「宣戦の詔勅《しょうちょく》を拝して」を企画していきます。北原白秋や斎藤茂吉をはじめ、歌壇の大家が二〇名出詠していました。「君死にたまふことなかれ」から三六年を経た与謝野晶子は、「水軍の大尉となりて我が四郎み軍《いくさ》にゆくたけく戦へ」と、息子の出征を言祝ぐ歌を出しています。

こうして短歌は「単調にならざることを得ぬ運命」に陥り、歌壇には「制服《ユニフォーム》的歌」が氾濫しました。「制服的歌」は戦時中の『アララギ』一九四二年五月号に掲載された茂吉の発言です。観念的な歌に対する問題意識はあったようです。もちろんその目的は、どうすれば〝生きとした戦争協力歌を作れるか〟にありました。当時、手放しに褒められているのは古典か、あるいは前線で詠まれた歌ばかりでした。

ところで、戦争の進展とともに紙は不足していきました。『短歌研究』は一九四〇年には少なくとも二〇〇頁の厚さがありました。これが、一九四三年には五〇頁となっています。ちょうど四分の一の厚さです。

こうした紙不足のために、短歌結社も整理統合されました。この動きは歌誌統合と呼ばれます。とはいえ、一九四四年末から始まる空襲のために印刷所は焼かれ、多くの雑誌は紙不足以前に印刷ができなくなっていきます。

なお、『短歌研究』版元の改造社は一九四四年六月に政府によって解散させられました。『短歌研究』の発行事業は『日本短歌』を発行していた木村捨録《きむらすてろく》の日本短歌社が買い取り、雑誌は一九四四年一一月から巻号を改めて継続となります。

歌人の戦争協力は、終戦直後に第二芸術論として短歌否定論に繋がり、大きな議論を呼ぶことになります。

【第七節　戦場と軍隊と】

一九四五年九月二日、日本政府は降伏文書に調印し、日中戦争開戦から八年にわたる戦争状態は終わりました。しかしながら、それで一人一人の戦争が終わったわけではありません。この節では戦後に刊行された歌集から、戦場と軍隊の歌を見ていきます。

一兵卒の歌として今日最も有名なものは、おそらく戦後派の代表格である宮柊二《みやしゅうじ》の『山西省』ではないかと思います。彼は近藤芳美《こんどうよしみ》や加藤克巳《かとうかつみ》、大野誠夫《おおののぶお》、前田透《まえだとおる》、香川進《かがわすすむ》らとともに新歌人集団を組織しました。

自爆せし敵のむくろの若《わか》かるを哀れみつつは振り返り見ず

帯剣の手入《ていれ》をなしつ血の曇《くもり》落ちねど告ぐべきことにもあらず
左前頸部《ひだりぜんけいぶ》左顳顬部《ひだりせつじゅぶ》穿透性《せんとうせい》貫通銃創《かんつうじゅうそう》と既に意識なき君がこと誌《しる》す
ひきよせて寄り添ふごとく刺《さ》ししかば声も立てなくくづをれて伏す
耳を切りしヴァン・ゴッホを思ひ孤独を思ひ戦争と個人をおもひて眠らず

宮柊二『山西省』（一九四九）

一首目のような年若き敵兵に着目する歌は小泉苳三《こいずみとうぞう》の『山西前線』にも収録されています。しかしながら従軍歌人として取材をしていた小泉とは違い、兵士として軍務にあたっている宮のまなざしは「振り返り見ず」と冷徹です。戦場で抒情している暇はないのでしょう。

二首目でも、戦場に慣れて感情を動かさなくなった自分自身が簡潔に描写されています。宮は将校ではありませんから、この「帯剣」はおそらく銃剣です。なお、宮柊二は北原白秋の門下にあって住み込みの秘書を務めていたこともあり、浪漫派の系譜に位置づけられていますが、三首目などはあまりに即物的です。

四首目と五首目は『山西省』中で最も有名な歌です。四首目は銃剣で人を刺し殺す瞬間を描写したものです。人を殺す瞬間に「寄り添ふ」という言葉をあてるのは皮肉なことです。

五首目はそれまで抑えていた感慨が一挙に噴出しているような抒情性があります。ここでゴッホの耳削ぎが挿入される理由はわかりません。ただ、あとがきに「戦友の何人かは自殺を図つた」と記されていることから、そういった自傷や自殺に到るまで精神が追い詰められることを象徴的に表現しているのだと思います。

中国戦線からはもう一人紹介しておきましょう。香川進《かがわすすむ》は朝鮮半島の北部、現在の北朝鮮と中国の国境付近に派遣されていました。その後帰国し、四国で終戦を迎えます。

花もてる夏樹の上をああ「時」がじいんじいんと過ぎてゆくなり
一枚の筵の下《した》にたひらになり勝利のごとくに死にしを見たり
トーチカの中のひとつの灯《ともしび》にしきりに埃が落ちてゐるかな
銃剣をひきぬきしかば胃袋よりふきいづる黄いろき粟粒みたり
精神の抜けたるわれがぼんやりと朝の垣の外《と》ゆく人を見る

香川進『氷原』(一九五二)

一首目は終戦時の歌です。香川は前田夕暮門下の『詩歌』における有望な若手の一人として、戦前は口語自由律短歌を作っていました。この歌集には一部口語自由律の歌も混じっています。「じいんじいん」というオノマトペは一般に痛みに関連して使われます。戦時下という形で止まっていた八年間の時間が、敗戦によって動き出すことは、痛みを伴うものだったのかもしれません。

二首目の「勝利のごとくに」は不思議な表現です。もう苦渋の時を過ごす必要がないから「勝利」なのでしょうか。とはいえ筵《むしろ》に覆われた死体にはどう考えても勝利のような荘厳さはなく、その矛盾が、人の死のどうしようもなさを逆説的に描き出しています。三首目、四首目は戦場における歌です。四首目を読んだときはたじろぎました。銃剣が胃袋を引き裂き、そこから食べたものが吹き出す景は、敵兵の生命存在を強く感じさせる表現だと思います。

五首目は歌集の巻末歌、再び戦後の歌です。当時はまだ心的外傷後ストレス障害（ＰＴＳＤ）という言葉はありません。しかし、戦場での殺し合いを経て、復員後に何事もなかったように過ごせるとは思えません。歌集には「ふたたびを野戦にたたかふ衝動をもちしをいはむ一時なれども」と、フラッシュバックを示唆する歌も含まれています。書きながら気が滅入ってきましたが、本節はまだ続きます。

太平洋戦線からは硫黄島に赴任した折口春洋《おりくちはるみ》（藤井春洋）の歌を紹介します。春洋は釈迢空こと折口信夫の愛弟子で、養子に迎えられました。

暁《アカトキ》の寒き真闇《マヤミ》に　別れたるかの下士官は、到りつらむか
かくばかり　世界全土にすさまじきいくさの果ては、誰か見るべき
朝つひに命たえたる兵一人　木陰に据ゑて、日中をさびしき
島の上に照る日きびしき　日ごろなり。夏すでに過ぐと思ふ　むなしさ

折口春洋『鶴《たず》が音《ね》』（一九五三）

字空けと句読点、カタカナのルビなど、迢空の歌の形式が踏襲されています。一首目二首目は国内の駐屯地における歌で、歌集本編に含まれるのはここまでです。三首目四首目は硫黄島赴任後の歌ですが、これは「島の消息」と題して、迢空によって春洋の手紙が引用されている部分に掲載されています。

念のため「いくさの果ては、誰か見るべき」は、「戦争のはてを誰が見ることができようか（否、誰も）」を意味します。このように反語で問いかけた春洋は、自身の言葉通り、終戦後の日本を見ることなく戦死しました。当初の任地は八丈島で、歌集巻末の年譜は「途中先発船沈没の為、急に予定を変へて、到着したのが、硫黄島であつた」と伝えています。

硫黄島の戦いは映画化されています。それ以前のフィリピン、グアム、サイパンの戦いも激戦地として知られています。しかし、中野嘉一《なかのかいち》が軍医として派遣されたメレヨン島には、そうした戦闘はありませんでした。代わりに食糧供給が途絶え、飢餓地獄があったようです。

島のどこからともなく読経の声がきこえる今日も誰かが死んだ
白く泡立つ波の間　イルカが飛び艦載機がとんでくる
軍刀そして　被服までアメリカの手に渡し丸裸かになる　もう戦争は済んだ

遺骨用に指を切りとり缶に入れこれを焼却　指骨をとる
太平洋ノ防波堤タレ　と誰がいつたのか　今　島は墓標ばかり
中野嘉一『メレヨン島の歌』（一九九三）

嘉一は香川進と同じく『詩歌』の有力な若手として知られています。多くの門下生が夕暮の定型復帰とともに文語定型に戻ったのに対し、彼は戦後も口語自由律を続けました。四首目の「指骨」の歌は、作業として描かれているだけに、死体損壊にも近い倫理的な抵抗感を覚えます。
沖縄戦の歌も少しだけ紹介します。

戦争のさなかもをみなはをみなにて哀れ生理を嘆きたり娘の
O型の血潮のすべてを地は吸へりこのばらばらはわが生みし子や
頸動脈剃刀をもて切りさきし集団自決は詩にはならざり
桃原邑子『沖縄』（一九八六）

繃帯をちぎりて道のしるべとし霧ふかき夜をのがれ行きたり
手榴弾を先生はいらぬかとゐまひつつ示して乙めごつひに帰らず
砲弾に首吹き飛ばされしいとし子を知らずに負ひし母に逢ひたり
仲宗根政善『蚊帳のホタル』（一九八八）

桃原邑子《ももはらゆうこ》は沖縄出身で、戦前『詩歌』に出詠し、口語自由律短歌を作っていました。戦後は香川進の結社『地中海』に拠り作歌を続けます。歌集『沖縄』には地上戦を題材にとった歌も多く含まれています。一首目の「をみな」は「女」の古語です。桃原自身は戦時中台湾に疎開していましたから、おそらく伝聞によるものでしょう。なお二首目は、台湾で長男が航空機のプロペラに巻き込まれて事故死したことを題材にとっています。

仲宗根政善《なかそねせいぜん》は当時女子師範学校の教諭で、沖縄戦ではひめゆり学徒隊の引率教員を務めていました。専門の歌人ではなく、一般には琉球大学教授、言語学者として知られています。

ここでは後年の回想による歌も広く引きました。同時代の作品は、『昭和万葉集』第四巻と第五巻（一九七九）に収録されています。また、原爆を詠んだものには合同歌集『広島』（一九五四）や、長崎の歌人竹山広による『とこしへの川』（一九八一）があります。

ピカちやんのニツクネームで人呼べり吾が顔一面ケロイドありて

西本昭人　合同歌集『広島』（一九五四）

バカヤロー。どなつてもなほらないいきどほり。火の中を今夜どこへ寝ようか。

西元千展　合同歌集『広島』（一九五四）

鼻梁削がれし友もわが手に起きあがる街のほろびを見とどけむため

くろぐろと水満ち水にうち合へる死者満ちてわがとこしへの川

竹山広『とこしへの川』（一九八一）

戦場と軍隊の歌をまとめて読むと、こんな歌を読むために短歌をやっているわけではないと思うかもしれません。私は引用歌をまとめながらへこたれました。作者の方もきっとこんな歌を詠むために短歌をはじめたわけではないと思います。

何のために短歌を含む創作物を読んだり作ったりするのかは、ここで答えを出せる問いではありません。戦争を経て、それでもなぜ創作をするのか。この問いは問われることなく、戦後生じた短歌否定論は、歌人の戦争責任を問う方向に進みました。

第四章　昭和の短歌2（昭和二〇～三〇年代）

【第一節　終戦直後の歌壇と第二芸術論】

一九四五年の夏に戦争が終わると、戦災からの復興としての戦後が始まります。終戦直後は印刷所も少なく、紙不足も続きました。紙質も劣悪です。多くの歌人も疎開していました。郵便事情もあまり良くないため、各地から雑誌への掲載原稿を集めるのにも苦労があったようです。戦後復興期は概ね「もはや戦後ではない」と宣言される一九五六年ごろまでと理解されています。

沈黙《ちんもく》のわれに見よとぞ百房《ひゃくふさ》の黒き葡萄に雨ふりそそぐ

こゑひくき帰還兵士のものがたり焚火《たきび》を継がむまへにをはりぬ

斎藤茂吉『小園』（一九四九）

あなたは勝つものとおもつてゐましたかと老いたる妻のさびしげにいふ

子らみたり召されて征きしたたかひを敗れよとしも祈るべかりしか

土岐善麿『夏草』（一九四六）

敗戦の衝撃を詠んだ歌を引きました。茂吉の歌の初出は『短歌研究』一九四五年一〇月号、善麿の歌の初出は同一九四六年三月号です。それぞれ有名で繰り返し引用されています。

善麿の二首目は解説が必要かもしれません。「みたり」は三人、四句目の「しも」は強意、結句の「べかり／し／か」は逐語訳すると「べき／だった／か」です。従って、下句の大意をとれば〞負けろ負けろと祈るべきだったのか〟になります。

さて、戦争が終わると、戦争犯罪者の責任追及も始まります。戦犯容疑者の逮捕は一九四五年九月から始まり、翌四六年五月には極東軍事裁判も開廷されました。文壇と歌壇でも文学者の戦争責任が語られるようになります。

『短歌研究』一九四六年一・二月合併号には座談会「敗戦と短歌」が掲載されています。『短歌研究』版元の日本短歌社社長、木村捨録《すてろく》を司会に、第一部では矢代東村《やしろとうそん》と土岐善麿が、第二部では東村と窪田空穂が対談するというものです。戦中の歌人の活動について、善麿は次のように語っています。

> 誰の目にもよく触れたのは、齋藤瀏君、逗子八郎君などの名で、新聞にも随分その時その時のものが掲載されてゐたやうですね。川田順君なども随分勉強しましたね。本を出すと、みな褒美をもらつたやうだ。斎藤茂吉君なども相当作つたやうだが、それに対する批判は自ら定つてゐたらうと思ふ。

善麿が挙げているのは、元陸将で翼賛短歌を盛んに唱えた齋藤瀏《りゅう》、内閣情報部の官僚であった逗子《ず》八郎《しはちろう》（井上《いのうえ》司朗《しろう》）、それから『心の花』の歌人である川田《かわた》順《じゅん》と、斎藤茂吉の四人です。近代の語法で、「勉強」は「頑張る」などを意味することがあります。善麿は川田順らが盛んに戦争讃美歌を作ったことを示唆しています。

この話の流れで、捨録《すてろく》は歌人の戦争責任についても質問しており、善麿は「戦争犯罪人といふ法規的な範囲にはいるまいと思ふ」と前置きをした上で、「文化的、道徳的な戦争責任は成立ち得るでせうね」「戦時利得歌人は若干あるだらうね」と返しています。戦争責任の追及は大御所の歌人だけでなく、前川佐美雄や齋藤史、佐藤佐太郎、五島美代子など中堅の歌人にも及びました。

戦後歌壇の状況を確認したところで、本題に入りましょう。第二芸術論とは一九四六年から始まる一連の短詩型文学否定論です。批判されたのは俳句と短歌で、担い手は文芸評論家でした。

「第二芸術論」の名称は、フランス文学者で文芸評論家の桑原《くわばら》武夫《たけお》が『世界』一九四六年一一月号に発表した評論「第二芸術　現代俳句について」に由来します。曰く、俳句は大家の作品と初心者の作品の区別が付かず、宗匠的である。「かゝる慰戯を現代人が心魂を打ちこむべき芸術と考へうるだらうか。〔中略〕しひて芸術の名を要求するならば、私は現代俳句を「第二芸術」と呼んで、他と区別するがよいと思ふ」。戦時中に日本文化が称揚された反動もあり、戦後は日本文化へ厳しい目線が向けられました。

戦後の短歌否定論のさきがけは、小田切秀雄《おだぎりひでお》による「歌の条件」です。小田切は「結社内での毒にも薬にもならぬ仲間ぼめと結社外での縄張り争い」を批判し、そのような状況では「歌はいつまでも芸術になどならぬ」と主張します。時系列的には小田切が先ですが、この点は桑原の論と共通しています。そしてこの文献は「純粋読者」の由来としても有名です。該当箇所を見てみましょう。

人生の片隅のしよぼ〳〵としめつぽい気持を三十一文字の中に何とか恰好をつけてみたり、〔中略〕――すべてかういふ愚劣さを歌の世界から悉く断呼として追払はうではないか。〔中略〕かういふ要求を掲げることで歌の作者の数が減るものなら減らせるだけ減らしてしまふがいゝ。いまゝでは歌の「作者」が多過ぎた。そして純粋の読者（作者を兼ねぬ）などゝいふものはありはしなかつた。本当の芸術になつてゐれば、純粋の読者はおのづと生れざるを得ない。

小田切秀雄「歌の条件」『人民短歌』一九四六年三月号

実にひどい言葉が並んでいますけれど、小田切は作者と読者がほぼ同一であることを問題視し、「本当の芸術」へ到るために、その状況を変えるべきであると主張しています。従って、この文章は厳密には短歌否定論ではなく、歌壇改革論と紹介すべきかもしれません。

一九四六年の否定論の中で最も参照されるのは、臼井吉見《うすいよしみ》の「短歌への訣別」です。臼井が問題にしたのは、太平洋戦争開戦時と終戦で抒情の質が同じであることでした。

もつと挙げると一層はつきりするが、これだけでも宣戦と降服と、この二つの場合の詠出が、そつくり同一なのに一驚するにちがひない。もとより、この時とあの時との感動の実体には霄壌《しょうじょう》の差があるべき筈だ。然るに短歌に於ては、その一定の形式ゆゑにこの二つの場合の感動の差を表現し得ないのである。

臼井吉見「短歌への訣別」『展望』一九四六年五月号（初出時は時評でタイトルなし）

この主張は大正末に釈迢空の「歌の円寂する時」でも語られた内容です。では抒情の質をどうしたらよいのか。この問いに対しては戦後派からの応答がありました。詳しい内容は第三節で扱います。

これらの短歌否定論を咀嚼するために、一九四六年一二月には、八雲書店（鎌田敬止の八雲書林とは別の出版社）から短歌雑誌『八雲』が創刊されました。編集者は久保田正文《くぼたまさふみ》です。彼は戦前の自由律短歌運動に関与していて、のちに文芸評論家として知られるようになります。また顧問には、白秋の弟子として戦前の『多磨』で頭角を現し、当時の中堅歌人となっていた木俣《きまた》修《おさむ》が関与していました。『八雲』掲載の評論で重要なものは、小野十三郎《おのとおざぶろう》による「奴隷の韻律」でしょう。次の一節は短歌評論に繰り返し引用されています。

特に、短歌について云えば、あの三十一字音量感の底をながれている濡れた湿っぽいでれでれした咏嘆調、そういう閉塞された韻律に対する新しい世代の感性的な抵抗がなぜもっと紙背に徹して感じられないかということだ。

小野十三郎「奴隷の韻律」『八雲』一九四八年一月号

「新しい世代」とはおそらく戦後派のことです。この批判をどのように乗り越えるかは、戦後派の次に歌壇へ登場した前衛短歌の人々、ことに塚本邦雄が模索した問題でした。

【第二節 『人民短歌』と民衆】

ここでは戦前のプロレタリア短歌運動がどのようにやり直され、また衰退したかを見ていきます。戦後のプロレタリア短歌運動は「民衆短歌」と呼ばれます。民衆短歌の中心となったのは、一九四六年二月に創刊された雑誌『人民短歌』でした。この雑誌は新日本歌人協会の編集によるもので、中心メンバーはかつてプロレタリア短歌を牽引《けんいん》した歌人たちでした。

最盛期の『人民短歌』は一万二千部を売り上げる雑誌となり、歌壇で存在感を放っていました。この数字には、労働組合および地域的なサークル活動の盛況が関係しています。終戦直後から高度経済成長の本格化する一九六〇年ごろまでは、労働組合内や地域で文化サークルが結成され、詩、小説、日記、戯曲、合唱曲、絵画など広く文化一般を扱う数多のサークル誌が発行されました。この状況は「サークル運動」や「戦後文化運動」と呼ばれます。『人民短歌』はその流れに乗って部数を伸ばしています。

『人民短歌』を語るために必要なので、ここで戦後日本の労働運動史を確認しておきます。終戦から一九六〇年までの一五年間のうち、はじめの五年間は日本共産党の影響下にある全日本産業別労働組合会議（産別会議）が労働運動を担っていました。この組織は一九四九年から五〇年にかけてのレッドパージ（共産党員とその支持者の追放）によって弱体化しました。

レッドパージによって労組の中心人物が解雇され、職場を追放されると、サークル運動も低調となり、『人民短歌』も勢いを失いました。売り上げ低下に苦しんだ『人民短歌』一九四九年八・九月号を出したのち一時休刊し、版元の新興出版社の意向で一九四九年一二月から『新日本歌人』と改題されます。しかしながら売り上げは回復せず、一九五〇年七月からは新日本歌人協会の会員のみに頒布する機関誌となりました。新日本歌人協会は二〇二四年現在まで続いています。

『人民短歌』の歴史的意義は、労働者と農民の短歌を特集したことと、それから石川啄木賞を設置したことが挙げられます。

啄木の歌は来たるべき口語短歌の古典として扱われました。その功績を顕彰するために、一九四七年からは石川啄木賞が実施されます。賞の応募要項には「受賞資格は勤労大衆の歌人として、あくまで現実生活に根ざした優秀作品であること。自由律、定型律を問はず、また歌壇的経歴の如何を問はない」、「提出作品は三百首位」とありました。啄木賞は一九四九年の第三回まで続きました。

副賞は、賞金三千円と受賞作の出版です。一九四九年の大卒国家公務員の初任給は四二〇〇円ほどなので、現在の国家公務員総合職の初任給をもとに計算すると、三千円の賞金には現在の一八万円程度の価値があります。加えて歌集も出版されるとはうれしい賞です。ただし初回と第二回は受賞者なしでした。

ここでは第三回で初の受賞者に輝いた小名木綱夫《おなぎつなお》の作品を引きます。

囚はれてわがあるゆゑに渾身の力つくして痩せはててゐる
編集室のけはひあわただしく人来たり人去り転形期の社会ぞ揺ぐ
わが母が芯を丈夫に生みくれし母の子われはいまなほ死なず

小名木綱夫『太鼓』（一九五〇）

小名木は一九四八年に病没しています。啄木賞は自他を問わず推薦が可能で、小名木は選考委員の一人でもある坪野哲久の推薦により第三回の選考会で扱われることとなりました。世代としては戦後派です。新歌人集団にも参加していました。

一首目は逮捕拘留されていた際の歌です。二首目は最も「勤労大衆の歌人」らしい歌かもしれません。この歌集は巻頭に獄中詠があり、後半は病床詠が増えます。三首目は巻末歌で、絶詠にあたります。

『人民短歌』終刊後の一九五〇年代には、合同歌集の時代が訪れました。レッドパージで打撃を被った労働運動は再び盛り上がり、文化サークル自体も各産別労組内で再組織されるようになります。これに従い、労組内サークル誌から合同歌集を出版する流れが生じました。

サークル運動は労組に限らず、ハンセン病療養所や結核療養所でも発行され、その成果は療養者系の合同歌集として読むことができます。ここにはアララギ歌人が多く関与していました。さらに、地域的なサークル運動は社会運動系の合同歌集を生み出しました。

ここまで見てきた『人民短歌』と合同歌集の時代は、どちらも戦後文化運動を背景とするものでした。この二つはまとめて「民衆短歌」と呼ばれています。合同歌集から作品を見てみましょう。

くるしくるしされど生きたしと言ひしかば母はもはらに泣き給ひたり

湿度高き三十二度の中にあり紡績などに子は出すまじき

河合清　合同歌集『葦』（一九五五）

西村元美　合同歌集『糸のながれ』（一九五五）

棍棒のうなり僅かに避けしとき背後の誰かに鈍き音する

佐藤昭松　合同歌集『走行粁《そうこうキロメートル》』（一九五六）

一首目は結核療養所内のアララギ会員による合同歌集から、二首目は紡績工場の工員による合同歌集から引きました。三首目は国鉄機関車部の職員による合同歌集に収められており、デモに際しての歌です。ここには比較的評価の高い合同歌集から引きました。

評価をするのは歌壇のエリート歌人、篠弘の言葉を借りれば「専門歌人」です。専門歌人による評論にはしばしば「民衆詩」という用語が登場するため、この議論は「民衆短歌」とは別に、「民衆詩としての短歌」論と呼ばれます。窪田章一郎《くぼたしょういちろう》（窪田空穂の息子）や、武川忠一《むかわちゅういち》が代表的論客です。

歌壇におけるサークル誌や合同歌集への注目を反映して、『短歌研究』一九五六年六月号では「民衆詩としての短歌」が特集されました。数編の評論が掲載されているほか、各地のサークル誌から短歌が紹介されています。規模の大きい特集であり、当時民衆短歌が大きく注目されていたことがうかがえます。

「民衆詩としての短歌」論は、高度経済成長の本格化に伴ってサークル運動が下火になり、合同歌集の時代が終わると、歌壇の中心的な議論から外れました。その後は、社会詠や機会詩など、時代を映す鏡として短歌が語られる際、まれに参照されるにとどまっています。

【第三節　戦後派の新歌人集団】

戦後派とは文学史の用語で、終戦直後の一九四六年から朝鮮戦争の始まる一九五〇年の間に登場した人々の総称です。新歌人集団とは、その戦後派世代の歌人たちが中心となって発足した勉強会でした。発足のきっかけは浦和在住の加藤克巳《かとうかつみ》を、浦和に疎開していた近藤芳美《こんどうよしみ》（男性）が訪ねたことでした。

新歌人集団の歌人たちはこれからの短歌を担う若い世代として、歌壇新報社の尾崎孝子《おざきこうこ》と日本短歌社の木村捨録《すてろく》に注目されました。この結果、歌壇新報社刊の『新日光』一九四七年四月号（創刊号）と、日本短歌社刊の『短歌研究』一九四七年六月号は、新歌人集団が責任編集を務めることとなりました。これらの活動を通して、彼らは終戦直後の歌壇に強い存在感を放っていました。

彼らには何らかの共通理念があったわけではありません。新歌人集団自体も、それぞれが歌壇での地位を確立する一九四八年ごろには自然に解散しています。しかし、この時期に若い世代が結集し、忌憚《きたん》なく歌壇の問題を議論し合えたことは、歌壇に新風を吹き込むにあたって意義あることでした。

さて、一九四六年には第二芸術論が猛威を振るっていました。特に、臼井吉見による「短歌への訣別」で語られた、短歌は短歌的な抒情しか詠うことができないという問題にどう立ち向かうべきなのか。近藤芳美は『短歌研究』の新歌人集団責任編集号に「新しき短歌の規定」を掲げ、次のように答えます。

> 新しい歌とは何であらうか。それは今日有用の歌の事である。今日有用の歌とは何か。それは今日この現実に生きて居る人間自体を、そのままに打出し得る歌の事である。〔中略〕新しき短歌はレアリズムに立つ。〔中略〕第一に健康な表現をとる事だ。病的なデフォルマチオン乃至心理のアクロバットを演じない。〔／〕第二に簡潔である事だ。葬式自動車の如き余剰装飾を最も嫌悪する。所謂芸術派の短歌表現乃至語法等最も葬式自動車に近きものとして排する。〔中略〕新しい短歌の抒情は、ちよ《マ》うど《マ》鋼鉄の新しい断面のやうな美しさをもつた抒情だと思ふ。
>
> 近藤芳美「新しき短歌の規定」『短歌研究』一九四七年六月号

芳美が仮想敵に設定しているのは「芸術派の短歌表現」でした。芸術派短歌は定型自由律問わず戦前のモダニズム短歌運動で使われた言葉です。短歌的抒情の革新を試みる際に、伝統派とは違うことは前提として、なぜ芸術派を「葬式自動車」に近きものとして排除するのか。それは芳美が戦前に即物的なリアリズムを実践した土屋文明門下の一人であったことに加えて、戦前のモダニストたちが戦争讃美の歌を作ったことへの反省があったのではないかと考えられます。

「鋼鉄の新しい断面のやうな美しさをもつた抒情」とは、理知的で清潔で、まこと戦後短歌の幕開けにふさわしい言葉です。具体的な歌も見てみましょう。

つらなりてあかり灯れる陸橋を歩める中に義足踏む音
リリー颱風近づくと言ふ日々の記事人らは何か希望ありて生く
遠き火事再び炎あげむとす雨とならざるまま長き午後

近藤芳美『埃吹く街』（一九四八）

終戦直後の社会は、暗く重たい時代としてしばしば語られます。芳美はその現実を知識人階級の立場から見つめ続けました。一首目は傷痍軍人に着目したものです。傷痍軍人は日露戦争以来の社会問題でしたが、特に戦後は軍人恩給が打ち切られたこともあり（のちに復活）、その経済的困窮が取り沙汰されました。しかしこの歌では、義足の音は群衆の中に置かれています。戦後社会の有様を即物的に、ただしさりげなく描く点に芳美の特徴があります。

二首目の「リリー颱風」は一九四六年八月に九州四国を襲った台風です。台風に女性名を付すアメリカの習慣を反映してこのように報道されました。

芳美はのちに『アララギ』土屋文明選歌欄の若手に担ぎ上げられる形で、『未来』（一九五一〜）を創刊します。ちなみに、同時期には高安国世《たかやすくによ》（男性）の『塔』（一九五四〜）も関西アララギから派生します。

もう一つ、戦後派世代の歌論で重要なものとして、宮柊二による「孤独派宣言」を挙げておきます。芳美が知識人ならば柊二はより庶民派です。ただし、当時の共産党が党員組織を「細胞」と呼んだような、個人を集団の一部と考える立場とは一線を画しています。この時代は戦後民主主義への期待から『人民短歌』が勢力を伸ばしていましたが、芳美も柊二も無名歌人の短歌には同情的でありつつ、『人民短歌』には懐疑的でした。「孤独派宣言」では『人民短歌』との立場の違いを見て取ることができます。

疑はずして民衆の時代に拠つた作家を美しくは思ふけれど、その拠つた基盤は必ずしもその作家の立ち方を保証するとは限らない。何故ならば、その基盤はその基盤自身のために、即ちおのれ自身のために存在をつづけるのであつて、彼らによつて在つたものでは無いからである。常に別個のものであらねばならぬものと、作家とが目出度く出会して一つとなる為には、作家が自身の内なる抵抗を、例へばその一つとして茲《ここ》に挙げたかの人間の弱さを、いかに作家の誠実として抵抗に設定してゆくか。さうしたところを通してゆく孤独のたたかひを必要とするだらう。歌声は低くとも、それは自分の歌ごゑで無ければならない。

宮柊二「孤独派宣言」『短歌雑誌』一九四九年六月号

最後の一段落を引きました。柊二は歌人が人民大衆とたやすく合一することを戒めています。代わりに、集団としての抵抗ではなく、個人の抵抗をどのように短歌へ取り込むことができるのかを課題として挙げています。

「孤独派宣言」は見ての通り第二芸術論に直接応えたものではありません。しかしながら、開戦や終戦という社会的に大きな出来事に飲み込まれることを警戒する点で、臼井の短歌批判を乗り越えようとしていると考えることができます。柊二の作品も見てみましょう。

梅の花ぎつしり咲きし園《その》ゆくと泪ぐましも日本人われ

さ庭べに夏の西日のさしきつつ「忘却」のごと鞦韆《しうせん》は垂る

宮柊二『晩夏』(一九五一)

群《むらが》れる蝌蚪《くわと》の卵に春日さす生れたければ生れてみよ

宮柊二『日本挽歌』(一九五三)

一首目は歌集巻頭歌です。柊二における北原白秋門下の浪漫派らしい部分を挙げるならば、「泪ぐましも」といった感情表現を積極的に取り込むヒューマニズムになるでしょう。芳美が感情表現をあまり用いないのと対照的です。二首目の「鞦韆」はブランコのことです。復興に伴って戦争の記憶が忘れられていくことへの警戒は戦後派世代に共通するテーマですが、柊二はだらりと垂れる子どもの遊具を通してそのやるせなさを描いています。

三首目は代表歌として知られています。「蝌蚪」はオタマジャクシです。生まれることに意思は介在しないはずですが、柊二は結句字足らずで語気を強めて、「生れたければ生れてみよ」と投げかけます。「孤独派宣言」の結論である「歌声は低くとも、それは自分の歌ごゑで無ければならない」が端的に短歌として現れています。

こうした柊二の歌を、歌人の小高賢《こだかけん》は評伝『宮柊二とその時代』（一九九八）の中で「日本人全体のありかたに、個として恥を感じている」ものだと評しています。「恥」とは、戦前の軍国主義から一転して戦後民主主義が賞讃されたことへの懐疑に端を発するものでした。

宮柊二は、白秋の『多磨』が没後一〇年にあたる一九五二年末に解散した際、新たに『コスモス』（一九五三〜）を立ち上げています。『多磨』からは、ほかに木俣修の『形成』（一九五三〜一九九三）なども派生しています。

新歌人集団に参加していた他の歌人の歌も少し紹介します。

黒き花宙に開きしがたちまちにすごきゑみもつ顔《かんばせ》となる

さしだせばわれの左手舞ひのぼりかなしみはかぎりなき空の青みに

犬の舌　叢《くさむら》のもえ　じいんと　むなしきかなや地球の瞬時

加藤克巳『宇宙塵』（一九五六）

声あげて縄とびあそぶぼろぼろの天使の群にわが歩み寄る

汚れたる雪を汚して荷を負へる少年たちと渡る陸橋

三四年はゴーガンのごとく生きて来しを記憶にとどめあくせくと暮す

大野誠夫『薔薇祭』（一九五一）

たはやすく革命を云ひし夏のをはり水泳選手はアメリカに勝てり

自動銃もちて小さき日本人柵の内なる権威に倚れり

前田透『漂流の季節』（一九五三）

加藤克巳の出発点は戦前の定型短歌モダニズムにあります。第三歌集の『宇宙塵』では芸術派の幻想性を保ちつつ、次第に文明批判の様相を呈するようになります。

克巳は『近代』（一九五三〜六三）、次いで『個性』（一九六三〜二〇〇四）を立ち上げ、多くの歌人を育てました。芳美と柊二に並ぶ戦後短歌の巨人ですが、その功績に比べて歌壇的な評価は十分とは言えません。今後の再評価が待たれます。

大野誠夫《のぶお》は戦後の風俗に着目しつつ幻想的な作風に定評があります。しかし、現在はあまり再読されません。この幻想性は、大野に師事した七〇年代末登場の歌人、松平修文に受け継がれてゆきます。

前田透《とおる》は前田夕暮の子で、夕暮没後は『詩歌』を引き継ぎました。戦時中の赴任先であるチモール島は大規模な戦闘がなく、透は日本軍の占領政策を担当する部隊に所属していたことから、南島のノスタルジーをテーマとした歌を多く残しています。また、戦前の『詩歌』における口語自由律運動への反省を踏まえて、口語短歌論を展開したことでも知られています。

ここまで見てきたように、新歌人集団の解散後、メンバーの多くは結社を主宰し、歌壇の指導者となりました。そのため戦後派世代は、次第に下の世代からの批判を受けるようになります。五〇年代半ばに始まる前衛短歌運動は、戦後派の直面した問題に別の形で応答することにより、戦後派の超克を試みました。

【第四節　女人短歌会・女歌論】

ここでは一九四九年に結成された女人短歌会と、五〇年代の女歌論を扱います。短歌はかつて男性中心のものでした。一九四〇年に刊行された合同歌集『新風十人』の男女比は七対三です。けれども二〇一〇年代以降のアンソロジーでは、男女比が概ね一対一になるよう調整されています。ここで扱う内容は、七対三が一対一となる長い歴史の、はじめの部分にあたります。

女人短歌会（一九四九〜一九九七）は、男性歌人中心の歌壇に風穴をあけるため、戦前から活躍していた北見志保子《きたみしほこ》、川上小夜子《かわかみさよこ》、長沢美津《ながさわみつ》、生方《うぶかた》たつゑらを中心に準備が進められました。とはいえ、時代は婦人参政権が認められ、男女同権が実現したと考えられていたころです。長沢から女人短歌会への参加を打診された五島美代子《ごとうみよこ》は、敢えて女性だけの雑誌を創刊することに懐疑的でした。

五島美代子は竹柏会『心の花』出身で、戦前は一時期プロレタリア短歌運動にも関与していました。第一歌集『暖流』（一九三六）における母子をテーマとした歌が評価され、母の歌人とも呼ばれています。また戦前から夫の五島茂（旧姓：石榑茂）とともに短歌結社『立春』を主宰していました。少し後の選集ですが、母子関係の歌のみを集めた選集『母の歌集』から歌を紹介します。

あぶないものばかり持ちたがる子の手から次次《つぎつぎ》にものをとり上げて　ふっと寂し
重なりて影一つなる日に見つつ吾ならぬわれの吾子が怖ろし
マミー　ひとみの親友　と　ありし日に子がいひしこゑ今もきこゆる

五島美代子『母の歌集』（一九五三）

母子関係の歌は戦前に例が少なく、美代子の歌は画期的なものとして評価されていました。

そのために打診を断ろうとした五島に対して、長沢は次のように迫ります。曰く、「五島さん、あなたは男ですか、女ですか。女なら認められない多くの女歌人のために、自分だけのことを考えないで仲間入りするのが当然ではありませんか」。この発言は、五島が当時を回顧した文章（「随想」『女人短歌』一〇〇号、一九七四）に記されています。この気迫に打たれて五島は女人短歌会へ参加しました。長沢の発言には、女性の短歌が少数の例外として分断されてしまうことへの危機を見て取ることができます。

　女人短歌会の意義は女性歌人の活躍を集団のものとして打ち出した点にあります。一九五〇年代に女歌論が歌壇の中心的な議論にまで発展し得たのは、ひとえに女人短歌会が存在感を示していたためでしょう。そのほか、女人短歌会とその機関誌『女人短歌』の成果としては、女人短歌叢書を刊行したことや、森岡貞香《もりおかさだか》と葛原妙子《くずはらたえこ》を輩出したことなどが挙げられます。

　ところで、女人短歌会の結成は、明治期末から続く婦人運動（第一波フェミニズム）の最後のあたりに位置づけることができます。婦人運動は婦人であることを前提としています。つまり、六〇年代後半から始まるウーマン・リブ運動（第二波フェミニズム）と違い、女性ジェンダーを社会的な構築物とする考えはありません。この時代の女歌論を読むにはそうした古さを念頭に置く必要があります。

　女人短歌会の盛り上がりに並行して、男性歌人からも女歌に関する意見が発表されました。このうち最も重要なものは、『短歌研究』一九五一年一月号に掲載された折口信夫（釈迢空）の

「女流の歌を閉塞したもの」です。

折口は、山川登美子をはじめ明星派の女性歌人の歌を引きつつ、「アララギ第一のしくじりは女の歌を殺して了つた――女歌の伝統を放逐してしまつたやうに見えることです」と語ります。この文章は折口なりの女歌擁護ですが、アララギ批判の時流に乗って大きな反響を呼びました。

これ以降、五〇年代の女歌論では、アララギに代表される「男の歌」に対して、「女歌」の本質はどのようなものであり、どうあるべきなのかに関心が寄せられるようになりました。ただし、「女歌」の語は時代が下るにつれて、女性の作る短歌ではなく、性別とは無関係な作風と理解されるようになります。

折口信夫（釈迢空）は一九五三年九月に没します。その年の二月には斎藤茂吉も死没しており、短歌史は大きな節目を迎えていました。一九五三年末には『短歌研究』の編集長であった中井《なかい》英夫《ひでお》が「第一回作品五十首募集」を企画し、第一席の特選として『短歌研究』一九五四年四月号には中城《なかじょう》ふみ子の「乳房喪失」が掲載されました。

「乳房喪失」は乳癌による乳房切除を題材にとった連作です。題は編集者の中井が与えたもので、中城自身はこの題に抵抗していたことが知られています。そして、四月に新人賞でデビューしたばかりですが、中城の歌集『乳房喪失』は七月に刊行されます。現在では考えられないスピード感です。中城作品を契機として、女歌論はさらに盛り上がりました。作品を引きます。

出奔せし夫が住みゐるてふ四国目とづれば不思議に美しき島よ

メスのもとひらかれてゆく過去がありわが胎児らは闇に蹴り合ふ

唇を捺されて乳房熱かりき癌は嘲ふがにひそかに成さる

中城ふみ子『乳房喪失』(一九五四)

いずれも有名歌です。中城自身は乳癌転移のため八月に亡くなります。しかし作品に対する議論は続きました。角川『短歌』一九五四年九月号には「女性短歌の前進のために」と題して、女人短歌会所属の五人による座談会が掲載されています(座談会収録時点で訃報は届いていない模様)。そのうち五島美代子と葛原妙子は『乳房喪失』へ好意的な評価を寄せています。対して、戦前から批評家として名の知られている尾山篤二郎《おやまとくじろう》、戦後派の近藤芳美《こんどうよしみ》、山本友一《やまもとともいち》ら男性歌人は中城の歌に批判的でした。

歌壇の中城ふみ子批判は、女人短歌会の新人として注目されていた葛原妙子に飛び火します。『乳房喪失』の刊行された一九五四年七月に、ちょうど葛原妙子の第三歌集『飛行《ひぎょう》』は刊行されていました。

毛髪も蘭もおもむろに蠟となる寒きゆふべになにを見据ゑん

どの病室《へや》も花を愛せり人間のいのち稀薄となりゆくときに
朱き空より斜断機しづかに降《お》りきたり自轉車あまた押しとどめたり

葛原妙子『飛行』（一九五四）

葛原妙子を批判したのは坪野哲久《つぼのてっきゅう》と武川忠一《むかわちゅういち》です。一首目は武川が批判した歌、あとの二首は有名歌です。ここでは短歌史的に重要な、武川による一連の「近代主義批判」のみとりあげます。

武川は中城ふみ子の作品を、借り物の「近代」を代表するものと批判します。また中城作品の傾向は、女流作品に広く見られるものだと指摘します。その際、葛原妙子の『飛行』をとりあげ、「内容の空虚を飾り立てて、何かありげに見せるだけのもの」と批判しました。代わりに武川は、人間性をたたえたリアルな表現として、三國玲子《みくにれいこ》の『空を指す枝』を評価します（「再び近代主義への反省　女流歌人の作品について」『まひる野』一九五四年一一月号）。

三国の歌を見てみましょう。

幸福は常に微かにありといへどのみちさびし女に生れたことは
女子社員は呼捨にして追ひ使ふ店主の卓を朝朝清む
ウエストのサイズ細りし一夏が過ぎて誰をも愛し得ざりき

三國玲子『空を指す枝』（一九五四）

一首目は武川の引用歌、あとの二首は『歌集』から参考になりそうなものを引きました。現代でも通用しそうな歌です。三国は全歌集もある歌人ですが、近年はあまり参照されていません。このあたりから、葛原妙子、森岡貞香、それから齋藤史はまとめてモダニズム歌人と語られるようになります。あるいは、表現がわかりにくいことから「難解派」とも呼ばれました。

もちろん葛原妙子は武川に反論しました。角川『短歌』一九五五年三月号に掲載された「再び女人の歌を閉塞するもの」は八頁にわたる長い評論です。葛原はまず、男性歌人たちによる中城批判へ丹念に反論します。次に、当時の中年女性歌人における家族制度との葛藤を、男性歌人たちが見落としていると指摘します。なお、葛原も三国玲子『空を指す枝』には好意的でした。

そして最後に、「難解派」批判を踏まえつつ、反写実主義を言挙げします。実例として引用されているのは森岡貞香の歌です。

ジェット機の金属音かすめわれがもし尖塔ならば折れたかも知れぬ

森岡貞香『未知』（一九五六）

葛原による引用歌です。葛原は森岡の歌をこの一首しか引いていません。

葛原は、真実を写し取る方法として写実主義と反写実主義を挙げ、両方ともリアリズムであるにもかかわらず、写実主義だけがリアリズムだと捉えられていることを問題視します。そこで反写実の例として森岡の歌に注目し、「女性自らの感覚を信じ、自身を塔に置き替へるといふ反写実の方法の一つ、つまり象徴としては最も素朴な比喩の形を取りながら、事実を写す以上に、はるかに真実に肉薄し得た例の一つである」と評価しました。

武川の近代主義批判に話を戻しましょう。武川は葛原の反論を聞き入れませんでした。それどころか、葛原の歌を名前も出さずに悪しき「モダニズム短歌」として批判します。そして、モダニズムの悪弊を脱するものとして『糸のながれ』と『葦』に着目し、民衆詩としての短歌の可能性を語りました（「現代短歌の課題」『まひる野』一九五五年六月号）。

「近代主義」と「モダニズム」は概ね同じような悪口として使われますが、後者は現代詩の技法が短歌に移植されたものというニュアンスが付加されています。戦前のモダニズムと女歌の反写実的傾向が接続され、どちらも批判されていることに着目してください。

一九五六年以降の歌壇は本格的に前衛短歌の時代を迎え、葛原の主張した女歌の反写実は前衛短歌の議論に回収されました。再び女歌論が注目を浴びるには、七〇年代初頭まで待たねばなりません。

【第五節　前衛短歌運動】

前衛短歌は近現代短歌史上における三度目の短歌革新運動です。前衛短歌のスタートは一般に一九五四年とされています。しかし終端については議論が尽きません。そこで本書では、一九五四年から五五年を女歌論の時期、一九五六年から五九年を前衛短歌の中心時期、一九六〇年から六四年を前衛短歌の後半期、そして一九六四年以降を前衛短歌の裾野と区分し、記述していきます。

ちなみに一九五一年八月号では、編集者中井英夫の企画により『短歌研究』で若手歌人を集めた「モダニズム短歌特集」が組まれました。そこに参加していた塚本邦雄は直後に第一歌集『水葬物語』（一九五一）を刊行しています。企画も歌集もあまり反響はありませんでしたが、塚本邦雄を重視する立場からは、遡及的に一九五一年を前衛短歌の開始地点とすることがあります。

前衛短歌は戦争によってゆらいだ短歌への信頼を、韻律の改造や暗喩の積極的な導入により回復し、短歌のイメージを刷新したものと語られます。辞書的な説明としてはこれで十分でしょう。しかしながら、ここまで見てきた戦後派と女歌論の経緯を踏まえると、やや物足りません。ここではもう少し詳細に前衛短歌を検討します。なお、前衛以前を近代短歌、前衛以降を現代短歌と呼ぶことがあります。

女歌論の時期　一九五四年～五五年

一九五四年には中城ふみ子が登場し、それをきっかけとして、翌年まで女歌をめぐる論争が交わされました。この時期に塚本邦雄は再登場し、寺山修司も第二回新人五十首特選としてデビューしています。

春ゆふべ給水塔に水滿たすひびきあり舊《ふる》き祈禱《きたう》のごとく
血紅《けつこう》の魚卵に鹽《しほ》のきらめける眞夜にして胸に消ゆる裝飾樂句《カデンツァ》

塚本邦雄『裝飾樂句《カデンツァ》』（一九五六）

チエホフ祭のビラのはられし林檎の木かすかに揺るる汽車過ぐるたび
向日葵は枯れつつ花を捧げおり父の墓標はわれより低し

寺山修司『空には本』（一九五八）

それぞれ一九五四年発表の連作から引きました。塚本の「裝飾樂句《カデンツァ》」三〇首は反写実的です。前節では一九五四年から翌年にかけての女歌論により、女歌の反写実性と近代主義《モダニズム》が結びつけられたことを確認しましたが、塚本もその作品傾向からモダニズム歌人の列に加えられることとなります。

寺山の「チエホフ祭」はそうした女歌やモダニズムへの批判とは別の地点から登場したもの

でした。ただし、この連作の原題は「父還せ」であり、中城ふみ子の「乳房喪失」同様に編集者の中井英夫がタイトルを変更しています。五〇年代の短歌史は中井英夫のプロデュース抜きに語ることができません。

ところで一九五五年には、モダニズムへの不満を遠因としつつ、真のアヴァンギャルド待望が語られるようになります。代表例として、戦後派の加藤克巳《かとうかつみ》の発言を見てみましょう。

> いまや短歌に於ける前衛精神の渇望は、歴史的必然として愈々《(いよいよ)》真剣に考へらるべき時に来てゐるのではないか。いまにして正しいアヴァンギャルド運動が興らなければ、短歌はいつの日か今日の芸術として立上ることが出来ようか。
>
> 加藤克巳「前衛精神と短歌　前衛短歌は贋物か」『短歌研究』一九五五年七月号

克巳はこれから出現が期待される短歌の運動として「前衛短歌」を語っています。そもそも芸術における「前衛《アヴァンギャルド》」は、旧来の芸術を否定したダダイズムやシュルレアリスムの総称です。「近代主義《モダニズム》」も旧来の芸術を否定したものの総称です。両者は非常に似たような意味を持つことに注意してください。現在では昭和初期の試みを「モダニズム短歌」、戦後の試みを「前衛短歌」と呼び分けることが一般的ですが、一九五五年から五六年は、この呼び分けが確定した時期でした。

前衛短歌の中心時期　一九五六年〜五九年

「前衛短歌」と塚本邦雄《つかもとくにお》が結びつけられるのは一九五六年以降です。きっかけは塚本邦雄と大《おお》岡信《おかまこと》の間で交わされた方法論争でした。

方法論争は、詩人の大岡信による評論「想像力と韻律と」（『短歌研究』一九五六年三月号）に、塚本が反論したことを発端とします。大岡の論は、歌壇で「難解派」と呼ばれている中城ふみ子、葛原妙子、塚本邦雄、森岡貞香の作品が決して難解ではなく、むしろ瑣末主義《トリヴィアリズム》に陥っていると指摘し、「新しい調べの発見」を提唱するものでした。

大岡の指摘に対して、塚本は同じ三月号で反論し、論争が始まります。発売前の評論に対して即座に反論が掲載されるのは奇妙ですが、この事態は中井英夫が意図的に論争をプロデュースしたためです。

塚本邦雄の反論「ガリヴァーへの献詞」は、短歌の韻律をどのように改造すべきかについて一つの指針を与えるものとなりました。頻繁に引用される部分を見てみましょう。

> 短歌に於ける韻律の魔は単に七・五の音数だけでなく、上句、下句二句に区切ることによって決定的になる。〔中略〕この区切りで曖昧なレリーフを生みつつ連綿と前句と《ママ》伝承して行く限り、オリーヴ油の河にマカロニを流しているような韻律からは脱出できない。〔中略〕韻律を逆用して、句切りは必ず意味とイメージの切目によることとし、一つの休

止の前後が或時は目に見えぬ線で裏面から繋がれ、又一つの区切は深い空間的な断絶を生むというような方法は多々可能である。そしてそれこそ、三十一音を最後の限界とする短詩の「新しい調べ」ではないか。

塚本邦雄「ガリヴァーへの献詞　魂のレアリスムを」『短歌研究』一九五六年三月号

「オリーヴ油の河にマカロニを流しているような韻律」は、小野十三郎の「濡れた湿つぽいでれでれした咏嘆調」を踏まえた上での言葉です。ここで第二芸術論へ再応答することは、つまり先行する世代の応答が不十分であったことを指摘するものに他なりません。

こうして「新しい調べ」の問題から韻律の改造が語られるようになりました。また難解派における反写実から、暗喩の積極的な導入についての問題も生まれました。韻律改造について少し補足します。塚本の方法論では短歌の句切れよりもイメージによる切れ目を重視するため、結果的に、句割れや句跨《また》がりが多用されることになります。

革命歌作詞家に凭りかかられてすこしづつ液化してゆくピアノ

塚本邦雄『水葬物語』（一九五一）

日本脱出したし　皇帝ペンギンも皇帝ペンギン飼育係りも

塚本邦雄『日本人靈歌』（一九五八）

代表例として非常に有名な二首を引きました。基本的に句割れや句跨がりは「調べ」ないし「韻律」を壊すものとして嫌われます。しかし塚本邦雄の歌では意味の切れ目と句の切れ目がずれています。この不自然な韻律をもって、塚本は短歌的抒情の革新を試みました。

大岡と塚本の文章には、中井英夫によって「論争　前衛短歌の方法を繞《めぐ》つて」と題が付されていました。論争を通して前衛短歌の申し子としての塚本邦雄が演出されています。

この方法論争をきっかけに、塚本邦雄は従来の難解派やモダニズムとは異なる存在であると認識されるようになりました。塚本自身も、『短歌研究』一九五七年三月号で評論「零《ゼロ》の遺産」を執筆し、戦前における前衛短歌は失敗に終わったと宣言しています。このタイトルは戦後の前衛が戦前からいかなる遺産も受け継がなかったことを意味します。

塚本邦雄の新しさを総括して、『まひる野』の岩田正《いわたただし》は『短歌研究』一九五七年一一月号に「モダニズムの魔力」を執筆しています。岩田は、葛原妙子、森岡貞香、齋藤史を「モダニスト」、中城ふみ子を難解派に位置づけた上で、塚本邦雄を前衛として区別し、「モダニズム的手法を辿りながらも、リアリティを、深く鋭く獲得するところに、前衛の独自性がある」と、その優位性を強調しました。

つまり方法論争前後において、戦後派否定と、女歌否定と、モダニズム否定が一挙に行われています。近年は前衛短歌の存在が前提とされているため、前衛が何を否定したかが見えにくくなっています。

前衛短歌の論争をもう一つ紹介しておきます。方法論争の翌年、一九五七年には、アララギの新人であった岡井隆《おかいたかし》と、詩人の吉本隆明《よしもとたかあき》との間で定型論争が交わされました。この論争も中井英夫のプロデュースによるものです。岡井隆は一九五六年から塚本邦雄に影響を受けつつ交流を持っていました。

定型論争では、短歌定型と非定型の問題を中心に議論が進みました。非定型のことが問題となっているのは、この時期に口語自由律を試みる人たちがまだ一定数いたためです。論争の成果は、後年に吉本隆明『言語にとって美とはなにか』(一九六五)として結実します。吉本は比喩表現が短歌定型によって変化を被ることを考察し、「短歌的喩」の概念をまとめました。

中井英夫は一九五八年から角川書店に移籍し、『短歌』の編集長となります。新人発掘はこちらでも続きました。一九五八年には当時一八歳の春日井建《かすがいけん》をデビューさせ、翌年には浜田到《はまだいたる》を再登場させます。岡井、春日井、それから浜田の歌を紹介します。

渤海のかなた瀕死の白鳥を呼び出しており電話口まで

胎内のわが背に痣をのこすまで鞭うたれおり母は私服に

岡井隆『土地よ、痛みを負え』(一九六一)

童貞のするどき指に房もげば葡萄のみどりしたたるばかり

火祭りの輪を抜けきたる青年は霊を吐きしか死顔をもてり

花の動悸押花にせむ遺《のこ》されし短き言葉と短き夏と

春日井建『未青年』（一九六〇）

〈たえず良心が夢を喰荒すのです〉……枯野のうへを漂ふ一行《ぎやう》

浜田到『架橋』（一九六九）

岡井隆の二首目は連作「ナショナリストの誕生」から引きました。この連作は、同時期（一九五七年）に発表された塚本邦雄の連作「日本人靈歌」とあわせてテーマ性の強いものとして知られています。連作のテーマ性を強めることはのちに「主題制作」の語をもって議論されるようになりました。

春日井建は中部短歌会出身の歌人です。三島由紀夫は歌集『未青年』の跋文《ばつぶん》に「われわれは一人の若い定家を持つたのである」と記しました。春日井に寄せられた大きな期待を推し量ることができます。

浜田到の歌集『架橋』は浜田の事故死により没後まとめられたものです。詩人としても活躍し、抽象的な作風は現代詩との関連においても語られています。

そのほか、葛原妙子は塚本邦雄によって「幻視の女王」の二つ名を与えられ、前衛歌人の列に加えられます。また、前川佐美雄の結社『日本歌人』の若手であった山中智恵子《やまなかちえこ》、前川に私淑していた前登志夫《まえとしお》も、前衛短歌期の歌人として語られることがあります。塚本邦雄も前川門下の一人です。

ここまで、つまり一九五九年ごろまでが概ね前衛短歌の中心時期です。これ以降は、六〇年安保を挟んで、前衛短歌運動の総括と、これまでの実績を踏まえた発展が模索されることになりました。

【第六節　六〇年安保と短歌】

安保闘争とは、単純化すれば、日米安全保障条約（日米安保条約）へ反対する社会運動です。安保条約は一九五一年のサンフランシスコ平和条約と同時に締結されたもので、五八年から米国との間で改正に向けた交渉がなされていました。当時の首相は岸信介《きしのぶすけ》です。五八年には強権的な警職法改正案が国会に提出され、この法案に対する反対運動をきっかけに、安保問題は社会的な関心事となります。

戦争への不安と強行策への懐疑は、反米・反政権運動としての安保反対デモに繋がりました。一九六〇年六月一五日のデモでは、全学連と警官隊の衝突により多くの負傷者が出たほか、大学生一名（樺美智子《かんばみちこ》）が圧死する事件も起こりました。なお、安保条約は六月一九日に自然成立し、デモは七月ごろまでに収束します。

安保闘争の歌として真っ先に思い返されるのは岡井隆の作品でしょう。

雨脚《あめあし》のしろき炎に包まれて暁《あけ》のバス発《た》てり　勝ちて還れ
キシヲタオ……しその後《のち》に来んもの思《も》えば　夏曙《あけぼの》の erectio penis
岡井隆『土地よ、痛みを負え』（一九六一）

一九六〇年の岡井が発表した連作のうち、最も有名な「勝ちて還れ」より引きました。当時の状況を確認しましょう。六〇年七月には安保条約を進めた岸信介首相が退陣し、後任の池田《いけだ》勇人《はやと》首相が所得倍増計画を打ち出します。この連作は、そうした安保闘争収束後の政治状況を諷刺したものです。連日のデモにもかかわらず安保条約は成立しました。確かに岸《キシ》を倒《ヲタオ》……したけれども、それは勝利なのか、その後に何が訪れたというのか。下句はそうした居心地の悪さを象徴するものとして読まれています。

岡井は医師として博士号取得に向けた研究のため、安保闘争には加わりませんでした。闘争との距離感は、六〇年の岡井隆を語る上で、しばしば言及されるものです。

安保闘争の歌をもう一つ挙げるならば、機動隊隊長の立場から闘争に同情的な作品を詠んだ筑波杏明《つくばきょうめい》の『海と手錠』（一九六二）があります。筑波はのちに作品の内容を問題視され、警察を退職しました。

また、安保闘争前後には学生短歌会の歌人たちが注目されるようになりました。代表例としては清原日出夫《きよはらひでお》、岸上大作《きしがみだいさく》、小野茂樹《おのしげき》、佐佐木幸綱《ささきゆきつな》の四人が挙げられます。

不意に優しく警官がビラを求め来《き》ぬその白き手袋をはめし大き掌

清原日出夫『流氷の季』（一九六四）

血と雨にワイシャツ濡れている無援ひとりへの愛うつくしくする

岸上大作『意志表示』（一九六一）

あの夏の数かぎりなきそしてまたたつた一つの表情をせよ

小野茂樹『羊雲離散』（一九六八）

ジャージーの汗滲むボール横抱きに吾駆けぬけよ吾の男よ

佐佐木幸綱『群黎《ぐんれい》』（一九七〇）

清原日出夫は当時岸上に先行して評価されていました。この歌の「来《き》ぬ」は完了の助動詞「ぬ」で、口語だと「来た」になります。運動に身を投じながら、その論理に振り切れない点が清原の特長と言えるでしょう。近年はあまり参照されません。

対して岸上の歌は、本人が六〇年の一二月に自殺したこともあり、安保闘争における青春詠として現在まで読み継がれています。自殺の理由は安保闘争での挫折と失恋によるものと言われています。歌集は没後編纂されました。

小野と佐佐木の歌集は後年発行されたものです。小野茂樹は岸上とはまた違う青春詠として評価されています。小野は七〇年に交通事故で亡くなります。

佐佐木幸綱は明治期の和歌改良論で紹介した佐佐木信綱の孫です。第一歌集『群黎』の解説では詩人の大岡信がその作風を「男歌」と評しました。少しあとの話ですが、一九七一年には佐佐木幸綱を中心に、竹柏会『心の花』の男性歌人による合同歌集『男魂歌《だんこんか》』が出版されます。タイトルがマッチョですね。「男歌」は「女歌」の対立概念として、七〇年代初頭の女歌論でも議論されました。

さて、安保闘争は、短歌において政治と社会を詠むこと、つまり「社会詠」や「機会詩」の議論をもたらしました。つまるところ、短歌としての芸術性や、類型化の問題です。この論点は、社会問題と短歌が結びつく度に、後年も繰り返されることになります。

【第七節　六〇年代の前衛と戦中派の再評価】

六〇年安保を挟んで、前衛短歌の総括が始まります。五〇年代は前衛とは何かが争われました。六〇年代からは、前衛短歌があることを前提として議論が進むようになっていきます。

前衛短歌の後半期　一九六〇年〜六四年

前衛短歌の残した大きな問題の一つに、私性《わたくしせい》と虚構をめぐる論争があります。「私性」とは作者と作中主体の関係を考える際に使う言葉です。俗流の理解では作者のプロフィールが短歌から読み取れることを意味します。

論争の発端は、寺山修司が岡井隆の第二歌集『土地よ、痛みを負え』（一九六一）に批判を加えたことでした。寺山は、角川『短歌年鑑』一九六二年版における一九六一年の年末回顧で、岡井の歌集中の連作には多様な「私」が登場するが、歌集における「私」が拡散したままであることを指摘しました。

これに対して岡井は、角川『短歌』で連載していた「現代短歌演習」の場を使って応答していくのですが、寺山への反論をよそに、岐阜の同人誌『斧』へ掲載された小瀬洋喜《おぜようき》による虚構論を批判しはじめます。こうして私性論は虚構論と結びつき、最終的に八つの議論が絡まり合うこととなりました。

本書では岡井の主張に絞って議論の推移を見ていきます。虚構論で問題となったのは、『斧』に所属していた平井弘《ひらいひろし》の作品です。平井は歌集『顔をあげる』で戦争による兄の死を描きました。ただし、この兄は実在しません。小瀬洋喜は、肉親の死を虚構することを、近代短歌のタブーを打破したものとして賞讃しました。

兄の自爆を怒りし誰もいぬことのふと異様にわれに鮮らしき

平井弘『顔をあげる』（一九六一）

しかし、岡井はその効果に懐疑的です。そうした単純な虚構は、塚本邦雄や寺山修司の作中主体における虚構に及ばず、私性の議論を進展させるものではないと主張します。肉親の死を虚構することに反対しているのではなく、賞讃するほどの効果がないと指摘していることに注意してください。そもそも、兄の死を仮構する連作は春日井建の『未青年』(一九六〇)にも収録されています(連作「水母季」)。そして最後に、「私性」とは何かについて、現在まで幾度となく引用されている次の考えを示しました。

所詮、短歌は〈私性〉を脱却しきれない私文学である。などとあきらめたような言い方をする人があるが、こういう無気力な受身の肯定も、他方また、短歌に〈私性〉を脱した真に客観的な人間像の表現を期待するオプチミストも、結局、短歌の生理にくらい点においては同罪でしょう。短歌における〈私性〉というのは、作品の背後に一人の人の——そう、ただ一人だけの人の顔が見えるということです。そしてそれに尽きます。そういう一人の人物(それが即作者である場合もそうでない場合もあることは、前々回に注記しましたが)を予想することなくしては、この定型短詩は、表現として自立できないのです。

岡井隆「〈私〉をめぐる覚書(三)」『短歌』一九六二年七月号

岡井は短歌によって生じる「ただ一人だけの顔」を予想した上で、表現に利用しなければならないと語ります。はたして、作者と作中主体の関係をどのように構築すれば効果的な表現となるのか。六〇年代以降、この問いをめぐっては岡井の考えが参照され続けています。私性・虚構論争は、角川『短歌』一九六三年三月号掲載の座談会「〈私〉とはなにか」によって一応の総括がなされます。

前衛短歌の裾野　一九六四年〜？

一九六四年は東京オリンピックの年ですが、短歌史では前衛への反省が突きつけられた年として知られています。その様子はしばしば〝前衛狩り〟と呼ばれます。同時に、「戦中派」の再評価も進みました。

〝前衛狩り〟は、寺山修司が一九六五年六月の「図書新聞」に執筆した記事「怪文書事件と歌壇の現状」に由来します。寺山は、六〇年代に入ってから『短歌研究』が保守化し、『短歌』もそれに追随したことを、結社の「旧歌人」からの圧力によるものだと語ります。その結社というのは「生活にくたびれきった市民たちの、相互救済の場」で、最終的に「こうした結社を基盤とした商業ベースで編集される総合誌に、新しい短歌の可能性など生まれよう筈があるとも思えない」と結論づけています。

いかにも、旧弊な歌壇による革新勢力への無理解を撃つといった形です。確かに『短歌研究』は、一九六一年に版元の日本短歌社が小野昌繁《おのまさしげ》に買い取られてから、結社や地方の特集が多くなっていました（一九六二年に短歌研究社へ社名変更）。角川『短歌』も、一九六四年五月に編集長が交代して以降、昭和初期の短歌や大正生まれの歌人たちを特集するようになります。これは五〇年代半ば以降に前衛周辺の若手歌人を重用しすぎた反動であり、前衛の立場からは〝前衛狩り〟かもしれませんが、別の見方に立てば総合誌がバランスを取ろうとした結果とも考えられます。

では、実際にどのような批判が行われたのか。一九六四年の様子を見てみましょう。センセーショナルなものには、木俣修《きまたおさむ》の発言があります。曰く、「伝統を無視した、雨後の毒タケみたいなやつが、ケバケバしい胞子なんかつけてばらまいても、それはすぐに消えてしまう（座談会「昭和三十九年の歌壇」『短歌研究』一九六四年一二月号）」。前衛短歌の擁護者として知られる評論家の菱川善夫《ひしかわよしお》は、これを前衛に対する言葉と捉え、強く反発しました。

もう一人、玉城徹《たまきとおる》の批判も紹介しておきます。玉城は、前衛短歌が「かなりの程度に「意匠」の問題にすぎなかった」と前置きした上で、前衛は特定の意匠・様式（マニエリスム）を偏重しているという弱点を指摘します。

> 前衛短歌なるものに、もともと基本的な文学思想または方法論はなかった。〔中略〕いったい前衛短歌の基調には、強いマニリスムスの傾向が在る。すなわち、一定の特殊な語彙への好み、特定の口調への共通の執着、ある種の手法の頻用等々である。これらは前衛短

歌の始祖の役割を果たした塚本邦雄の作品の中だけに限ってもたやすく発見されよう。前衛短歌が急速にかなりの模倣者を輩出したのも、一部はそのマニリスムスに原因があった。例の短歌の共同制作なるものも、じつは、このマニリスムスの基礎があったから可能であった。手法《マニール》上のある程度の同一性が、共同制作を可能ならしめた理由である、と同時に、共同制作の作業が、このマニリスムスを助長したところがあったことも否定できない。

玉城徹「一九六四年の展望　昭和史の検討・前衛派の問題・セックス短歌その他」
角川『短歌年鑑』一九六五年版

「方法論はなかった」とは言い過ぎですが、前衛批判の論点を端的にまとめた手痛い批判です。玉城は、塚本作品が急速に模倣されたことを問題視しています。六〇年代は若年層が同人誌を盛んに発行しており、その作品には塚本好みの語彙がちりばめられ、句割れ句跨がりも多く使われていました。その状況への批判です。

また玉城は、前年一九六三年に端を発する共同制作にも懐疑的です。共同制作の代表例には『律　短歌と歌論』第三号（一九六三）に掲載された、塚本邦雄の構成・演出による「定型詩劇ハムレット」があります。佐佐木幸綱がハムレット、馬場あき子が王妃ガートルードを配役されており、興味深い作品ですが、一つの作品としての世界観を優先するため、それぞれの歌人の作風が塗りつぶされていることは否定できません。その点で玉城の批判は有効です。「ハムレット」を契機としていくつか共同制作がなされるものの、「ハムレット」を含めて評価は高くありませんでした。

前衛批判への反論は同人誌で行われました。菱川善夫は、深作光貞《ふかさくみつさだ》が一九六四年一二月に創刊した同人誌『ジュルナール律』誌上で玉城徹に嚙みつき、玉城と菱川の間に「意匠論争」が起こります。この論争では菱川が玉城を「豚」と罵り、玉城は菱川を「ファシスト狼」と罵り返したばかりで、あまり収穫はありません。

前衛批判ののちに、前衛とその周辺の歌人は総合誌から追放されたわけではありません。以前ほど頻繁ではないものの、六五年の半ば以降は、作品や評論が掲載されるようになります。

さて、前衛批判に並行して、一九六四年以降、「戦中派」の再評価が進みます。ただ、短歌における「戦中派」は曖昧な概念です。一般的な戦中派は第二次世界大戦中に青少年期を過ごした人々のことで、大正後期から昭和初期に生まれた、戦後派に続く世代を指します。しかし短歌における戦中派は、一般的な意味より上の世代を含む大正期生まれの人々を意味しつつ、一九二〇年（大正九年）生の塚本邦雄は含まないなど、恣意的な運用がなされています。

単純化すれば、戦中派とは大正期生まれで、一九六四年ごろにあまり評価されていない人々を発掘するための語と捉えられます。具体的には、山崎方代《やまざきほうだい》、岡部桂一郎《おかべけいいちろう》、田谷鋭《たやえい》、上田三四二《うえだみよじ》、玉城徹、岡野弘彦《おかのひろひこ》などが挙げられます。戦後派の加藤克巳《かとうかつみ》が一九一五年生まれで、山崎方代が一九一四年生まれなので、年長の戦中派はほとんど戦後派と重なっています。

六四年以降の総合誌では大正生まれの歌人の特集が組まれました。誌面にはしばしば世代論も掲載されています。こうして、世代論に便利な言葉である「戦中派」は用いられるようになりました。

作品も見てみましょう。

ろうそくの炎をつつむくら闇は摑んでみたが手ごたえがない
一度だけ本当の恋がありまして南天の実が知っております

山崎方代『こおろぎ』（一九八〇）

手のひらを反《かえ》せば没り陽　手のひらを覆えば野分　手のひら仕舞う

岡部桂一郎『鳴滝』（一九八一）

後年の作品も含めて引きました。山崎方代（本名）は二首目の「南天の実」の歌がとても有名です。しかし方代の得意とするのは、一首目のような軽妙洒脱な歌でしょう。この傾向は第一歌集『方代』（一九五五）から続いています。キャリアの長い歌人でありながら、方代が広く人気を獲得するのは一九六七年以降でした。

岡部桂一郎は山崎方代の盟友です。岡部も山崎も短歌結社『一路』出身で、ともに結社を退会して一九四八年に同人誌『工人』を創刊しています。初期作品については、その性的な描写をめぐって一九四八年に肉体短歌論争が起こっています。岡部の評価ポイントはその幻想性にあります。幻想的な作例は第一歌集から続くものですが、ここでは第三歌集からスケールの大きい歌を引きました。

最後に、『ジュルナール律』とその後の動きを確認します。『ジュルナール律』自体はホチキス留めの小冊子で、七号まで発行されたものの、一九六五年中に終刊しています。この冊子から登場した新人には村木道彦《むらきみちひこ》がいます。三号で発表された伝説の連作「緋の椅子」から歌を引きます。

するだろう　ぼくをすてたるものがたりマシュマロくちにほおばりながら

黄のはなのさきていたるを　せいねんのゆからあがりしあとの夕闇

めをほそめみるものなべてあやうきか　あやうし緋色の一脚の椅子

村木道彦『天唇』（一九七四）

『ジュルナール律』には、中井英夫をはじめ前衛短歌運動を支えた編集者が関与しており、新人発掘が行われました。その一人として登場したのが村木道彦です。

ここに引いた歌では一部口語が使われています。短歌の口語は、村木より少し前、六〇年安保周辺に登場した学生短歌会の歌人たちの世代から、再び取り入れられるようになります。

『ジュルナール律』終刊後には書籍『現代短歌'66』が刊行されました。これは六四年の〃前衛狩り〃に対抗して企画されたものですが、六六年まで発行が遅れたようです。この書籍はその後、『現代短歌'70』など、『現代短歌（発行年）』の形でシリーズ化され、学園闘争世代やその下の世代も巻き込みつつ、一九七八年まで続きました。結果として、前衛短歌運動の終端は曖昧になっています。

【第八節　戦後の女性歌人】

既存の短歌史は、多くの場合話題になった評論や論争ベースで書かれています。本書もそれを踏襲しました。こうした手法では男性歌人中心の短歌史記述となることを免れません。その反省から、ここではここまで言及できなかった女性歌人の短歌を扱います。

再び一九五四年に立ち戻ります。中城ふみ子が新人五十首で特選を得たこの年には、次席として石川不二子《いしかわふじこ》が登場しています。戦後派とその上の世代には石川不二子の方が好評でした。

夏期実習にわが受持ちて測定せし牝牛ネリーも群にゐる見ゆ
のびあがりあかき罌粟咲く、身をせめて切なきことをわれは歌はぬ

石川不二子『牧歌』（一九七六）

五四年の石川は東京農工大の学生で、一首目にはその生活が反映されています。のちに農場開墾に従事し、酪農を生業とするようになります。第一歌集の後半からはその生活が短歌に反映されています。

歌人はほとんどが都市生活者です。しかし皮肉にも、消費社会に対する反動として、七〇年代には岩田正が「土俗論」を展開します。石川自身は、岩田の土俗論に対して「素朴すぎる」という短い論考を書いていいます（角川『短歌』一九七四年五月号）。

一九五五年ごろ「モダニズム」に括《くく》られた人の歌も、追加で紹介します。

炎天にりんごを積めば我が来てあかしあかしとおろかに嘆く
白きうさぎ雪の山より出でて来て殺されたれば眼《め》を開き居り

齋藤史『うたのゆくへ』（一九五三）

噴水は疾風にたふれ噴きゐたり　凜々《りり》たりきらめける冬の浪費よ

葛原妙子『原牛』（一九五九）

齋藤史《さいとうふみ》は戦前に『魚歌』（一九四〇）で注目されていましたが、戦後の歌集にも目を見張るものがあります。史は戦中長野県の林檎農家に疎開し、戦後も両親と夫とともに長野にとどまりました。引用歌はそうした長野での生活が反映されていますが、昭和初期モダニズムの幻想性は健在です。二首目は史の代表歌です。「殺されたうさぎの目の赤が……」と鑑賞されることがしばしばあるのですが、雪山に棲息するうさぎの目は赤くありません。

葛原妙子は『原牛』が中井英夫と塚本邦雄によって評価され、一人だけ「モダニズム歌人」から「前衛歌人」の列に加えられました。葛原妙子の歌については川野里子による優れた評論『幻想の重量』（元版二〇〇九、新装版二〇二一）があり、前衛短歌運動との距離感を明らかにしています。

一九五五年前後で、「モダニズム」の歌人は齋藤史、葛原妙子、森岡貞香、中城ふみ子ということになっていました。この四人のほかに、暗喩の多い歌人としては、史や葛原と同世代の真鍋美恵子《まなべみえこ》を挙げることができます。

月のひかり明るき街に暴力の過ぎたるごとき鮮しさあり
桃むく手美しければこの人も或はわれを裏切りゆかん

真鍋美恵子『玻璃』（一九五八）

真鍋美恵子は第一歌集を戦前に刊行しています。引用した『玻璃』は第三歌集で、これにより第三回現代歌人協会賞を受賞しています。同時受賞は塚本邦雄の『日本人靈歌』でした。

少し下の世代でこの時期に登場した新人には、富小路禎子《とみのこうじよしこ》、大西民子《おおにしたみこ》、松田さえこ（現在は尾崎左永子《おざきさえこ》）、河野愛子《こうのあいこ》、馬場あき子らがいます。七〇年代以降の女歌論で活躍する人々です。

学問する程女は不幸になるといふ論に反撥しつつ寂しくなりぬ

かたはらにおく幻の椅子一つあくがれて待つ夜もなし今は

大西民子『まぼろしの椅子』（一九五六）

女にて生まざることも罪の如し秘《ひそ》かにものの種乾く季《とき》

急ぎ嫁《ゆ》くなと臨終《いまは》に吾に言ひましき如何にかなしき母なりしかも

富小路禎子『未明のしらべ』（一九五六）

戦争に失ひしもののひとつにてリボンの長き麦藁帽子

硝子戸の中に対照の世界ありそこにも吾は憂鬱に佇つ

松田さえこ（尾崎左永子）『さるびあ街』（一九五七）

これらの歌には、戦後社会における女性の困難が反映されています。系譜をたどると、大西民子は木俣修門下で浪漫派、富小路は植松寿樹《うえまつひさき》門下で窪田空穂の流れ、尾崎左永子は佐藤佐太郎門下でアララギ派です。それぞれ流派ごとの特徴を示す歌を引くこともできますが、ここでは時代精神を優先しました。

河野愛子はもともとアララギに所属していて、近藤芳美の『未来』創刊に参加し、はじめは写実に近い作風でした。第三歌集『魚文光』の後半からは、作品が幻想性を帯びてきます。

草原にありし幾つもの水たまり光ある中に君帰れかし

河野愛子『木の間の道』（一九五五）

死に去んぬ死に去んぬ灰に作《な》んぬといふものをうすくれなゐの心もてよむ

河野愛子『魚文光』（一九七二）

第一歌集と第三歌集より引きました。引用二首目は初句が二回繰り返されていて呪文のようです。『魚文光』以前と以後とどちらを評価するかは議論が分かれていますが、いずれにせよ興味深い歌人です。

アララギ出身でのちに幻想的な作風へと転換するという点で、似たような経歴の歌人に生方《うぶかた》たつゑがいます。といっても、生方は戦前から活躍しているキャリアの長い歌人です。

喰ひちぎられてゆくてのひらを継ぎあはす夢さへ襤褸（ぼろ）に似て失意あり

もの恋へば飢餓にひとしき灯に透きし毒魚の身《しん》の洗はるる夜も

生方たつゑ『火の系譜』（一九六〇）

この歌集には、謡曲に取材した三章にわたる連作「火の系譜」が収められています。物語を下敷きにしたり、あるいは一つのテーマが強く意識されている連作は、「主題制作」と呼ばれることがあります。

六〇年代に入りましょう。一九六〇年には前衛歌人が集結した同人誌『極』が発行されました。ここには安永蕗子《やすながふきこ》と山中智恵子《やまなかちえこ》が参加しています。参加者は安永と山中に加えて、岡井隆、春日井建、塚本邦雄、寺山修司、浜田到、菱川善夫ほか一〇名で、前衛短歌オールスター集結という感じです。

霧のなかに古墳を展く怨念のごとき発掘見て帰るなり
飲食《おんじき》のいとまほのかに開《あ》く唇よ我が深淵も知らるる莫けむ
安永蕗子『魚愁』（一九六二）

いづくより生れ降る雪運河ゆきわれらに薄きたましひの鞘
山中智恵子『紡錘』（一九六三）

さくらばな陽に泡立つを目守《まも》りゐるこの冥き遊星に人と生れて
山中智恵子『みずかありなむ』（一九六八）

安永蕗子は一九五六年に第二回角川短歌賞を受賞しています。第一回は受賞者なしのため、初の受賞者でした。歌集では生活実感を反映した歌の中に、引用歌のような詩的志向の強い歌が混じっています。

山中智恵子は前川佐美雄の『日本歌人』門下から登場しました。同門に塚本邦雄や杉原一司《すぎはらかずし》、前登志夫がいます。引用した『紡錘』は第二歌集、『みずかありなむ』は第三歌集です。葛原妙子に対する「幻視の女王」や、塚本邦雄に対する「負数の王」のように、前衛短歌周辺の歌人にはしばしば二つ名が与えられています。山中は「現代の巫女」と呼ばれました。現在でも人気の高い歌人です。山中の二首目からは馬場あき子の次の歌が連想されるかもしれません。

さくら花幾春かけて老いゆかん身に水流の音ひびくなり

馬場あき子『桜花伝承』（一九七七）

馬場あき子の第五歌集から引きました。代表歌でもあり、馬場の生活に密着したドキュメンタリー映画の題もここから採られています。それぞれ初句が「さくらばな」、下句で人間存在に言及する構造が共通してはいますが、印象は大きく異なります。馬場は一九五五年に『早笛』で歌壇に登場しました。その後、『鬼の研究』（一九七一）で文芸評論家として注目され、『桜花伝承』では現代短歌女流賞を受賞し、評価が決定的となります。また、新作能の作家としての活動もあります。

なお、この時期の女性歌人に関するよく知られた評論に、塚本邦雄の「魔女不在」（『短歌研究』一九六〇年四月号）があります。塚本は生方たつゑ、齋藤史、葛原妙子、中城ふみ子の作品を評価しつつも、それらの歌に生活が見えることや、女性性への言及が見られることに苦言を呈しています。その上で、「自らは醒めつつ、読者を異次元に誘い、世界の悪をカレイドスコウプの孔から鳥瞰させてくれる魔女、妖精の少女と巫女の老婆以外に、そういう女流作家はいないものか」と、「魔女」の出現を期待して論を締めくくります。塚本にとって、女性の直面する社会的問題は「世界の悪」ではないようです。

折口信夫の「女流の歌を閉塞したもの」（一九五一）はアララギ批判を含んでいたために、アララギ流の写実が男歌で、反写実が女歌だという俗流の理解を生み出しました。そこから「女歌」、つまり短歌における反写実の手法を完成したのは塚本邦雄だという議論が一九七〇年以降に派生します。上田三四二や島津《しまづ》忠夫《ただお》がこの議論の担い手でした。

これから女歌論を掘り起こす際には、そうした「女歌」概念を踏まえつつ、どのように棄却していくかが焦点となるでしょう。

第五章　昭和の短歌3（昭和四〇年代以降）

【第一節　学園闘争世代の短歌】

この章では昭和四〇年代以降の短歌史を扱います。長かった昭和も残すところ二〇年と少しです。前章では六〇年安保に言及しましたが、ここには学生運動が大きく関わっていました。六〇年代後半には、大学だけでなく高校や予備校にも学生運動が波及し、これらの動きは総称して学園闘争と呼ばれています。本節ではその学園闘争世代の短歌を扱います。

一九六五年ごろからは、学費値上げと大学の自治を制限する動きが生じました。六〇年安保への反省から、大学生の政治活動を制限する意図があったと言われています。これに反対する形で、一九六五年末からは早大闘争が起こります。翌六六年一月にはストライキが開始され、学生がバリケードで大学構内を封鎖しました。この闘争に参加していた福島泰樹《ふくしまやすき》の歌を見てみましょう。

一隊をみおろす　夜の構内に三〇〇〇の髪戦《そよ》ぎてやまぬ

福島泰樹『バリケード・一九六六年二月』（一九六九）

この歌では合戦前夜のような張り詰めた雰囲気が描かれています。学園紛争ではしばしば戦闘的な語彙が用いられ、運動自体も角材等（ゲバ棒）とヘルメットで武装する戦闘的なものとなっていきました。

一九六七年一〇月には、佐藤栄作のベトナム訪問に反対して、ゲバ棒とヘルメットで武装した学生が羽田空港付近で機動隊と衝突する第一次羽田事件が起こります。この事件では大学生一名（山崎博昭《やまざきひろあき》）が死亡しました。その翌年にあたる一九六八年は、パリにおける五月革命をはじめ、世界的に学生の反乱が起こった年として知られています。大学の裏金問題への不信から発展した日大闘争、安田講堂を占拠したことで知られる東大闘争も一九六八年の出来事です。また六八年一〇月には、ベトナム戦争への反戦運動が暴徒化した新宿騒乱事件が起こります。

新宿騒乱事件の現場には、第一次羽田事件に衝撃を受けて学生運動に接近し、のちに未来短歌会へ入会する道浦母都子《みちうらもとこ》がいました。

催涙ガス避けんと秘かに持ち来たるレモンが胸で不意に匂えり

調べより疲れ重たく戻る真夜《まよ》怒りのごとく生理はじまる

道浦母都子『無援の抒情』（一九八〇）

歌集は一九八〇年の刊行で、学生運動の経験を回顧的に詠んだものです。ベストセラーとなり文庫化もされました。一九八〇年は、安保世代が四〇代を迎え、学園闘争世代も三〇代です。かつて参加した運動を青春の一頁として懐古できる程度には時間が経っています。

ところで学生運動自体は、武力闘争路線が先鋭化し、数々の派生団体がテロ事件を起こしたことで社会的な支持を失いました。よく知られたものとして、一九七〇年のよど号ハイジャック事件、七二年のあさま山荘事件とテルアビブ空港乱射事件、七四年の三菱重工爆破事件があります。また思想的対立から党派間での暴力闘争（内ゲバ）が生じ、多数の死傷者を出したことも、学生運動を衰退させました。

こうした時代背景のために、この時期の短歌は政治と文学に関する何らかの態度表明を迫られています。学生短歌会から発展した同人誌『幻想派《げんそうは》』と『反措定《はんそてい》』を例にその様子を見てみましょう。

『幻想派』は一九六七年に立命館大と京大の学生を中心に結成された同人誌です。代表的な参加者に河野裕子《かわのゆうこ》と永田和宏《ながたかずひろ》がいます。『幻想派』では、現実を強く意識し政治的な闘争を詠むのではなく、想像力の可能性が探られました。

たとへば君　ガサッと落葉すくふやうに私をさらつて行つてはくれぬか
いつまでも若いあなたの何もかも　悍馬のやうに駈けて来て何がさびしい

河野裕子『森のやうに獣のやうに』（一九七二）

あの胸が岬のように遠かった。畜生！　いつまでおれの少年

耳もとの蚊を打ちそこね　瑕持たぬにんげんの掌よ闇でもひかる

永田和宏『メビウスの地平』（一九七五）

河野と永田は一九七二年に結婚しました。どちらも第一歌集で、どちらにも青春の恋愛歌が多く収録されています。それぞれの引用一首目は有名歌で、二首目には幻想的な歌を引きました。河野の二首目では四句目が四音字余りをしています。河野裕子の歌にはしばしばこうした字余りが見られます。

　永田の歌集には、若さとの訣別を試みることで、逆説的に若さが現前する構造の歌が見られます。また、新かなに一部口語が取り入れられ、みずみずしい表現となっています。

『幻想派』に対して、文学と政治というテーマに真っ向から取り組んだのが、戦斗的《せんとうてき》文学者集団を銘打って早大出身者を中心に一九六九年創刊された同人誌『反措定』です。「斗」は「闘」の略字で、学生運動の時期に立看板《タテカン》に書くため用いられました。代表的な参加者には福島泰樹、伊藤一彦《いとうかずひこ》、三枝昂之《さいぐさたかゆき》（兄）、三枝浩樹《さいぐさひろき》（弟）がいます。ただし、彼らはマルクス主義を標榜していたわけではなく、サルトルなどの実存主義哲学に傾倒していたようです。福島泰樹以外の三人の歌を見てみましょう。

幾百のゲバラに逢いて幾百の悔しみみちて森昏れるかな
冬の樫　あれは砦にあらざれば窓に炎の髪うつしいる

三枝昂之『やさしき志士達の世界へ』（一九七三）

かぜはかぜ　われはわれなれど　書かざりしわが詩の一節こそ風の芯
戦闘へ出でて行かざるわれよりもずぶぬれの塔、ずぶぬれの街

伊藤一彦『瞑鳥記』（一九七四）

情念のくもりの内にいる午後を肺腑までぬれしカミュが通る
樺美智子へ！　もし一片の恥あらばわが魂の四肢の十字架

三枝浩樹『朝の光《マチナータ》』（一九七五）

革命への憧憬が、若さに彩られた精一杯の美意識で描かれています。キューバ革命の英雄で、ボリビアでのゲリラ活動中一九六七年に殺害されたチェ・ゲバラや、世界の不条理を繰り返し書いた小説家であるアルベール・カミュが詠み込まれる点は、時代を感じさせます。

しかしながら、政治的主体を前面に押し出した『反措定』は、学生運動の衰退とともに行き詰まっていきます。当時の日本は高度経済成長期のただ中で、国内はどんどん豊かになっていきました。対して海外ではベトナム戦争、第三次中東戦争、プラハの春およびその終焉と、政治的な危機が続いていきます。革命を信じる政治的身体は、海外の危機と、国内の平和に引き裂かれることになりました。
さて当時、政治的活動から距離を置いていた学生は「ノンポリ」と呼ばれました。この言葉を含むよく知られた歌論に、村木道彦の「ノンポリティカル・ペーソス」があります。村木は福島泰樹の『バリケード・一九六六年二月』から二首引き、福島の歌に次のような評を与えています。

君はこの作品のなかで、ただの一度も君の思想を納得させようとはしなかった。ひたすらひとつの思想・行為に打ち込む横顔をぼくらに見せただけだった。君の横顔がいかに美しく、いかに悲愴で、いかに決意と誇りに満ちていたとしても、それがそのまま君の思想の正しさの証明だ、などという、甘い政治と文学の統合論など、君自身信じてはいないだろう。そこにあるのは、自分自身にまず刃を向けるという激しさと一途さ、さらにその激しさと一途さが示す〈生〉の燃焼なのだ。

村木道彦「ノンポリティカル・ペーソス」『短歌』一九七〇年三月号

「戦斗的文学者集団」の作品が、思想を読者に納得させるのではなく、思想に基づいた行為に打ち込むことの美しさのみを見せているというのは悲哀《ペーソス》に満ちた皮肉でしょう。身体が状況の分裂に引き裂かれるように、政治と文学もまた引き裂かれ、短歌の中には歌人の実存のみが残ります。七〇年代の短歌の流れは、個人と政治の繋がりを解除する方向に向かいました。

こうした状況の中、集団としての『反措定』は若手歌人の歌集を出版するプロジェクトに舵を切りました。先に引用した三枝と伊藤らの三歌集も反措定叢書として刊行されたものです。この叢書から出た意義深い歌集に、浜田康敬《はまだやすゆき》の第一歌集『望郷篇』があります。

元旦に母が犯されたる証し義姉は十月十日の生れ
豚の交尾終わるまで見て戻り来し我に成人通知来ている

浜田康敬『望郷篇』（一九七四）

浜田康敬は一九六一年に第七回角川短歌賞を受賞しています。これらの歌は浜田の代表歌です。卑俗で瑣末なことを詠みながら、不思議な魅力があります。

【第二節　土俗論・回顧的な七〇年代】

前節では一九六六年以降の学園闘争に注目しました。この節から本格的に一九七〇年代に入ります。短歌史における七〇年代は内向の時代と呼ばれます。寺山修司と春日井建は短歌を離れ、岡井隆も七〇年七月に失踪《しっそう》しました。塚本と春日井に理解を示した三島由紀夫は、一九七〇年一一月に市ケ谷自衛隊駐屯地で割腹自殺を遂げました（三島事件）。六〇年代の政治の季節もすでに過ぎています。

また一九七〇年は戦後二五年に相当します。「新歌人集団」の若手歌人たちは五〇代後半となり、一九四〇年の『新風十人』の世代は六〇代後半を迎えていました。彼らはすでに大御所歌人です。

短歌を取り巻く外側の世界も整備されていきます。七〇年代には新聞歌壇が拡充されます。流行しつつあったカルチャーセンターでは短歌教室も設置されました。

つまり七〇年代は、よく言えば戦後短歌の安定期であり、悪く言えば停滞期です。同時代を評した言葉をいくつか拾ってみましょう。

歌状況は挽歌の時代へ入ったということは私一人の早がてんかどうか。だが間違いなくいえることは七〇年代の出発は優れた挽歌によって彩られ誘われてきたということである。

福島泰樹「作品展望Ⅳ」角川『短歌年鑑』一九七二年版

至極、手短かに言えば、短歌近代化の波が去ったあと、なおかつ、充たされぬ心の飢えを、魂の故郷を求め彷徨するものにとって、土俗や民俗や血縁への関心は、確かに飢えをみたし、故郷を与えるものとして、そこに存在するかに思われるのである。

岩田正「現代短歌の軌跡」『短歌』一九七四年五月号

激しいものから微かなものへ、現実を扱うにしてもより内的な側面へ、作歌の視点が移ってきたように見てとれる。そうしたゆきづまった数年来の傾向を、わたしは「微視的観念の小世界」と名づけている。

篠弘「戦後短歌と思想」『現代短歌'78』

挽歌《ばんか》とは棺を挽《ひ》くときの歌、つまり死者を哀悼する短歌を意味します。土俗はある土地の伝統文化を含む風俗を指す言葉で、昭和年間に広く使われていました。

福島泰樹の語る「挽歌」も、岩田正の語る「土俗」も、どちらも回顧的であることに注意が必要です。そうした傾向に警鐘を鳴らす意味で、篠弘は「微視的観念の小世界」を指摘しました。いずれにしても、前時代の華々しさに比べると盛り上がりに欠ける感覚がつきまとっています。

けれども七〇年代の短歌は、決してつまらないわけではありません。また男性歌人中心の評論が停滞していると言われる中、「女歌」に関する議論は盛り上がりを見せていました。

さて、回顧的な七〇年代短歌の一例として、ここでは土俗論を扱います。これは岩田正が一九七三年から七五年にかけて発表した一連の評論に対する通称で、内容は評論集『土俗の思想』（一九七五）でまとめて読むことができます。

端的にまとめるならば、土俗論とは、当時の短歌が祖先や怨霊といった過去との対決を志向していると指摘したものです。またその志向は、前衛短歌において模索された主題制作や喩法の拡張を踏まえていることも、同時に指摘しています。

土俗論で言及されている歌人の作品を見てみましょう。生年順に引きます。

またひとり顔なき男あらはれて暗き踊りの輪をひろげゆく
あまりにもしづけき神ぞ血ぬられし手もて贖《つぐな》ふすべををしへよ

岡野弘彦『滄浪歌《そうろうか》』（一九七二）

鈴つけて山道をゆく鳴り出づるひそけき環《わ》にて死者とへだたる
この父が鬼にかへらむ峠まで落暉《らっき》の坂を背負はれてゆけ

前登志夫『霊異記』（一九七二）

われや鬼なる　烙印ひとつ身にもつが時に芽ぶかんとして声を上ぐ
母をしらねば母とならざりし日向にて顔なき者とほほえみかわす

馬場あき子『飛花抄』（一九七二）

岡野弘彦《おかのひろひこ》は戦中派の最若手で、一九四三年に國學院へ進み、学徒出陣を経て復学。晩年の釈迢空（折口信夫）に師事しました。第一歌集『冬の家族』（一九六七）は現代歌人協会賞、引用歌を含む第二歌集は迢空賞を受賞しています。岡野の主なテーマは戦中体験と戦死者の鎮魂、そして万葉以前の古代神話です。

一首目は戦死者の霊が祭礼の踊りに加わる様を描いています。二首目は戦争によって手を汚した日本の神へ、贖罪《しょくざい》の方法を教えてくれと呼びかけています。どちらも岡野の世界観を端的に象徴しています。

前登志夫《まえとしお》は一九五五年に第一回角川短歌賞（受賞者なし）が開催された際、前川佐美雄の推薦で候補作品に選出されています（当時の筆名は安騎野志郎）。広義の前衛歌人で、吉野の山村に居住したことから「山人」の二つ名で呼ばれることもあります。

引用歌はどちらも山道を歩いているものです。一首目の鈴は熊よけ鈴でしょう。「ひそけき環」は放射状に広がる音を喩えたものと読めます。その環の中にいることで、山中で熊に襲われ死者となることと隔たっているわけですが、その隔たりは薄皮一枚にすぎません。二首目も「鬼籍に入る」の「鬼」であるように思えます。どちらの歌の表現も、現実的な危険と山の持つ幻想性のあわいに置かれており、それが作品の魅力となっています。

馬場あき子は、窪田章一郎《くぼたしょういちろう》の『まひる野』門下から登場した歌人です。一九七八年からは短歌結社・歌林《かりん》の会を組織しています。一首目には鬼の歌を引きました。馬場における「鬼」は、怨みによって変化した般若面など、能における鬼を踏まえています。馬場は幼少期に母と死別しており、二首目はそれを反映した歌ですが、この「顔なき者」は実母ではなく、イエに残された女の霊と読む方がしっくりくるかもしれません。馬場の半生は、穂村弘が聞き手となったインタビュー評伝『寂しさが歌の源だから』（二〇一六）で読むことができます。

岩田の論に話を戻しましょう。岩田は、一九七二年に引用歌を含む三歌集が出版されたことを重視します。そして、これらの歌に見られる「死者」や「顔なき者」、神や鬼などは、西洋化された日本近代を消去し、日本古来の哲学を甦らせる意図のあるものだと、論を進めていきます。この主張は、戦時中に主張された「近代の超克」などを連想させるため、ファシズム的であると批判を浴びました。

しかしながら、これらの歌集から一つの傾向を取り出せるのは事実です。なぜ土俗的な傾向が七〇年代初頭に見られるのか、少し考えてみましょう。

例えば一九七三年当時、岡野弘彦は四九歳、前登志夫は四七歳、馬場あき子は四五歳でした。作家が成熟期を迎えて古典に向かうのはいつものことです。土俗論はそうした動きだと言えるかもしれません。

とはいえ七〇年代には、若手も土俗的な、おどろおどろしい世界への志向を見せています。岩田の論に言及のある若手歌人について、歌集からいくつか引いてみます。

われの血の重さかと抱きあげぬ暖かき息して眠りゐる子を

みづからの血だまりのやうな影踏みて少女らの花の輪狭まりてゆく

河野裕子『ひるがほ』（一九七六）

血の出口あらぬ重たきししむらを夜の湯にしづめをり外は雪

高野公彦『汽水の光』（一九七六）

みどりごは泣きつつ目ざむひえびえと北半球にあさがほひらき

河野裕子《かわのゆうこ》の『ひるがほ』は第二歌集で、出産を経験したことが歌集のテーマに大きく関わっています。岩田の論からは離れますが、『ひるがほ』では血のモチーフが頻出します。家系を繋ぐ血であり、月経として古代から累々と流してきた血でもあります。

特に一首目は赤子を経血の塊に喩える点が衝撃的です。「抱きあげぬ」の「ぬ」は完了の助動詞なので、「抱きあげた」を意味します。定型から外れた歌で、「われの血の／重さかと抱きあげぬ／（欠落）／暖かき息して／眠りゐる子を」と、私は三句目欠落として読んでいます。

高野公彦《たかののきみひこ》は宮柊二の『コスモス』出身の歌人です。高野の第一歌集『汽水の光』は、角川新鋭歌人叢書の一冊として刊行されました。

高野の一首目は自分自身の体に月経がないことを詠んだものです。「ししむら」は漢字で「肉叢」と書き、古語で肉塊としての体を意味します。自らの血が肉体と、湯船と、風呂場と、雪と、幾重にも包まれているものとして描かれており、歌の印象は暗く重く閉塞的です。

二首目では、「みどりご（赤子）」が泣くことと朝顔の開花と、本来関係のない二つの事象が並べられています。この配置は二つの事象が何らかの次元で繋がっていることを連想させ、アニミズム的と言えます。また、下句の事象の範囲を北半球に限定していることも注目に値します。北半球と南半球では季節が異なり、同時に花は咲きません。この留保に、思索や逡巡を見つけることもできます。

ところで問題は、なぜ土俗的な傾向が七〇年代初頭に見られるのかでした。ヒントになりそうなのは高度経済成長における生活環境の変化です。この時期に3Cと呼ばれるカラーテレビ、車、クーラーは普及します。家庭用の燃料は薪や炭からガスと石油になりました。つまるところ、高度経済成長期における急速な都市化が、反動的に歌人たちを土俗表現に向かわせたのではないか。現在ではそのように語られています。

高度経済成長により日本が豊かになったことは、文学のプラットフォームである出版資本主義機構にも変化をもたらします。一九五〇年代から六〇年代にかけて出版社は盛んに文学全集を刊行し、一種の文学全集ブームが訪れました。短歌に関しても、少し遅れて同様の動きが三つあります。

一つ目は、一九七二年末から一九七三年にかけて三一書房《さんいちしょぼう》から刊行された『現代短歌大系』全一二巻です。このうち第一一巻は新人賞作品・夭折歌人集・現代新鋭集となっており、このとき新人賞を受賞したのは石井辰彦《いしいたつひこ》でした。

二つ目には、一九七九年から一九八〇年にかけて講談社から刊行された『昭和万葉集』全二

○巻＋別巻です。昭和元年から時代別に当時の作品を集めたもので、歌壇の大家だけでなく、新聞や結社への投稿歌など、比較的無名の人々の作品も収められている点が特徴として挙げられます。

三つ目は一九八〇年から八一年にかけて筑摩書房から刊行された『現代短歌全集』全一五巻です。収録作品は与謝野鉄幹『東西南北』（一八九六）から佐佐木幸綱『群黎』（一九七〇）まで。二〇〇二年には昭和末一九八八年までの歌集が収録された第一六巻と第一七巻が追加で出版されています。

【第三節「内向の世代」の新人たち】

七〇年代は回顧的な時代だと強調しすぎると、その時代に登場した新人が見えにくくなってしまいます。もっと新人の話をしましょう。

この時代の新人としては、例えば『現代短歌'66』に始まる隔年刊行シリーズの一冊、『現代短歌'74』掲載のアンソロジー「翔　全国新鋭作品集」で見出された松平修文《まつだいらしゅうぶん》が挙げられます。

走るとき馬の胃の腑にささめける一つかみほどのれんげ草なり
浮塵子《うんか》や蛾を水のべの村よりはこぶ夜の電車でくる　恋人も

松平修文『水村』（一九七九）

明けがたの青きひかりのなかで会ふ　「何をしてゐるのか」「亡父《ちち》よ、あなたこそこんな森で」

松平修文『蓬《ノヤ》』（二〇〇七）

松平修文は一九四五年に北海道に生まれ、東京藝大を経て美学者となります。歌人としては大野誠夫《おおののぶお》に師事していました。引用一首目はアンソロジー収録の連作からです。想像力によって馬の胃中を覗き見ると、れんげ草がある。馬の食事という牧歌的で静かなイメージと、走る馬というダイナミックなイメージが対比されている点がおもしろい歌です。二首目はよく引かれるものです。松平修文の作品には頻繁に湿地や森のモチーフが詠み込まれます。

このあと言及する機会がないので引用三首目は第四歌集から引きました。第二歌集以降、修文の作品はしばしば破調します。この歌は上句まで定型で、下句がとても長い。けれど「亡父《ちち》よ、あなたこそこんな森で」が下句の音数なので、終わり方はどことなく短歌だと感じてしまいます。

また一九七六年には、角川書店によって「新鋭歌人叢書」が刊行され、主に三〇代の新人たち八人が送り出されました。角川書店創業者・角川源義《げんよし》の娘である辺見じゅん（ノンフィクション作家）を除き、叢書に選ばれたのは男性歌人ばかりです。こうした状況への異議申し立ては次節で扱うとして、叢書から歌を抄出しましょう。

氷片にふるるがごとくめざめたり患《や》むこと神にえらばれたるや
射たれたる鳥など食みて身の闇にいかばかりなる脂のきらめくや

小中英之《こなかひでゆき》『わがからんどりえ』（一九七九）

サンチョ・パンサ思ひつつ来て何かかなしサンチョ・パンサは降る花見上ぐ
匂ひ鋭《と》く熟《う》るる果実をわが割《さ》くをまどろみのなか夢に見てゐつ

成瀬有《なるせゆう》『游べ、櫻の園へ』（一九七六）

叢書は一九七六年中に順次刊行されました。ただし小中の歌集だけは、解説者である詩人の安東次男《あんどうつぐお》の原稿が遅れたために七九年刊です。引用一首目は下句が印象的です。「氷片にふるるがごとくめざめ」ることはきっと不快なものでしょうが、それでも病を神からの啓示だと捉え返そうとしています。身体感覚から想像の世界に繋げていく技法は引用二首目でも用いられています。

成瀬の方も見てみましょう。引用一首目は成瀬の代表歌です。私は初見で歌の良さがわかりませんでした。しばらくして、この歌のおもしろさは、思っている主体がいつのまにか小説の脇役になっていることだと気づきました。自分も花を見上げていて、サンチョ・パンサも花を見上げている。虚構の世界を現実に交錯させる点が、ぼんやりした思考の流れを継承しているのだと読んでいます。この感覚は二首目にも見出すことができます。成瀬は國學院に学び、岡野弘彦に師事しました。

それから、小池光《こいけひかる》についても言及しなければなりません。

雪に傘、あはれむやみにあかるくて生きて負ふ苦をわれはうたがふ

いちまいのガーゼのごとき風立ちてつつまれやすし傷待つ胸は

小池光『バルサの翼』（一九七八）

引用一首目には若さがあふれています。生きることで負う苦しみを、私は疑う。これからの人生を切り開く力を感じさせつつ、同時に鬱屈とした印象も感じさせます。二首目のポイントは「待つ」です。主体は傷ついているのではなく、傷つけられることを予感して、それに備えています。第一歌集で見られた繊細な抒情性は第二歌集まで続き、第三歌集『日々の思い出』以降の小池光は、日々の生活を即物的に詠む作風へと変化しました。小池光は一九四七年生まれで、永田和宏らの同世代にあたります。

先に言及したように、篠弘はこれらの若手の歌を一九七八年に「微視的観念の小世界」と批判しました。続けて篠は状況への処方箋として、一九七八年・七九年を中心に「新しいリアリズム論」と呼ばれる一連の評論を発表します。篠の論は『歌の現実　新しいリアリズム論』

（一九八二）でまとめて読むことができます。

若手の方も黙っていません。一九七九年一二月には沖積舎から雑誌『アルカディア　現代短歌＋評論』が創刊されます（一九八二年終刊、全七号）。編集委員は小池光、滝耕作《たきこうさく》、藤森益弘《ふじもりますひろ》、松平修文の四人です。この『アルカディア』Ⅰ号（一九七九）では、七〇年代がどんな時代だったのかについて、七〇年代に登場した若手歌人たちを集めて座談会を実施しています。参加者は、大林明彦《おおばやしあきひこ》、三枝浩樹、成瀬有に加えて、編集委員の滝、藤森（司会）の五人でした。いくつか発言を拾いましょう。

成瀬　あらゆるイズムが力を失った時代が七十年代だと僕は思います。〔中略〕

大林　六十年代は感性の花が咲いた。塚本、岡井、春日井がいまだに読まれているのは、それらの作品の感性が本質的に文学的なものであったからだと思う。感性が政治的に切り裂かれた、それが七十年代です。〔中略〕

三枝　篠さんのリアリズム論というのは、その論的な前提として、七十年代の若い歌人たちの特徴を微視的観念の小世界だとみなすわけです。〔中略〕篠さんの微視的観念の小世界という裁断の仕方は、的確だと思うんです。ただ、それを乗り越えるものがニューリアリズムだという論的な展開が、よくわからないですね。〔中略〕微視的観念の小世界は、ある不可避性をもって七十年代を覆ったので、その処方箋は一筋縄では行かないと思うんですよ。

座談会「私にとって短歌とは何か　70年代の回顧と80年代への展望」
『アルカディア』Ⅰ号（一九七九）

三枝浩樹は、篠の新リアリズム論を否定しつつも「微視的観念の小世界」を七〇年代における問題として認めています。いずれにせよ五〇年代以降の前衛短歌の方法論が行き詰まっているとは認めつつ、それを超克する理論や作品が出現しない。そうした苦しみが七〇年代後半の歌壇を覆っていました。

問題は前衛短歌の後の時代に、どのように短歌と向き合うかです。短歌とは何か。いや、短歌を短歌たらしめる定型とは何か。こうした領域は定型論と呼ばれています。この時代に書かれた定型論の重要文献には永田和宏『表現の吃水　定型短歌論』（一九八一）があります。永田の論は、定型の基本的機能に上句と下句が互いに呼応しつつ問い返し合うことを見出すものです。永田はこれを「問」と「答」の合わせ鏡」と呼びました。

永田だけでなく、同世代の三枝昻之や、少し上の世代の佐佐木幸綱もこの時期に定型論を発表しています。定型論はいわば短歌に対する内省の表出です。内向の時代の内向性は歌論にも現れています。

【第四節　七〇年代「女歌」論リバイバル】

まもなく一九八〇年代に入ります。八〇年代は「女歌」に関する議論が大きく盛り上がりました。ただしその前段階には、一九七三年と七四年に開催された女歌に関する二つの座談会があります。またその座談会は、五〇年代の女歌論をどう歴史化するかという問いから始まっていました。そのため八〇年代の議論に進むためには、五〇年代以降の女歌に関する歴史認識の闘争が行われたことを確認しておく必要があります。

さて一九六八年には戦後短歌の総括が始まります。角川『短歌』では、戦後から当時までの短歌シーンを歴史化するために、一九六八年一月号から七〇年一二月号まで「共同研究　戦後短歌史」が連載されました。岡井隆や篠弘、島田修二《しまだしゅうじ》、塚本邦雄、岡野弘彦など、当時を知る歌人たちがテーマごとに長めの評論を書き継いでいく企画です。

連載企画では五〇年代の女歌論も振り返られました。批評家の上田三四二《うえだみよじ》は、角川『短歌』一九七〇年七月号に「三十年代の女流群像」を書いています。曰く、新人の「女流歌人」たちに勢いがあったのは一九五四年からの三年間で、一九五八年以降に登場した新人の「女流」は「女流短歌」の議論を進展させることはなかった。そして六〇年安保を通して、若い女性の性に関する意識はすっかり変わったのだから、女流短歌という枠組みそのものが不要になった、と。上田の論を少し引用します。

本当は、そのとき〔引用者註：安保〕以来、女流の真の開放《ママ》の道が見つかったというべきであるかも知れない。〔中略〕負《ふ》の環境における女性の生理や感性に基礎を置く「女歌」はすでに過去のものとなったのであり、したがって、昭和三十年代を後半に亘って〔引用者註：一九六一年から六五年にかけて〕、引続き女流だけを別個に取上げることの意味は、なくなったとしていい。

上田三四二「三十年代の女流群像」『短歌』一九七〇年七月号

上田はまず、かつての「女歌」が「負の環境における女性の生理や感性に基礎を置く」ものだと定義し、次にそれが一九六〇年以降過去のものとなったと語ります。試しに一九五四年からの三年間に登場した女性歌人の歌を一首ずつ挙げてみましょう。

愛すること愛されることは素晴しと娼婦が言へりラストシーンに

三國玲子『空を指す枝』（一九五四）

疑はず妻となり今母となる妹の平和吾とことなる

河野愛子『木の間の道』（一九五五）

われを伴ひて遁れむと言ふノアもなし裾濡らし雨の鋪道を帰る

大西民子『まぼろしの椅子』（一九五六）

心遠き親子一間に狭く住む世にありふれし不幸なるべし

富小路禎子『未明のしらべ』（一九五六）

諍へど心昂ぶることなきを限界として別れたりしか

松田さえこ（尾崎左永子）『さるびあ街』（一九五七）

離婚したことや子を持たないこと、一人で年老いた親を支えることなど、確かに女性が直面する「負の環境」に基礎を置いていることは違いなさそうです。松田さえこの歌は離婚に関するもので、「限界として」提示されるものに生々しさを感じます。また、こうした短歌だけでなく、難解派と呼ばれた中城ふみ子、葛原妙子、森岡貞香の作品も、生理と感性に基づく「女歌」と捉えられていたことを注記しておきます。

では上田の主張するように、「負の環境」に基礎を置く女歌は、安保闘争を境目として過去のものとなったのでしょうか。上田は議論の土台が社会的な変化によって消失したことを語っています。

安保以降、確かに女歌は変化を迎えます。形式的には主題制作が盛んに試みられました。内容的には非日常的な設定を取り込むようになります。その際によく言及されるのが、生方たつゑの連作「火の系譜」と、齋藤史の連作「密閉部落」、そして山中智恵子の作品です。幻想性や巫女的といった評とともに、女性歌人が前衛短歌の手法を摂取したのだと、上田三四二や菱川善夫など男性の批評家たちは語ります。いずれにしても、女歌は前衛短歌の呼び水であり、その後の女歌は前衛短歌を取り込んだので、「女歌」の枠組みそのものが不要になった、というのが、一九七〇年ごろまでの短歌史の語りであったと単純化しておきます。

馬場あき子はこの歴史観に異を唱えました。一九七一年に次のように書いています。

> 昭和三十五年〔引用者註：一九六〇年〕という政治的危機感の高まりの中で、女がその情念の歴史や、閉ざされた血の行方について考えようとした〔中略〕このきわめて民俗的な関心の寄せ方は、かつて女流の新人が孤独な性を楯として戦後の哀しみを止揚したこと以上に短歌史的であった。なぜなら、ここには、感覚的・生理的発想と評された、いわゆる〈女歌〉の概念を破壊しようとするおのずからなる営為があったからである。それは、政治的・社会的緊張の中にあった女流のうたが、はじめて積極的に自らの哲学を得ようとした時期であった。〔中略〕主題制作の波の中で女流が意識的に歌おうとした怨念や血の問題は、その哲学を生む一つの契機であったと思うのである。
>
> 馬場あき子「女歌のゆくえ」『短歌』一九七一年三月号

既成の語りにおいて、女性歌人の短歌はつまるところ、男性歌人の主導する前衛短歌運動に従属的な位置を与えられていました。馬場の論のポイントは、そうした既存の語りを覆し、六〇年代における女性歌人の作品傾向を前衛短歌の摂取ではなく、五〇年代における女歌論の延長線上に位置づけていることです。馬場の言及している「自らの哲学」とは、外から与えられた「女歌」の評価軸を、自律的に更新する考えや動きと解釈できます。

女性歌人の位置づけに対する異議申し立ては馬場の評論のみに終わりませんでした。角川『短歌』一九七三年七月号誌上には、座談会「女歌その後」が掲載されます。この座談会では、司会の馬場を中心として、五〇年代以降の女性歌人作品や、座談会参加者の近作に対する批評が語られました。批評の対象ではなく主体として、短歌の評価軸に関する言論空間に参与していく意識が垣間見えます。

参考までに、七〇年代の歌集からいくつか歌を引いてみます。

夕ぐれは肉のもなかに盛んなる肉屋の指をかいまみるかな
河野愛子《こうのあいこ》『魚文光』（一九七二）

死絶えて人は居らずも雪降りて降り積みてビルのあはひを埋《うづ》む
富小路禎子『透明界』（一九七六）

寒烏賊の腹をさぐりてぬめぬめと光れる闇をつかみ出《い》だしぬ
河野裕子《かわのゆうこ》『ひるがほ』（一九七六）

かたわらに来てうずくまる餓鬼の髪そらにそよぐをなぜにわが知る

注記が必要なところだけ言及します。河野愛子《こうのあいこ》の歌で初句の「は」は場面設定を現すものであって、「肉屋の指」を眺めているのは作中主体でしょう。けれども作中の私が見ることに加えて、私も含めた風景がなにか大きなものに見つめられている感覚も読み取れるように思えます。河野裕子《かわのゆうこ》の歌の結句は助動詞が完了の「ぬ」なので「つかみ出した」を意味します。馬場の歌の四句目「そらに」は古語の「そらなり」で、「はかなく」と読むのが妥当でしょう。

さて七三年の座談会において、発言数は少ないながら存在感を示したのが、最年少の参加者である河野裕子でした。河野は一九六九年に角川短歌賞を受賞しています。馬場との年齢差は一八歳ありますが、角川短歌賞を受賞し前年に第一歌集を出版した期待の新人として座談会に出席しています。

河野は女歌の原点に関する話題の中で、自身が第一子出産直前であることを踏まえ、妊娠によって「死と生をひっくるめてはらんだ暗さ、悲しみというものがある」と語りつつ、男の生命は一回限りのものであるが、女の生命は連続性が意識されるのだと示唆しています。

これに応えて司会の馬場は「若い世代から「生む」っていう女の哲学を発見しようとしている」と河野を評価します。馬場は「いままでの女歌の欠落部」を「自分の生き方に《ママ》哲学を自分自身で持とうとしなかった」ことと認識していました。出産を女歌や女の原点だと語れるかはさておき、少なくとも河野の発言は、男性の批評家が取り落としてきた批評の視点を提供するものです。
ただ、この座談会に参加していた馬場の世代の歌人たちはみな子を産んでいません。そのことから、座談会が公開されたのちに、河野の「爆弾発言」によって他の参加者が皆ダウンしたのだというゴシップが語られるようになりました。これに対しては、角川『短歌』一九七四年九月号に掲載された座談会「戦後女歌の軌跡」で、馬場が明確に反論しています。

〔引用者註：河野裕子は〕死を考えるよりも産むことを考えるほうが女の文化の根源にあったという考えを持っていたので、そういうような考えから生まれてくる思考形態とか、文化とか、そういったようなものを女の一つの拠点として考えたので、それでいいんじゃないかと思ったわけ。それを赤ん坊を産むとか産まないとかという現実的な意味に還元して、全部がやられちゃったと言って笑ったというようなそういう表現で先の座談会に一つの決着をつけようとするんだとすれば、やはりそこに一つの陰謀というか、女歌、及び女流歌人に対する一つの態度や方向というものがあると思うの。

馬場あき子　座談会「戦後女歌の軌跡」『短歌』一九七四年九月号

七三年の女歌論座談会をめぐるゴシップは、中年の女性歌人が取り組んできた課題を、若手の女性歌人がうち壊してほしいという、女性歌人同士の世代間対立を欲望する語りに抽象化できます。女歌の批評に関する議論にはこうした横やりが入ることもありました。

さて、出産のみに女歌の議論を収斂《しゅうれん》させてはならないのは前提として、歌のテーマや評価軸に、出産に関する視点が取り込まれていなかったことは問題です。この論点は、河野裕子が角川『短歌』一九七九年五月号掲載の評論「いのちを見つめる　母性を中心として」で論じることとなりました。与謝野晶子、岡本かの子、五島美代子と山田あきの作品を引きつつ、母性と産むことを通してどのような表現が書かれてきたのかを考察するもので、批評の空白地帯に橋頭堡《きょうとうほ》を築いた点でも意義のある論です。

特筆すべきは、戦前のプロレタリア短歌運動・戦後の人民短歌運動に参加した山田あき（坪野哲久の妻）を、「吾子や事故の肉体にのみ繋がれがちな母性を、個の領域から解き放ち、汎母性にまで高めた」歌人として評価している部分でしょう。

戦に子を死なしめてめざめたる母のいのちを否定してもみよ

山田あき『紺』（一九五一）

子を負える埴輪のおんなあたたかしかくおろかにていのち生みつぐ

山田あき『山河無限』（一九七七）

一首目は河野の論には引かれていませんが、山田あきの戦後の代表歌なので引きました。字足らずの変則的なリズムがあります。二首目は論に引かれている歌です。一般的に、子を思うことを通して強化されるのは血筋という縦の繋がりです。けれども山田あきは、命を見つめる横の連帯として母性を描き出している点に特質があります。

ところで、母性を読みの基板に置く河野の論は、その後河野の下の世代から反動的だと批判されることになりました。下の世代からの批判と、その後の女歌シンポジウムについては、次節で扱います。

【第五節　八〇年代女性シンポジウムの時代】

八〇年代までの流れを受けて課題となったことは二つあります。一つは前衛短歌を踏まえた現代短歌をどのように更新するか。この問題は次節で扱います。もう一つは、七〇年代におけるウーマン・リブ（第二波フェミニズム）の議論を反映した「女歌」批評をどのように実践するか。この節では、八〇年代における「女歌」の議論を扱います。

八〇年代には二つの「女歌」シンポジウムが開催されました。ここで議論の中心となったのは、七〇年代後半に新人賞受賞や第一歌集出版によって登場した女性歌人たちです。

前節の最後に触れた河野裕子の評論「いのちを見つめる」（一九七九）は、批評の空白地帯に一石を投じた点で意義の大きいものでした。しかしながら、女性歌人の作品が全て母性に立脚したものだと読まれると、また別の問題が発生します。

当該評論に対する当時の批判も見てみましょう。河野裕子より五歳年少の歌人である永井陽子《ながいようこ》は、年長の三国玲子や同世代の王紅花《おうこうか》による河野批判を引きつつ、次のように結論づけています。

私は、母性を歌うという河野裕子個人のテーマを批判するつもりはない。しかし、河野が展開している女性感《ママ》は、結局は従来そうあるべきとされてきた女の範囲を踏襲したにすぎないのではないかとの危惧を抱かせる。〔中略〕作者の性別が先行し、女性における妻や母という一般的情況が先行する「女歌」の図式は、近い将来修正されなければなるまい。

永井陽子「再び　第二の性を」『短歌人』一九八〇年三月号

永井の評論題はボーヴォワールの『第二の性』（一九四九）を踏まえたものです。ボーヴォワールが「人は女に生まれるのではない、女になるのだ」と書いた通り、女性の身体を持つことと、服装や教育や働き方などの場で女性が接する文化の間にはズレがあります。男性歌人への批評は画一的ではありません。同様に、女性歌人への批評についても、ステレオタイプなものを退ける必要がありました。

一九八三年には、名古屋で現代歌人協会と中の会（中部地方の超結社組織）による合同シンポジウム「女・たんか・女」が開催されます。ここにはすでに十年を越えるキャリアを持つ河野《かわの》裕子《ゆうこ》と、七〇年代後半に頭角を現した道浦《みちうら》母都子《もとこ》、阿木津英《あきつえい》、永井《ながい》陽子《ようこ》の三人がパネリストとして参加しました。書き起こし記録はありませんが、議論の内容は会場参加者の回顧や時評などからうかがうことができます。

道浦の歌はすでに紹介したので、ここでは阿木津英と永井陽子の作品を引きます。

産むならば世界を産めよものの芽の湧き立つ森のさみどりのなか

阿木津英『紫木蓮まで・風舌』(一九八〇)

歯の生えている女陰こそたのしけれ井戸覗きたる首ひきあげて

阿木津英『天の鴉片』(一九八三)

さかさまに血を流す日のなはとびの少女いつしか花まみれなる

永井陽子『なよたけ拾遺』(一九七八)

あはれしづかな東洋の春ガリレオの望遠鏡にはなびらながれ

永井陽子『ふしぎな楽器』(一九八六)

阿木津の歌は家父長制やジェンダーの差異に切り込んだものが多くあり、歌壇におけるフェミニズム実践の第一人者として知られています。代表的な評論集に『イシュタルの林檎』(一九九二)、『二十世紀短歌と女の歌』(二〇一一)があります。阿木津は当時、道浦と同じ『未来』に所属していました。

掲出歌はどちらも理知的な想像力による抒情を感じさせます。一首目は子を産むことの神秘化に対する挑発です。女性作家には、子宮で考えているとか生理的感覚的といった評が与えられてきましたが、阿木津の作風は、そうした評へのアンチテーゼであると言えます。

永井陽子は阿木津より一歳年下の歌人ですが、二〇〇〇年に没しています。永井の特徴としてよく挙げられるのは口ずさみやすく愛誦性が高いことです。本書第一部で紹介した「べくべから」、完璧な呪文と名高い「ひまはりのアンダルシアはとほけれどとほけれどアンダルシアのひまはり／『モーツァルトの電話帳』(一九九三)」はリフレインのためです。掲出歌はそうでないけれど、なぜか口ずさみやすい。また永井は実生活が歌に反映されることをかなり抑制しています。

さて、八三年のシンポジウムの盛り上がりを受けて、一九八四年には再び女性だけがパネリストを務めたパネルディスカッションが開催されます。このシンポジウムの記録は、『歌うならば、今 '84年京都春のシンポジウム』(一九八五)として出版されています。パネリストの留任は阿木津英のみで、新たに沖《おき》ななも、今野寿美《こんのすみ》、松平盟子《まつだいらめいこ》が登壇しています。

阿木津はシンポジウムの中で「女歌」を「じょか」と発音していました。女流歌人に付加されてきた枷《かせ》のようなイメージを払拭し、女性による短歌を革新する意図から用いられたものです。この点は「女歌《おんなうた》」の議論との連続性を重視する今野寿美らとは立場を異にしています。

また阿木津と今野は、文体の醸し出す性とは何かについても興味深い応酬を交わしています。この話題は母性の定義をめぐる議論から導かれました。文体の醸し出す男性性の例として、今野は高野公彦の歌を引き、風景描写が男性性を感じさせると語ります。対する阿木津は、性別を感じさせる抒情など理解できず、そぎ落としたいと語り、男性性・女性性はそれぞれどのように定義できるのかと問います。

今野は社会的な対立概念と生理的な違いの総体だと答えます。阿木津はそれに満足しません。曰く、男性と女性は「生理のレベルがむしろ連続しているのに、社会的なレベルでははっきり対立」させられている。「生理的レベルの違いと社会的レベルでの違いを区別してゆくかということが問題（傍点引用者）」である、と。これは生理的性別《セックス》と社会的性別《ジェンダー》の区別不可能性を問う点で、ジュディス・バトラーの『ジェンダー・トラブル』（原著一九九〇、邦訳一九九九）で扱われた問いに近接しています。

シンポジウムの議論はここまで到達していましたが、その後、沖ななもが体外受精の話題を出してしまい、この話題はここまでとなりました。

それでは二度目のシンポジウム登壇者の作品も紹介しておきましょう。

しるこやのおんなあるじは腰、背中、膝、肘曲げて注文を訊く

きみが手の触れしばかりにほどけたる髪のみならずかの夜よりは

沖ななも『機知の足首』（一九八六）

みどりごはふと生《あ》れ出《い》でてあるときは置きどころなきゆゑ抱きゐたり

今野寿美『花絆』（一九八一）

君の髪に十指差しこみ引きよせる時雨《しぐれ》の音の束の如きを

今野寿美『世紀末の桃』（一九八八）

アリナミンよりほほゑみが効くなんて言の葉で妻が喜ぶとおもふか

松平盟子『帆を張る父のやうに』（一九七九）

松平盟子『シュガー』（一九八九）

沖ななもは加藤克巳門下の『個性』から登場した歌人です。沖の短歌は認識方法のズレをしばしば感じさせます。特に引用歌では、体の各部位を一箇所ずつ挙げることで、「おんなあるじ」が人形のように関節を一箇所ずつ曲げる過程を想起してしまう。想起される景は特異でなくとも、描き方が特異です。

今野寿美は馬場あき子門下の『かりん』に所属していました。掲出歌は暗示的な恋の歌で、与謝野晶子に代表される直接的・情熱的な恋歌とは趣を異にしています。子の歌も静謐さを感じさせます。

対する松平盟子は宮柊二の『コスモス』門下。力強さを感じさせる歌が多くあります。恋歌にしても、古典の女流歌人に範をとるか、明治末の『明星』を参照するかでは、違う抒情の質が現れます。松平には与謝野晶子研究でも著作があります。

ところで、限りある若さを青春歌として描いたのち、テーマを妻や母としての生活に移行させることは、七〇年代の後半以降に登場した女性歌人の作品傾向として指摘することができます。今野寿美と松平盟子は、そうした傾向を持つ歌人の一例として挙げることができるでしょう。

同様の傾向はこの二人のほか、次の三人にも見られます。

しかたなく洗面器に水をはりている今日もむごたらしき青天なれば
花山多佳子《はなやまたかこ》『樹の下の椅子』（一九七八）

子守唄うたい終わりて立ちしとき一生《ひとよ》は半ば過ぎしと思いき
花山多佳子『楕円の実』（一九八五）

退屈をかくも素直に愛しゐし日々は還らず　さよなら京都
栗木京子《くりききょうこ》『水惑星』（一九八四）

せつなしとミスター・スリム喫《す》ふ真昼夫は働き子は学びをり
栗木京子『中庭《パティオ》』（一九九〇）

風中に待つとき樹より淋しくて蓑虫にでもなつてしまはう
花無尽ひるも闇なす身の洞《ほら》にいつまで眠りてゐるやわが子は

小島《こじま》ゆかり『水陽炎』(一九八七)

それぞれ青春の歌と、青春のあとの歌を引きました。花山の歌は青春が明るく爽やかなものでないことを思い出させます。栗木の歌は京都大学を出て京都を離れる際のもので、青春の終わりを甘やかに詠んでいます。小島の歌は古典的な待つ恋を現代的に詠んでいます。

青春のあとの歌について、花山と小島からは子の歌を引きました。二人とも娘が歌人で、花《はな》山周子《やましゅうこ》と小島《こじま》なおに対する私の興味が歌のおもしろさを支えているのかもしれない。いや、子の歌は子煩悩ゆえ甘くなりがちなところを、どちらも適度に抑制しているのが美質だと言えそうです。

本来、実生活が具体的に短歌に反映されることは歌の良し悪しに何の関わりもありません。八〇年代の歌は先の二〇年に比べて実生活の反映された具体的なもので、この傾向は五〇年代以降に模索されていた幻想的で象徴的な女歌の方向性とは異なります。このあたりの時期から、前衛短歌の時期に禁じ手となっていた歌人の実人生を歌の読みに反映することが、徐々に咎められないものとなっていきました。

なお八〇年代の状況については、島津忠夫『女歌の論』(一九八六)も概説として参考になります。

男女雇用機会均等法の制定は一九八五年でした。女性歌人への注目は俵万智の登場を経て、やや形を変えつつ九〇年代を通して続きます。

【第六節　ライトヴァースと消費社会の短歌】

この節では、前衛短歌を踏まえた現代短歌の更新について見ていきます。一九八五年は俵万智の登場年として知られています。俵は八五年の角川短歌賞にて「野球ゲーム」五〇首により次席、八六年に「八月の朝」五〇首により同賞を受賞しました。俵万智受賞時の次席が穂村弘なのはまた別の話。歌集『サラダ記念日』の出版は翌一九八七年です。歌集が二五〇万部以上売れたことは短歌史上空前絶後の大事件です。けれども本書では、俵万智の短歌も短歌史の大きな流れの中に位置づけて考えたいと思います。

一九八五年の角川短歌賞受賞者は、馬場あき子門下『かりん』所属の米川千嘉子《よねかわちかこ》でした。

名を呼ばれしもののごとくにやはらかく朴の大樹も星も動きぬ
〈女は大地〉かかる矜持のつまらなさ昼さくら湯はさやさやと澄み
桃の蜜てのひらの見えぬ傷に沁む若き日はいつかに終らむ
米川千嘉子『夏空の櫂』（一九八八）

受賞作から引きました。いずれも秀歌です。三首目は限りある若さを描く点で既存の女性歌人の青春歌と同系統に位置づけることができるでしょう。二首目は女性のあり方に対する同性からの抑圧などに反論するもので、女歌の議論を次の段階に進めていくような力強さを感じさせます。文語の米川と口語の俵が競い米川が受賞したことは、歌壇の保守性を象徴するように思われるかもしれませんが、むしろライトな短歌を次席に推薦するところまで選考委員の認識が変化していたことを強調しておきます。

八〇年代における消費社会の空気感を反映した短歌は、まとめてライトヴァースと呼ばれています。ただ、この言葉自体は一九三〇年代にイギリスの詩人オーデンが提唱したもので、一九七〇年代末に日本の現代詩がこれを輸入し、その後岡井隆が一九八五年にシンポジウム「ゆにぞんの集い」で短歌に紹介しています。言葉が時代と結びつく過程には少し複雑なものがあります。もともとこの概念は短歌における「軽さ」の伝統を理解するために導入されたものでした。

ひとまず、現在ライトヴァースと呼ばれているものの実例をいくつか挙げましょう。

夕照はしづかに展くこの谷のPARCO三基を墓碑となすまで

仙波龍英《せんばりゅうえい》『わたしは可愛い三月兎』(一九八五)

さくらさくらさくらいつまでも待っても来ぬひとと

死んだひととはおなじさ桜！

林《はやし》あまり『MARS☆ANGEL』（一九八六）

「嫁さんになれよ」だなんてカンチューハイ二本で言ってしまっていいの

俵万智『サラダ記念日』（一九八七）

ぼくはただ口語のかおる部屋で待つ遅れて喩からあがってくるまで

加藤治郎《かとうじろう》『サニー・サイド・アップ』（一九八七）

仙波龍英の歌は当時渋谷に存在した三つのPARCOを扱ったものです。林あまりの歌は歌謡曲を思わせます。実際はこの歌を含む連作から林によって歌謡曲「夜桜お七」が制作されました。

俵万智の歌は、当時缶チューハイが新登場の飲料であったことを背景に読む必要があります。若い人たちの間では缶チューハイを持っていることが少しだけおしゃれに見えたと言われます。

加藤治郎の歌は口語短歌の先行例である村木道彦を連想させつつ、口語短歌の新たな局面をひらく決意をやわらかに示しています。

しかしながら、先述の通り、岡井隆が提唱していたライトヴァースの方向性はこれとは異なるものでした。岡井自身の発言を見てみましょう。

オーデンの言っているので僕の好きな言葉は、「シーリアス・ライト・ヴァース」っていう言葉。例えば政変があったとか、それからチェルノブイリとか、シーリアスですね、シーリアスなものをライトに歌う。そういうことっていうのはかなり成熟した精神構造とか、成熟した社会に生きてないと出て来ないでしょ。だから僕の考えだと若い人たちのは、そういった意味でのライト・ヴァースの書き手とは結局少し違う。

岡井隆　座談会「昭和61年歌壇展望　拡散状況から何が生まれるか」
『短歌研究』一九八六年一二月号

「シーリアスなもの」をライトに歌う。仙波の歌の方向性はそれにやや近い印象があります。前衛短歌やそれに影響を受けた七〇年代の短歌は「シーリアスなもの」をヘヴィに歌っていました。岡井は成熟した精神構造が求められる詩歌の遊戯を想定しており、既存の短歌からの飛翔を求めています。

同様の傾向は小池光と河野裕子の作風転換にも見出すことができます。この二人は八〇年代末以降、ヒーロー／ヒロインを志向する硬派な歌から、日常生活の瑣末な事象を捉えるライトなものへとその作風を大きく変えました。具体的な歌を見てみましょう。

佐野朋子のばかころしたろと思ひつつ教室へ行きしが佐野朋子をらず

これなにかこれサラダ巻面妖なりサラダ巻パス河童巻来よ
小池光『日々の思い出』（一九八八）

この国で君が働きて得し銀貨数へて炎天に瓜買ひに出づ
小池光『草の庭』（一九九五）

良妻であること何で悪かろか日向の赤まま扱《しご》きて歩む
河野裕子『紅』（一九九一）

小池の一首目は教師として生徒を探しているものです。二首目は「面妖なり」という妙な力み方が笑いを誘います。小池本人の言によると、「サラダ巻パス」は『サラダ記念日』へのアンチテーゼが込められているようです。この作風転換は日常瑣末報告歌への転向ではなく、小池は日常を異化することを放棄してはいません。例えば小池の評論集『短歌　物体のある風景』（一九九三）を読むと、言葉によってしか世界は記述できず、そこに詩への契機が潜んでいることに、小池が自覚的であるとわかります。

河野の一首目は夫の永田和宏とともに渡米している際のものです。二首目は帰国後のものです。家庭にあって良妻賢母であることを開き直って肯定しています。もちろん、旧弊な女性像として批判も浴びました。けれども河野の転向も、前衛短歌の目指した暗喩の積極的導入を踏まえて、そこにとどまらない詩情の探求へと舵を切ったものと理解した方がよいでしょう。

ところで、小池と河野は一九四〇年代生まれで、当時四〇代の歌人です。その少し上の世代にも、脱前衛の方法を模索している歌人がいることを紹介しなければなりません。

ここでは奥村晃作《おくむらこうさく》を挙げましょう。奥村は一九三六年生、佐佐木幸綱より二歳年長です。宮柊二門下の『コスモス』に所属し、高野公彦とともにコスモスの実力者として知られていました。奥村は八〇年代に「ただごと歌」を理論化しています。その理論を実践した奥村自身の歌を引きます。

ボールペンはミツビシがよくミツビシのボールペン買ひに文具店に行く

奥村晃作『鴇色《ときいろ》の足』(一九八八)

ほとんど何も言っていないかのような歌です。まさにナンセンスであり、想像力を働かせて読む必要はありません。けれどもこうした歌を歌集で何首も続けて読むと、不思議とだんだんおもしろくなってきます。奥村は「ただごと歌」論の中で、江戸時代から続く「ただごと歌」の系譜を論じています。しかしこの論が八〇年代に書かれたことは、時代的な雰囲気を反映しているものと捉えたくなります。

シュールでナンセンスな作風の歌人としては、小池光の師にあたる高瀬一誌《たかせかずし》(一九二九〜二〇〇一)も紹介できます。

うどん屋の饂飩の文字が混沌の文字になるまでを酔う

高瀬一誌『喝采』(一九八二)

高瀬の第一歌集から引きました。高瀬の歌集出版は小池に四年遅れています。この歌は音数が足りません。高瀬の歌は字足らずが特徴的で、他の追随を許さない独自の韻律を構築しています。

二人の結社である『短歌人』は、佐佐木信綱門下の齋藤瀏(齋藤史の父)が一九三九年に結成したもので、公選による編集委員制を採用している点が特徴的です。他の結社だと選者や編集委員を決定する過程に一般会員は参与できませんが、それが公選制となっています。その中で、戦後の代表的な編集委員として知られているのが高瀬です。結社内にはこうした実力者がいることも忘れてはなりません。他にも紹介したい実力者は多くいますが、本書では先を急ぎます。

【第七節 「サラダブーム」と歌壇の動き】

八〇年代前半は女歌シンポジウムの時代でした。しかし俵万智の登場以降、その勢いは急速に失われていきます。この状況は佐藤通雅《さとうみちまさ》による次の発言からもうかがうことができるでしょう。

俵万智を読んで自分は「悪いけど、阿木津英さんをはじめとする三十代女性歌人の注目される時代はおわっちゃったね。」とつぶやいた。三十代の彼女たちが歯をくいしばってやってきたことを、いっぺんに飛び越してしまった。歴史の皮肉だ。

佐藤通雅「現代短歌月評」『短歌』一九八六年七月号

この発言は俵万智の角川短歌賞受賞が明らかになった翌月のもので、これによって女歌議論の流れは潰えたとされています。俵万智は一九八六年当時二四歳でした。確かに『サラダ記念日』が出版された一九八七年から数年は短歌ブームもとい「サラダブーム」であり、俵万智ブームが訪れていました。新人賞で俵を発掘した角川『短歌』は、一九八七年九月号で特集「俵万智の世界」を企画しています。前年の新人賞受賞者に誌面を大きく割くことは異例で、ブームに便乗したものでしょう。

しかしながら、歌壇はただブームに流されていたわけではありません。ここでは俵万智と既存の短歌文脈を接続する評論のうち、重要なものを二つ紹介しておきます。

一つめが川野里子《かわのさとこ》「新しさが発酵するとき　普遍性をめぐって」です。川野はこの評論のはじめに本節冒頭で引いた佐藤通雅の発言に言及し、俵万智の登場によって「何が終わり何が始まったというのだろうか」と問います。そこから、俵万智の新しさと、短歌の新しさについての考察を試みています。

川野の挙げる俵万智の特徴は「言葉のアナクロニズム」「会話体」「新しい固有名詞」の三点なのですが、それぞれの項目についてはすでに作例があります。しかしなぜ俵万智が新しいものとして受容されたのか。この一歩進んだ問いに対して、川野は「現代的な技法」に「普遍的な心情」がアンバランスに組み合わせられていることで、読者が安心しつつ俵の歌を読めるのだと分析します。これを受けて書かれた短歌の新しさに関する結論を引きましょう。

言葉の新しさにも見馴れたとき、新鮮さは急速に目減りしてゆく。〔中略〕普遍性の表面をなぞってゆくだけに終わらせてはならない。言葉が普遍性の衣装としてでなく、普遍そのものとして深く個人の胸に抱かれるとき、新しさは普遍性の内側でゆっくりと発酵しはじめる。

川野里子「新しさが発酵するとき　普遍性をめぐって」『現代短歌雁』一号（一九八七）

前節で引いた「カンチューハイ」の歌は新鮮さが目減りした代表例です。当時を知る人にかつてのカンチューハイがいかにハイカラであったか語られても、にわかに信じることはできません。しかし次の歌はどうでしょうか。

まちちゃんと我を呼ぶとき青年のその一瞬のためらいが好き

俵万智『サラダ記念日』(一九八七)

この歌では、川野が挙げる「言葉のアナクロニズム」、つまり「我」という古めかしい語が使われていますし、また「会話体」でもあり、「まちちゃん」という固有名詞も含まれています。しかし詠まれているのは恋愛のはじめの普遍的な感情です。『サラダ記念日』から数十年を経てなお鑑賞されているこの歌は、普遍性の内側で発酵した新しさだと言えそうです。

俵万智と既存の短歌文脈を接続する評論のうち、もう一つ重要なものが、谷岡亜紀《たにおかあき》「ライトヴァース」の残した問題」です。この評論では、俵万智や仙波龍英、加藤治郎の歌に含まれる会話体や固有名詞が、既存のハイカルチャーとしての文学ではむしろ普遍性を希求するために避けられていたことが指摘されています。それを受けて谷岡は次のように結論づけます。

「現代若者言葉」によって表記された一連の作品は、「普遍性」をある程度まで犠牲にしても、より「同時代性」「共時性」に賭けようとする姿勢に基づいていると考えることができる。〔中略〕サブカルチャーがこういった形で文学の表面にせり出して来るのは、逆に言うとメインカルチャーがある意味で時代に対しての効力を弱めているという事の裏返しだと考えられる。つまり、こういった「ライトヴァース」をわれわれは、既成の短歌に対する一種のアンチテーゼとして読む必要があるのではないか。

谷岡亜紀「「ライトヴァース」の残した問題」『短歌研究』一九八七年一〇月号

谷岡は俵万智の登場および若い世代の短歌を「既成の短歌に対する」「アンチテーゼ」と呼び、文学上の地殻変動として捉えています。仮に作歌している本人たちにその自覚がなくとも、時代の趨勢によって変化は起こっています。この論は一九八七年の現代短歌評論賞受賞作でした。

川野里子と谷岡亜紀はともに一九五九年生で、一九八七年は二八歳。俵たちと近い世代だからこそ、こうした分析ができたのかもしれません。

『サラダ記念日』から二年後にも、角川『短歌』一九八九年四月号では「俵万智のすべて」が特集されています。また、この時期には短歌の専門雑誌、いわゆる総合誌と呼ばれるものがいくつか創刊されています。結社誌に対する総合なので総合誌です。

この時期の新刊総合誌の中では『現代短歌雁《がん》』に注目しなければなりません。「いっぺんに飛び越してしまった」という発言とは裏腹に、俵万智以降の女歌の議論は特にこの雑誌上で続けられていました。

第六章　九〇年代～ゼロ年代の短歌

【第一節　俵万智以降の女歌論】

サラダブーム後の冷笑とは裏腹に、女歌は依然総合誌上で注目を浴びるトピックでした。この節ではそうした女歌論の動きを概観します。まずは、多くの論が掲載された『現代短歌雁《がん》』（以下、『雁』）に注目しましょう。

女歌は女性性《フェミニティ》に対する内省を含むものです。その影響と反動として、男性歌人たちにも自身の男性性を内省する動きが生まれます。七〇年代初頭の女歌リバイバルの際にも同様の動きはあり、佐佐木幸綱や合同歌集『男魂歌《だんこんか》』に参加した竹柏会のメンバーが素朴な議論の俎上に載せられていました。この時期の議論は当時に比べてより精緻になっています。

その代表例が一九八八年の特集〈男歌の現在〉です。ここに掲載されている注目評論としては、当時三八歳の山田富士郎《やまだふじろう》による「三人の歌人　母殺し型と父殺し型」が挙げられます。山田は当時二〇代後半の三歌人に注目し、彼らの歌に現れる性的なものの痕跡をフロイトの精神分析の要領で評していきます。キーワードは比喩的な意味での性倒錯です。三人の歌を引きます。

籠に飼へぬ頼家蛍と吾がことを呼びし母はや呼ばぬ父はや

坂井修一《さかいしゅういち》『ラビュリントスの日々』（一九八六）

撫づるとき汝がたましひの檻のごと硬き肋骨《あばら》をかなしみてゐつ

大塚寅彦《おおつかとらひこ》『刺青天使』（一九八五）

グラス・フィッシュは素敵だよ　湧く泡にまつ毛のような骨をかくして

加藤治郎《かとうじろう》『サニー・サイド・アップ』（一九八七）

山田論では、坂井修一における父の歌に注目し、坂井を正常なエディプス・コンプレックス的男性性を持つ父殺し型の歌人と位置づけています。対して大塚と加藤の倒錯的な歌には、かつての塚本邦雄や春日井建ら前衛歌人のような反倫理が見られず、母殺し型の歌人と位置づけられています。こうした母殺し型の歌人が出現した背景として、山田は男性性獲得への圧力が低減した時代的背景を語っています。

フロイト理論の是非はさておき、大塚と加藤の歌は性的なものを気軽にもてあそんでいる感覚を感じ取ることができそうです。とはいえ、こうした和らげられた男性性《ソフト・マスキュリニティ》にも隠れた有害さがあるのですが、それが指摘されるようになるのはもう少し先の話です。

一九九〇年の『雁』には「特集　フェミニティをめぐって」が掲載されています。こちらは執筆者が全員男性の世代別女性歌人論です。高野公彦が四〇代歌人（河野裕子、道浦母都子、佐伯《さえき》裕子《ゆうこ》）、谷岡亜紀が三〇代後半の歌人（今野寿美、松平盟子、栗木京子）、山下雅人《やましたまさと》が三〇代前半の歌人（小島ゆかり、米川千嘉子、水原紫苑《みずはらしおん》）、坂井修一が二〇代後半の歌人（俵万智、紀野恵《きのめぐみ》、辰巳泰子《たつみやすこ》）を扱っています。

特集の主題は、同世代の男性から女性歌人がどう見えるかなのですが、坂井を除き全員「フェミニティ」を生殖の面からしか捉えられていない点が残念です。いくつか歌を生年順に引きます。

くびられし祖父よ菜の花は好きですか網戸を透きて没《い》り陽おわりぬ
肉たるむハイ・カラーこそ光りいよ身を緊《（し）》めて見し天皇もあわれ

佐伯裕子『春の旋律』（一九八五）

胸びれのはつか重たき秋の日や橋の上にて逢はな　おとうと
殺してもしづかに堪ふる石たちの中へ中へと赤蜻蛉《あかあきつ》　ゆけ

水原紫苑『びあんか』（一九八九）

ふらんすの真中に咲ける白百合の花粉に荷風氏はくしやみする
不逢恋《あはぬこひ》逢恋《あふこひ》逢不逢恋《あふてあはぬこひ》ゆめゆめわれをゆめな忘れそ

紀野恵『さやと戦《そよ》げる玉の緒の』（一九八四）

午後。唇《くち》といふうすき粘膜にてやはく他人の顔とつながる

乳ふさをろくでなしにもふふませて桜終はらす雨を見てゐる

辰巳泰子『紅い花』（一九八九）

佐伯の歌にある「くびられし祖父」とは東京裁判によって処刑された祖父、陸軍大将の土肥《どひ》原賢二《はらけんじ》のことです。河野裕子は『齋藤史全歌集』別冊（一九九七）収録の評論「最後の女流歌人」で、「女流歌人には、作品以外に何らかのお話が必要であった」が、二・二六事件とともに語られる齋藤史を最後にその傾向はなくなるだろうと書いています。しかし、佐伯の歌を読む際にも女流の物語は介在しています。女流に期待される物語はいまなお消えていません。

水原と紀野の二人はその作風から新古典派とも呼ばれました。古典の語彙を取り入れつつ、詠まれている景は幻想的です。水原の歌は幻想文学における変身のイメージを流用しています。紀野の歌の「荷風氏」はもちろん小説家の永井荷風《ながいかふう》のこと。時代を混線させるようなイメージの引用が特徴的です。

辰巳は青春を詠み、母としての歌を詠むという七〇年代以降の女性歌人に典型的な軌跡を辿りました。しかしながら、掲出歌に見られる冷めた情念の炎は唯一無二のものです。

『サラダ記念日』から五年後の一九九二年には、版元の河出書房新社から四〇〇頁超のムック『〈同時代〉としての女性短歌』が刊行されました。女性歌人八六人の作品、対談や座談会、インタビュー、俳人や川柳人によるエッセイ、女性短歌史の資料など、内容は充実しています。

この本の中で注目すべき部分は沖ななも、河野裕子、道浦母都子、永井陽子による討議「〈時代〉の中の女性短歌」です。ここでは松平盟子『シュガー』（一九八九）を題材に、「離婚歌集〈河野〉」における五〇年代からの表現の変遷が語られました。この言い方は道浦から反発を受けていますし、永井も「男が離婚しても、「離婚歌集」と騒がないでしょう」と発言しています。そこから女性歌人に期待される短歌の「私性」、つまり女流の物語についての話題が続きました。現代まで続く問題ですから、討議の中で結論は出ていません。

また一九九二年には、主に八〇年代の評論をまとめた阿木津英の評論集『イシュタルの林檎』も刊行されています。短歌とフェミニズムに関する古典としてまず読まれている本です。

九一年から九三年にかけては、俵万智の再来を狙って河出書房新社から女性歌人の歌集が年に五冊、合計一五冊刊行されています。名前のみ挙げると、俵万智、道浦母都子、林あまり、李正子《イチョンジャ》、大田美和《おおたみわ》、沖ななも、松平盟子、井辻朱美《いつじあけみ》、干場しおり、早坂類《はやさかるい》、今野寿美、米川千嘉子、永井陽子、佐伯裕子、栗木京子（刊行順）の一五人でした。このシリーズの歌集は当時ある程度広く読まれていたようで、実作者でない方とこれらの話ができた際は驚きました。何人か歌を紹介します。

楽しかったね　春のけはいの風がきて千年も前のたれかの結語

井辻朱美『吟遊詩人』（一九九一）

飛沫《しぶき》上げ光の中にはしゃぎたるわれのやさしき歌返してよ

大田美和『きらい』（一九九一）

約束をつんと破ってみたくなる二月の空にもりあがる月

干場しおり『天使がきらり』（一九九三）

そしていつか僕たちが着る年月という塵《ちり》のようなうすいジャケッツ

早坂類『風の吹く日にベランダにいる』（一九九三）

井辻はSF的想像力のある作風が特徴的です。早坂の歌では一人称として「僕」が用いられ、青春の傷つきやすくけだるい感覚が詠まれています。

大田と干場の歌は、俵万智の歌の雰囲気にとても似ています。九〇年代の女性歌人は、口語を使うと「俵万智調」と呼ばれることになり、どのように俵との差異を読ませていくかが問われました。

河出書房新社からはその後、『〈同時代〉としての女性短歌』の姉妹編としてムック『現代短歌の全景　男たちのうた』（一九九五）が刊行されています。名付け方の非対称性には触れないでおきます。

『サラダ記念日』から一〇年後の一九九七年には、『女人短歌』が終刊し、一九四九年からの歴史に幕をおろしました。その役割を終えたと考えられたためです。なおこの時期には女性短歌の歴史的系譜を概観する本として、集英社新書から篠弘『疾走する女性歌人』（二〇〇〇）、岩波新書から道浦母都子『女歌の百年』（二〇〇二）が刊行されています。こうした書籍が大手出版社から新書で刊行されていることにも、女性短歌への注目度の高さがうかがえます。

また阿木津英の編著による『短歌のジェンダー』（二〇〇三）は、二〇〇一年と二〇〇二年に実施された二つのシンポジウムを記録したものです。この本では、社会学者の上野千鶴子などを交えた短歌にとどまらない討論を読むことができます。

しかしながらゼロ年代には次第に女歌の議論は見られなくなっていきました。

【第二節　短歌のニューウェーブ】

この節ではライトヴァースからニューウェーブへと話題が移行していく様子を扱います。

典型不在の時代にあって、ライトヴァースは前衛短歌に続く一大変革であるかのように語られました。岡井隆の当初の定義からライトヴァースの概念が大きく変化したのもそうした要請によるものです。その後、俵万智による「サラダブーム」があり、ライトヴァースの議論は後景化していきます。状況を変えようとする動きが現れたのは、ブームもある程度落ち着いてきた一九九一年のことでした。そこで登場した語が「短歌のニューウェーブ」です。

ライトヴァースを新人類短歌として評価した細井剛《ほそいつよし》は、この語に飛びついて次のように書いています。

現代短歌の一つの傾向を括ることばとして、ニューウェーブということばが使われだしたのは〔中略〕時代が昭和から平成に変わった一九八九年の後半くらいからでないか、と思われる。そしてこの呼称は、ライト・ヴァースの傾向の作も、そうでない傾向の作をも包括しうる視点をもちうるだけに、今日の短歌を語る場合、非常に有用なことばとなりつつある。

細井剛「自然体で振舞う歌人達」『短歌』一九九一年五月号

ニューウェーブとは、もともとその時代最先端の新しい波を指すにあたって広く使われていた言葉で、落語や絵画などでも用例を見つけることができます。短歌のニューウェーブについては、細井が「ライト・ヴァースの傾向の作も、そうでない傾向の作をも包括しうる」と書いている通り、単に若手歌人をまとめて呼ぶものとして特徴がなく、語が一人歩きしている状態でした。

この状況に当時二九歳の荻原裕幸《おぎはらひろゆき》が異議を唱えます（「現代短歌のニューウェーブ」「朝日新聞」一九九一年七月二三日付夕刊）。荻原は穂村弘らの歌を引きつつ、「言葉と自分との間の避けがたい「ずれ」」に注目するよう促します。荻原の歌もあわせて引きます。

子供よりシンジケートをつくろうよ「壁に向かって手をあげなさい」

穂村弘《ほむらひろし》『シンジケート』（一九九〇）

言葉ではない！！！！！！！！！！！！！！！！ラン！

加藤治郎《かとうじろう》『マイ・ロマンサー』（一九九一）

この街のすべてがぼくのＣ♯ｍの音にとざされてゐる

西田政史《にしだまさし》『ストロベリー・カレンダー』（一九九三）

桃よりも梨の歯ざはり愛するを時代は桃にちかき歯ざはり

荻原裕幸『甘藍派宣言』（一九九〇）

穂村の歌では結婚して子をなすという成熟への社会的圧力が拒絶されています。そして大規模な犯罪組織の意味もある「シンジケート」を示しつつ、やさしげに社会通念から外れることを教唆しています。

加藤の歌はコンピューターとプログラミング言語に取材した連作「ハルオ」シリーズの中で最も有名なものです。音数は足りませんが、不思議と短歌一首を読み下すのと同じ時間で読むことができます。

西田の歌は自分一人の行為が街全体に影響することを夢想している点で、少年期の肥大した自我を感じさせます。念のため、「Ｃ♯ｍ」は和音の名称で「Ｃシャープマイナー」と読むことを補足しておきます。

荻原の歌は時代感覚の不思議さを詠んだもので、本来は名状しがたいが誰もが感じている時代精神《Zeitgeist》を口元の感覚で捉えられるのだと示しています。

荻原の主張は、あまりにも無節操に使われていた「ニューウェーブ」に反発し、ここに引かれているごく限られた歌人に対して与えられたはずのものでした。荻原の不幸は、かつての「ライトヴァース」がそうであったように、「ニューウェーブ」も広く九〇年代の短歌傾向を代表する言葉となってしまったことです。当初のニュアンスと尾ひれの付いた意味のズレは、九一年から二七年後に「ニューウェーブに女性歌人はいなかったのか」という問題を引き起こすのですが、それを扱うのはまだ先の話です。

いずれにせよ、荻原の文章は大きな反響を呼び、『短歌研究』九一年一一月号では特集「近・現代短歌史のニューウェーブ」が組まれることとなりました。そこに収録された誌上シンポジウムの発言を拾ってみます。司会が小池光、参加者は荻原裕幸、加藤治郎、藤原龍一郎《ふじわらりゅういちろう》でした。

小池　荻原さんは〔中略〕今日の若い世代の一見軽薄なことばあそび風な作品群に、主体主義からの訣別を見ています。いわばポストモダンからみたモダン批判です。〔中略〕

加藤　口語の問題というのは、前衛短歌＝現代短歌と言い換えてもいいのですけど、現代短歌の最後のプログラムだったのではないか。〔中略〕穂村の文体というのは〔中略〕実際はまったく孤独な一人の人間の作業、あるいは操作であって、ここには、文体として会話が入ってきて、他者が侵入すればするほど孤立していくというメカニズムがある。

誌上シンポジウム「現代短歌のニューウェーブ　何が変わったか、どこが違うか」『短歌研究』一九九一年一一月号

この誌上シンポジウムでは、荻原裕幸の主張を小池光と加藤治郎が短歌史的に位置づけようとしています。特に加藤の発言は〝口語は前衛短歌の最後のプログラム〟としてキャッチフレーズ化し、ニューウェーブにおける文体変革の象徴として扱われるようになりました。穂村弘の孤独に注目した加藤治郎の発言を検証してみましょう。穂村の歌を引きます。

体温計くわえて窓に額つけ「ゆひら」とさわぐ雪のことかよ
「猫投げるくらいがなによ本気だして怒りゃハミガキしぼりきるわよ」
サバンナの象のうんこよ聞いてくれだるいせつないこわいさみしい

穂村弘『シンジケート』（一九九〇）

加藤の語る穂村の新しさとは、引用されている会話体が実のところ文体として実在しない誰かに喋らせているもので、そのことが穂村の孤独を浮き彫りにしている点です。この読み方は

作品から歌人の内面を読むという主体主義に陥っているようにも見えつつ、作中主体ではなく、その背後に存在するメタな虚像としての「作者の顔」を想定しなければならない点では画期的かもしれません。その会話体を導入するために必要なのが口語なのでしょう。確かに「ゆひら」も「ハミガキしぼりきるわよ」も共感ではなく断絶を感じさせます。そうした孤独がわりあい直截に表現された歌として、「サバンナの象のうんこ」は読むことができそうです。

しかしながら、こうした九〇年代初頭の文体変革は諸手を挙げて歓迎されたわけではありませんでした。それに対する反発として最も有名なものが、次の発言です。

もしこの歌集に代表されるようなバブル短歌（俵万智以後の異常現象）が、新時代の正風として世を覆うとしたら近代短歌の歴史とはいったい何だったのかという不安とショックを私は隠すことができない。〔中略〕本当にそういうことになったとしたら、私は、まっ先に東京は青山の茂吉墓前に駆けつけ、腹かっさばいて殉死するしかあるまい。

石田比呂志《いしだひろし》「穂村弘論　シンジケート非申込者の弁」『現代短歌雁』二一号（一九九二）

石田の切腹発言は後世まで語り草になっています。石田自身は俵万智と穂村弘をひっくるめて「バブル短歌」と呼び、荻原裕幸や加藤治郎のように俵万智に対する穂村の新しさを理解しているとは言えません。しかしながら、何かしらの異質なものを感じ取り、こう発言したものと思われます。

ところで、当時の若手は作品発表機会が非常に限られています。総合誌から依頼があったとしても一〇首程度の短いものであり、二〇首以上の連作で実力を示すことは難しい状況でした。それを解決するには同人誌を発行するほかありません。当時は文芸同人誌即売会などなく（文学フリマの初回は二〇〇二年）、発行した雑誌はほぼすべて謹呈によって各地の歌人に届けられていました。

この時期の代表的な同人誌には『f（フォルテ）』と『ノベンタ』があります。『f（フォルテ）』は八八年一〇月に創刊され、九〇年九月に第四号を出して終刊しています。同人は荻原裕幸（編集）、大塚寅彦、加藤治郎、辰巳泰子、西田政史、水原紫苑などでした。ここまで引いていない大塚寅彦の作品を紹介します。

撫づるとき汝がたましひの檻のごと硬き肋骨《あばら》をかなしみてゐつ

大塚寅彦『刺青天使《しせいてんし》』（一九八五）

対する『ノベンタ』は九〇年九月に創刊、二〇〇二年一〇月発行の第十号で終刊しました。評論主体の雑誌で、同人の一人である谷岡亜紀はニューウェーブのような「ポップな「流行」への対抗意識」（「短歌史への視座」『歌壇』二〇一六年一月号）もあったと当時を回顧しています。

同人は大辻隆弘《おおつじたかひろ》、大野道夫《おおのみちお》、小塩卓哉《おしおたくや》、加藤孝男《かとうたかお》、黒岩剛仁《くろいわたけよし》、柴田典昭《しばたのりあき》、島田修三《しまだしゅうぞう》、谷岡亜紀、柳宣宏《やなぎのぶひろ》、緑川幸成《みどりかわこうせい》、山下雅人《やましたまさと》で、男性のみでした。生年順に数人の作品のみ紹介します。

湯上がりの毛臑《（けずね）》二本を見てゐしがわれはほとほと含羞《（がんしゅう）》に死す
島田修三『晴朗悲歌集』（一九九一）

毒入りのコーラを都市の夜に置きしそのしなやかな指を思えり
谷岡亜紀『臨界』（一九九三）

やがてわが街をぬらさむ夜の雨を受話器の底の声は告げゐる
大辻隆弘『水廊』（一九八九）

指をもてマフィンを割ればこぼれたる二十世紀の殺戮の量《かさ》
加藤孝男『十九世紀亭』（一九九九）

最後に、九〇年代に登場した歌人・評論家である小高賢《こだかけん》を紹介しておきます。小高賢はもともと編集者をしていたところ、馬場あき子に誘われ『かりん』に入会し歌人となりました。評伝『宮柊二とその時代』（一九九八）などの優れた評論のほか、アンソロジー『現代短歌の鑑賞１０１』（一九九九）、『近代短歌の鑑賞77』（二〇〇二）、『現代の歌人１４０』（二〇〇九）の編著者としても知られています。

短歌ブーム以後は短歌ジャーナリズムが活発になり、書かれる批評の数も次第に増えていきました。

【第三節　冷戦崩壊前後の短歌と社会詠】

この節では再び九〇年代初頭に立ち戻り、イラクによるクウェート侵攻と湾岸戦争に関連する社会詠、そして歌会始にまつわる短歌と天皇制の問題を扱います。

安保闘争以降、社会詠は歌壇的話題として沈滞していました。大状況と小状況の分裂によるものと言われています。しかしながら社会詠への関心は八〇年代を通して高まり、九〇年のイラクによるクウェート侵攻、および九一年の湾岸戦争によって大きな話題となりました。

この背景は定かではありません。世紀末への意識のほか、報道傾向の変化や、「ニンテンドー・ウォー」とも形容される湾岸戦争のリアルタイム放送などの衝撃といった、メディアの変化によるものもあるでしょう。

もちろん、安保闘争以後にも社会詠を続けていた歌人は存在します。しかしながら、安保以後から九〇年代以前に秀歌として記憶されている社会詠はあまり多くありません。数少ない例をいくつか引きましょう。

原子炉の火ともしごろを魔女ひとり膝に抑へてたのしむわれは

ヒバクシヤと国際語もて呼びくるる夕まぐれ身のくまぐま痛む

岡井隆『鵞卵亭《がらんてい》』(一九七五)

あきらかに地球の裏の海戦をわれはたのしむ初鰹食ひ

竹山広《たけやまひろし》『とこしへの川』(一九八一)

なぜ銃で兵士が人を撃つのかと子が問う何が起こるのか見よ

小池光『日々の思い出』(一九八八)

中川佐和子《なかがわさわこ》『海に向く椅子』(一九九三)

岡井の歌は日本社会が原子力発電という「魔女」を抑えて飼い慣らしている危うさをかろやかに詠んでいます。歌集から二〇年後の九五年には高速増殖炉「もんじゅ」の事故、そして三六年後の二〇一一年には福島第一原発の事故が生じています。魔女は私たちに牙をむきました。ただし「魔女」という喩に介在するジェンダー意識には一度立ち止まる必要がありそうです。

竹山は長崎での原爆投下に立ち会った当事者です。国際語の「HIBAKUSHA《ヒバクシャ》」は八〇年代ごろから使われたもので、全世界の実験による被爆を批判する語彙と位置づけられています。

小池の歌はフォークランド紛争を扱ったもので、日本社会の無関心に対する皮肉が込められています。中川の歌は八九年の天安門事件に際してのもので、新聞歌壇を初出とし、話題を呼びました。

いずれにせよ、冷戦崩壊後の九〇年代に社会詠への関心は飛躍的に回復し、それ以後の歌壇では国内外の事件があるごとに特集されるテーマとなりました。

九〇年八月のクウェート侵攻に際しては、黒木《くろき》三千代《みちよ》の次の歌が広く知られています。

侵攻はレイプに似つつ八月の涸谷《ワジ》越えてきし砂にまみるる
生みし者殺さるるとも限りなく生み落すべく熱し産道《ヴァギナ》は

黒木三千代『クウェート』（一九九四）

黒木は未来短歌会の実力者で当時四〇代後半でしたが、『クウェート』は第二歌集にあたります。この連作は発表当時から高く評価されました。例えば谷岡亜紀は、「黒木の短歌の出発以来のフェミニズムへの関心によって、湾岸戦争という遠い戦争を日本の現実に引きつけて見せた力作であった」（「湾岸戦争と短歌」『歌壇』一九九四年一〇月）と黒木の歌を評価しています。

しかしながら、この歌に対しては痛烈な批判が与えられていることも同時に紹介しなければなりません。少し時間は経っていますが、李正子《イチョンジャ》によるものを引きます。


戦争を直接に体験しない世代が情報社会から映像で得た、反戦の歌である。〔中略〕イラクのクウェート侵攻という戦闘行為を、レイプに例えた感覚が絶賛されたのだが、私は言い知れぬ拒否感を抱いたものだ。一国の武力が殺戮や侵略行為をすることを、男女の性差による性犯罪に例えるのは余りにも筋違いで、内容の本質を過って捉えているといわねばならない。〔中略〕日本の植民地支配をうけた民族は、百年を経ても仮死状態である。レイプと侵略はまったく次元の異なる問題で似てはいない。

李正子「社会を詠むことは自由を詠むこと」『短歌』二〇〇〇年四月号

李自身は黒木より五歳年少の戦後生まれです。しかしながら朝鮮における植民地支配の記憶をもとに語られるこの批判には一考の余地があります。もしかすると、国家が単にレイプによって蹂躙されるものと表現されると、その威信が傷つけられたように思うかもしれません。けれどもその感覚は、女性ジェンダーを男性ジェンダーの下位に置く社会通念が影響している可能性もあります。李の批判はそうした観点からのものでないことを注記しておきます。

さて、九一年一月には英米中心の多国籍軍によりイラク攻撃が実施されました。いわゆる湾岸戦争です。この攻撃に際しては、荻原裕幸《おぎはらひろゆき》の連作「日本空爆　１９９１」が広く知られています。

戦争で抒情する莫迦がいつぱいゐてわれもそのひとりのニホンジン

この街には大気がない！と叫んでも誰も窒息しないゆふぐれ
▼▼誰カ▼▼爆弾ガ▼▼▼ケフ降ルッテ言ッテヰタ？▼▼ＢＯＭＢ！
▼▼街▼▼▼街▼▼▼▼▼街？▼▼▼▼▼街！▼▼▼ＢＯＭＢ！

荻原裕幸『あるまじろん』（一九九二）

「▼」を用いた歌では「記号短歌」と呼ばれたニューウェーブ期の技法が効果的に用いられています。この連作は発表当時から好評を得ました。記号短歌の実例には次のものもあります。

恋人と棲むよろこびもかなしみもぽぽぽぽぽぽとしか思はれず

荻原裕幸『あるまじろん』（一九九二）

にぎやかに釜飯の鶏ゑゑゑゑゑゑゑゑゑゑゑゑゑひどい戦争だった

加藤治郎『ハレアカラ』（一九九四）

ひらがなの連続は一首の中に適度な空白を生み出しています。しかしながら、視覚面で印象的な歌は最初に提示されたとき以上の驚きが生まれにくいため、これらは一回限りの技法です。一九九二年末には岡井隆が翌年から歌会始の選者に就任すると発表され、前衛短歌の批判精神は天皇制にまで及ばないのかと衝撃を与えました。歌壇では様々な発言が飛び交いましたが、特に知られているものには佐佐木幸綱による時評の「俺は行かない」（『現代短歌雁』二七号）です。短歌と天皇制の問題については、内野光子《うちのみつこ》が多くの評論を書いています。

九五年に起こった阪神淡路大震災、オウム真理教による地下鉄サリン事件も、世紀末の感覚を強めていきました。これに際しても多くの社会詠が詠まれています。そして明治末創刊の『アララギ』は一九九七年一二月号で終刊となります。九〇年代は短歌の世界が激変していることを否応なしに感じることになった時期だと言えるでしょう。

【第四節　ニューウェーブの受容と文体変革】

この節ではニューウェーブの概念の受容と定着、および九〇年代の文体変革について扱います。

ニューウェーブの概念は、その命名主である荻原裕幸の手を離れて、短歌評論の書き手によって様々に定義されることとなりました。その過程で当初代表的ニューウェーブ歌人として語られていた西田政史は彼自身が短歌から離れたこともあって言及されなくなり、代わりに荻原裕幸がそこに組み込まれることとなります。

とびっきりのショコラがあるの　冗談じゃないぜ受話器のやわらかい肉

加藤治郎『マイ・ロマンサー』（一九九一）

夜のテトラポッドを跳べば「口のなか切っているでしょ？　血の味がした」

ライナスの毛布が出ない辞書なんて辞書ぢやないって何のことだい

穂村弘『ドライドライアイス』（一九九二）

荻原裕幸『あるまじろん』（一九九二）

ニューウェーブの男性歌人には際だった特徴があると言われています。例えば谷岡亜紀は「「恋人」のセリフに至っては、完全に同一人物のもののごとくであり、個別性といったものがまるで感じられない」（「転換期の課題」『心の花』一九九四年一月号）とその特徴に批判的です。ニューウェーブの男性歌人が描く恋人は画一的ですが、加藤治郎自身が穂村弘について語るように、それぞれの歌人の孤独な一人芝居として読めば理解可能かもしれません。

加藤治郎はニューウェーブの論客として、「口語は前衛短歌の最後のプログラム」のほかにもいくつかのキャッチフレーズを残しています。

いづこより凍れる雷《らい》のラムララム　だむだむララム　ラムララムラム

岡井隆『天河庭園集』（一九七八）

例えば加藤は自身の師である岡井隆の歌を引き、ニューウェーブ記号短歌の源流にこうした歌があることを示しつつこの系譜を「スーパーオノマトペ」と名付けています。

また従来的な感覚では現代の情報化社会を作品化できないとした上で、加藤は自身の作品のマニフェストとして「現実社会において本質的に何が生起しているのかを仮想し、言語体験として読者に訴求する作品でありたい」と語り、そうした作品を「バーチャル・リアリズム」と呼びました（加藤治郎『ＴＫＯ《テクニカル・ノックアウト》 現代短歌の試み』一九九五、参照）。

九〇年代を通して論作ともに活躍した加藤治郎を、同じ岡井隆門下の大辻隆弘《おおつじたかひろ》は「九〇年代を象徴する歌人」と呼んでいます。しかしながら、その評価は両義的です。

> 加藤治郎が九〇年代という時代から選ばれたのは、実は、彼の方法論や歴史観によるものではない。九〇年代という時代が、彼の感覚と共振していたのだと私は思う。〔／〕加藤治郎は、九〇年代という時代が要請した歌人である。しかし、今後もそうであるとは限らない。そこに彼の栄光と苦悩がある。
>
> 大辻隆弘「加藤治郎と九〇年代」『未来』一九九九年七月号

はたして加藤治郎は九〇年代のみにとどまる歌人なのか。幸いその後の加藤は実作面でも評価されつつ、「歌葉」プロジェクトの仕掛け人としても活躍し、歌壇内以外にその影響力を広げていきました。

また、穂村弘によるニューウェーブ短歌分析もここで紹介しておきます。穂村は「しんしんとひとりひとりで歩く〈わがまま〉について」の中で、ニューウェーブに共通する特徴である「〈わがまま〉」のことを、以前の短歌が共有していたはずの共同体への感覚が薄れていき、歌人それぞれが「ひとりの信仰」を追求している結果、「作品世界の全体がインナースペース化している」現象だと語っています。

この文章の初出は角川『短歌』一九九八年九月号の口語と文語に関する特集で、発表当時から話題となりました。また穂村弘による入門書『短歌という爆弾』（二〇〇〇）にも収録されており、文章自体は後の世代にも広く知られています。

「〈わがまま〉」自体は挑発的な言葉で、穂村はニューウェーブ期の作品を批判しているわけではありません。そうした傾向の実例として、この文章では次の歌人たちが引用されています。

雪の降る惑星ひとつめぐらせてすきとおりゆく宇宙のみぞおち

井辻朱美『コリオリの風』（一九九三）

かたむいているような気がする国道をしんしんとひとりひとりで歩く

早坂類『風の吹く日にベランダにいる』（一九九三）

廃村を告げる活字に桃の皮ふれればにじみゆくばかり　来て

東直子《ひがしなおこ》『春原さんのリコーダー』（一九九六）

うす布を風に流して避《よ》くる〈陽《ひ》〉としかし芯から惚れあつてゐる

紀野恵『架空荘園』（一九九五）

水原紫苑『客人《まろうど》』（一九九七）

こぼれたるミルクをしんとぬぐふとき天上天下花野なるべし

内的宇宙《インナー・スペース》とは個別性と無限を内包した不思議な言葉です。これらの歌人にはそれぞれの世界観があり、短歌はその法則に従って記述されています。例えば東直子の歌では、「桃の皮」の描写と結句の「来て」の繋がりはわかりません。しかし何かしらの不安と、助けを求める感覚は伝わってきます。〈わがまま〉であることは歌の解釈不可能性を意味しません。なお東直子歌集の表題歌は二〇二一年に『春原さんのうた』として映画化されています。ゼロ年代以降、短歌はしばしば映画化されるようになりました。

さて、この時期には口語と文語の混交に関する文体変革が生じているという指摘があります。小池光は座談会で次のように語っています。

小池　口語と文語をくっつけちゃう文体があるでしょう。口語で通すのではなくて、あるところでは口語で、あるところでは文語でと、無差別にどんどんくっつけてくる。〔中略〕ぼくはこれを「たいらし調」と命名したい（笑）。「〜したい」に対しては「らしい」と続くのが普通だが、「らし」という文語的な推量の助動詞をくっつける。「たいらし」で結句ができている歌って、口語、文語のミックス文体の典型と思うのです。

座談会「短歌　この10年をふりかえる　寺山修司ブームから癒しの時代まで」

『歌壇』一九九七年六月号

小池は九〇年代を通して進展した口語と文語の混用を「たいらし調」と命名しています。もっとも「たいらし」自体は非常に用例が少なく、名称としては不適切ではあります。口語と文語が混用された例を見てみましょう。

つねにつねに黄身は白身に庇はれて心地よからむ　殻割ってやる

大村陽子《おおむらようこ》『砂がこぼれて』（一九九三）

地球《テラ》に軟禁される生物ゆるゆると髪とかいうもの洗いおわんぬ

大滝和子《おおたきかずこ》『銀河を産んだように』（一九九四）

「父さん」とまだ呼ばぬからときどきは父であること忘れたいらし

前田康子《まえだやすこ》『ねむそうな木』（一九九六）

大村の歌では「よからむ」という推量の文語助動詞のあとに「割ってやる」という口語が付け加えられています。大滝の歌では「髪とかいうもの」という砕けた表現のあとに「おわんぬ」と、「終る」の古めかしい撥音便＋完了の文語助動詞「ぬ」が付加されています。両者とも九〇年代の女性歌人として評価を得ていますが、大滝の歌集は二〇二四年に短歌研究社で文庫化されました。最後の前田の歌は座談会で例に挙げられている「たいらし」です。前田は二〇一五年より塔短歌会の選者となっています。

話題のついでに、この時期に登場したその他の実力者も紹介しておきましょう。

生き物をかなしと言いてこのわれに寄りかかるなよ　君は男だ

梅内美華子《うめないみかこ》『横断歩道《ゼブラ・ゾーン》』（一九九四）

形容詞過去教へむとルーシーに「さびしかつた」と二度言はせたり

大口玲子《おおぐちりょうこ》『海量《ハイリャン》』（一九九八）

梅内美華子は京大短歌出身の歌人で、馬場あき子門下の『かりん』に所属しています。口語を一部かろやかに取り入れつつ展開されるぶっきらぼうな歌の世界は歌壇の注目を浴びました。大口玲子は一九九八年に角川短歌賞を受賞した竹柏会所属の歌人です。日本語教師の立場からの短歌はポスト・コロニアリズムの視点を感じさせ、社会詠の旗手として注目されています。

一九九八年には、九〇年代の歌人の総決算として、アンソロジー『新星十人　現代短歌ニューウェイブ』が立風書房から刊行されています。参加者は荻原裕幸、加藤治郎、紀野恵、坂井修一、辰巳泰子、林あまり、穂村弘、水原紫苑、吉川宏志《よしかわひろし》、米川千嘉子の一〇人でした。

ちなみに角川『短歌』一九五八年一一月号には、中井英夫の企画による幻想系とリアリズム系の一〇人を集めた「新唱十人」という誌上企画があります。『新星十人』の企画に関与した荻原裕幸に話を伺ったところ、その新唱十人を意識して、ニューウェーブ系とリアリズム系をどちらも含めたこの人選としたとのことでした。「現代短歌ニューウェイブ」という副題は出版社の要請によるもので、ニューウェーブの旗手であった荻原と加藤にとっては不本意な名付けです。

ここまであまり歌を引いていない参加者の作品を紹介しましょう。

男らは皆戦争に死ねよとて陣痛のきはみわれは憎みゐき
辰巳泰子『アトム・ハート・マザー』（一九九五）

花水木の道があれより長くても短くても愛を告げられなかった
吉川宏志『青蟬』（一九九五）

立て膝をゆっくり割ってくちづけるあなたを
いつか産んだ気がする
林あまり『ベッドサイド』（一九九八）

第一歌集『紅い花』で情念の炎を見せた辰巳泰子は、子の誕生を扱った第二歌集でさらに進化しています。吉川宏志は梅内美華子とともに京大短歌出身の歌人で、永田和宏に代わって二〇一五年より塔短歌会の主宰となりました。林あまりは歌壇ではあまり言及されることのない歌人ですが、『ベッドサイド』は数万部売れており、文庫化もされています。

一九九八年は『短歌研究』一二月号掲載の歌壇展望座談会にて、佐佐木幸綱によって「歌壇カラオケ状態」という指摘がなされた年でもあります。歌壇では仲間の作品や評論しか読まれなくなっているというのが本意なのですが、インターネット社会の到来により短歌の世界が広がった結果、歌壇全体の概観が困難になったことも影響しているでしょう。

【第五節　世紀末・歌壇の膨張（ネットや朗読）】

日本におけるインターネット普及の転換点はWindows 95が発売された一九九五年であるといわれています。九〇年代の後半から二〇〇〇年代初頭にかけては、従来の総合誌・短歌新聞・結社誌中心の歌壇に様々な媒体が関与することで、歌壇が変容しはじめた時期でもあります。この時期には市民参加型の短歌大会や地方短歌賞も増加しました。

一九九六年ごろからは、仕事でインターネットを利用していた歌人たちがウェブサイトを開設しはじめます。インターネットを利用した電子メールの普及もこのころで、九六年には坂井《さかい》修一《しゅういち》を中心にML《メーリングリスト》を利用した百名弱規模の「歌人メーリングリスト（tk）」などが組織されました。

これらの組織について、当事者の荻原裕幸は、「歌壇との距離感はゼロに近いものに思われた」（荻原裕幸「〈場〉の方法化に向かって　インターネットという〈場〉をつくる意味」『短歌』二〇〇三年八月号）と回想しています。というのも、これらは歌壇のメンバーであった歌人がインターネットの場に進出しただけで、歌壇の外部との新たな出会いをもたらさなかったためです。

そうした状況を変革するため、荻原は加藤治郎、穂村弘とともに九八年に「エスツー・プロジェクト」を立ち上げます。プロジェクトの内容は、電脳短歌イエローページ、メーリングリスト「ラエティティア」、そしてオンデマンド出版サービス「歌葉《うたのは》」と、歌葉新人賞の運営です。「ラエティティア」は、無所属の歌人にとっては結社や同人誌と同様の所属先として総合誌の所属欄に記載されることになりました。歌葉新人賞とその受賞作掲載媒体である雑誌『短歌ヴァーサス』は二〇〇三年に創刊され、二〇〇七年の終刊まで多数の新人を輩出しています。

二〇〇〇年ごろからは、ＭＬ《メーリングリスト》を利用した登録者のみの歌会に加えて、ネット掲示板を利用した誰でも参加可能な歌会も開催されるようになります。場所や時間に縛られず、気軽に参加できることから、ネット歌会の場の数も、そこへの参加者数も増加していきました。

インターネットの文化を反映した作品としては次のものが知られています。

http://www.hironomiya.go.jp くちなしいろのページにゆかな

吉川宏志『夜光』（二〇〇〇）

上句は「ヒロノミヤドットGO《ジーオー》ドットJP《ジェーピー》」とでも読むのでしょう。下句が七七ならば上句の破調はある程度許容できます。もちろん存在しないウェブページで、「ヒロノミヤ」という当時の皇太子の称号（だから.go.jpです）が組み込まれた表現は、サイバーパンクな近未来を連想させる力があります。

二一世紀に入る前に、視点を変えて歌壇の外の出版事情も見ておきましょう。九七年は『アララギ』終刊と女人短歌会解散が歌壇に大きな衝撃を与えましたが、歌壇の外でもいくつか動きがあります。

一九九七年には岩波新書から『短歌パラダイス』が刊行されています。当時の若手〜中堅歌人とベテラン歌人が歌合《うたあわせ》で対決するもので、『俳句という遊び』（一九九一）をベストセラーに導いた小説家の小林《こばやし》恭二《きょうじ》が編著を務めました。しかしながら、若い世代には影響を与えたものの、結社誌・総合誌では話題となりませんでした。

同じく九七年には、九五年に角川短歌賞次席を受賞した枡野《ますの》浩一《こういち》が『てのりくじら』と『ドレミふぁんくしょんドロップ』を商業出版として同時刊行しています。通常の歌集出版とは異なり、初版は数千部にのぼります。続いて歌集『ますの。』（一九九九）や入門書『かんたん短歌の作り方』（二〇〇〇）を発行するなど、枡野は歌壇外で活躍していきます。歌壇からはあまり注目を浴びませんでしたが、簡単な言葉で読者を感嘆させる「かんたん短歌」という作歌コンセプトは、口語短歌を作る若手層に影響を与えました。枡野にはそのほか小説やエッセイ集など多数の著書があります。

毎日のように手紙は来るけれどあなた以外の人からである

枡野浩一『ドレミふぁんくしょんドロップ』（一九九七）

こんなのはフルーツ味のノドあめのようにハンパな才能だから

ファミリーがレスってわけか　真夜中のファミレスにいる常連客は

枡野浩一『ますの。』（一九九九）

枡野の作品を引きました。皮肉な態度をとりながら、卑近でわかりやすい比喩を用いたり、駄洒落のような言葉遊びを取り入れたりして、読者の共感を得るのにちょうど良い人物像を描き出しています。

ところで、世紀末の動きとしては朗読の盛況も無視することができません。世紀末に端を発する朗読の動きはそれ以前とは比較にならないほど白熱していきます。

一九九七年には武蔵大学の学園祭にて岡井隆、岡野弘彦、荻原裕幸の三人が朗読イベントに招聘《しょうへい》され、パフォーマンスを実施しました。これをきっかけに「詩のボクシング」などのポエトリーリーディングと短歌が架橋され、翌九八年からは朝日カルチャーセンター横浜教室にて岡井隆の短歌講座「朗読する歌人たち」が始まります。岡井の講座にゲストとして招かれたことをきっかけに朗読をはじめる歌人もいたようです。岡井と繋がりのない短歌実作者たちも、こうした状況に影響されて朗読イベントや朗読CD制作などをはじめました。

こうした動きの結節点が、岡井隆門下の田中槐《たなかえんじゅ》企画により二〇〇一年から〇四年まで四回開催された「マラソンリーディング」です。この場では、歌人や詩人たちが入れ替わり立ち替わりステージに立ち、それぞれのスタイルで朗読を実施したようです。なお、『短歌ヴァーサス』九号（二〇〇六）には特集「短歌朗読の現在」が掲載されており、年表など朗読関係の動きを辿ることができます。

朗読の盛況は短歌作品にも影響を与えました。田中槐はインタビューにて朗読向きの作品の特徴として、一首の中でのリフレインや連作におけるキーワードの繰り返しなどを指摘しています（田中槐インタビュー「朗読ムーブメント」『短歌WAVE』2002 SUMMER創刊号）。作品も見てみましょう。

しどろもどろの挨拶はまあしかたないウルウルウラム、うるうるうらむ
去年《こぞ》の雪残れる上に降る雪の新た世は無いぜ無いぜと降りぬ

岡井隆『ヴォツェック／海と陸　声と記憶のためのエスキス』（一九九九）

右耳に秦の始皇帝棲むというきみの秘密を打ち明けられて
いくつかの出会いがあって、別れても、鼓膜のように震えて待った

田中槐『退屈な器』(二〇〇三)

岡井の歌集は副題の通り、朗読用に制作された短歌を収めたものです。「うるうるうらむ」という特徴的なオノマトペは焦りの汗や水の潤む感覚を想起させます。雪や雨のモチーフも頻出しています。岡井が口語を取り入れたのは八〇年代半ばごろ以降のことですが、精力的に朗読を実践していたこの時期を境に岡井の口語文語混交体は円熟していきます。

田中の歌は連作「耳」から引きました。おそらく朗読用に書き下ろされた作品です。一首目が連作前半の歌で関係の始まりが暗示されています。二首目に引いたのは連作最後の歌で、関係の終わりが暗示されています。関係性というテーマの反復、耳のモチーフの繰り返しなど、この連作には田中自身がインタビューで語っていた朗読向きの作品の特徴を見つけることができます。

そのほか特筆すべき動きには、短歌研究社の企画として加藤治郎・穂村弘・坂井修一が選考委員を務めた、二〇〇〇年実施の「うたう」作品賞があります。選考委員がコーチとなり、メールまたは郵送でのやり取りにより最終稿を決定する形式です。受賞作発表に合わせて『短歌研究』創刊八〇〇号記念として臨時増刊号『うたう』が発行されています。この作品賞は一回のみの開催でした。

歌人と投稿者の双方向のやり取りというコンセプトは好評を得たようで、二〇〇一年からは「うたう☆クラブ」が開始されました。作品賞と同じくコーチと投稿者がメールでやり取りを重ね、短歌を投稿する投稿歌壇です。入選作品は『短歌研究』本誌に掲載されます。

最後に、二〇〇一年に『現代短歌最前線』上下巻が北溟社から刊行されたことに触れておきます。一九九八年の『新星十人　現代短歌ニューウェイブ』と共通する歌人も多く、その世代から収録する歌人の数をほぼ倍にした形です。まだ引いていない人の歌を少しだけ引きます。

夢にわれ妊娠をしてパンなればふっくらとしたパンの子を産む
渡辺松男《わたなべまつお》『泡宇宙の蛙』（一九九九）

神は逡巡するものあわてて転ぶもの――レタスのしろい嚙みごこちさへ
林和清《はやしかずきよ》『現代短歌最前線』下巻（二〇〇一）

渡辺の歌は初めて読んだときから衝撃でした。夢の中で「妊娠をして」と語られる驚きを「パンなれば」の衝撃で上塗りしていき、「パンの子」であれば「ふっくらと」しているだろうとなぜか納得してしまいます。林の歌は教養を感じさせますが、師である塚本の絢爛《けんらん》な文体と違い読みやすくもあります。

世紀末の歌壇を概観するには、これらのアンソロジーがとても便利です。

【第六節　ポストニューウェーブと口語の深化】

二〇世紀最後の年には穂村弘による入門書『短歌という爆弾』（二〇〇〇）が刊行されました。本書はその後の世代に計り知れない影響を与えています。特に第三章「構造図」は、短歌史上のいくつもの名歌を引きながら、名歌が名歌たる構造を解説したもので、例えば短歌には共感＝シンパシーだけでなく驚異＝ワンダーが必要であり、そうした歌の「クビレ」が読者を感動させることを解説した第三章第一節「麦わら帽子のへこみ　共感と驚異」は、繰り返し歌会などの場で引用されることとなりました。

その翌年には、穂村の第三歌集『手紙魔まみ、夏の引越し（ウサギ連れ）』（二〇〇一）が刊行されます。この歌集は著者の穂村に大量の手紙を送ってきた「まみ（のちの雪舟《ゆきふね》えま）」を作中主体に据えて作られた歌が収められています。文芸評論家の大塚英志は『キャラクター小説の作り方』（二〇〇三）の中で本歌集を「キャラクター小説」、つまりライトノベルの一例として分析しています。

目覚めたら息まっしろで、これはもう、ほんかくてきよ、ほんかくてき
玄関のところで人は消えるってウサギはちゃんとわかっているの

夢の中では、光ることと喋ることはおなじこと。お会いしましょう

穂村弘『手紙魔まみ、夏の引越し（ウサギ連れ）』（二〇〇一）

文体の特徴としては字足らずが散見されることと、音写に近い口語の使用を挙げられます。かつて穂村は対談の中で、「定型のなかに自分の言葉をいわば不自然に自覚的に持ち込む意識」があり、「文語よりも自然に口語は使えるというのは錯覚だと思う」と語っています。しかしながら、近年登場しつつある新しい書き手には「「口語で短歌を書くということが不自然である」という感覚が希薄化した」と、ニューウェーブ世代とその後の世代の差異を示していました（対談「口語短歌の現在、未来」『歌壇』一九九九年一二月号）。するとこの歌集は、それまで台詞として「」付きで記述されていた「不自然」な口語を、「」を外して自然な口語として模擬動作《エミュレート》させたものだったのではないか、とも考えることができます。それを可能にする仮想マシンとして「まみ」を捉えれば、穂村の歌人論を書くにせよ、口語短歌史論を書くにせよ、『手紙魔』の意義は増していきます。

穂村には自選歌集『ラインマーカーズ』（二〇〇三）と評論集『短歌の友人』（二〇〇七）のほか、『世界音痴』をはじめとする多数のエッセイ集と絵本の翻訳があります。この時期に短歌をはじめた数人の歌人たちは、穂村弘のことを太陽であったと語っていました。

さて、二〇〇〇年代前半はインターネットを利用した短歌の場が、雑誌やラジオなど他のメ

ディアとも結びついて活性化した時期です。ＮＨＫラジオでは二〇〇二年に「土曜の夜はケータイ短歌」の放送が開始され、これは二〇〇八年から「夜はぷちぷちケータイ短歌」と名を改めて、二〇一二年まで続きました。ネットで投稿可能なため、結社を経由せず短歌をはじめた作者も多く参加しました。

　この時期のネット上の動きには「題詠マラソン」もあります。二〇〇三年の初回は歌壇の歌人も巻き込んだ大きな動きとなり、翌年『短歌、ＷＷＷ《ウェブ》を走る。題詠マラソン２００３』（二〇〇四）として書籍化されました。この企画は題詠blog、題詠１００へと形を変えて、二〇二四年現在まで継続しています。

　ネットとの距離が近い雑誌媒体には、二〇〇二年に北溟社から創刊された『短歌ＷＡＶＥ』（二〇〇三年廃刊）と、二〇〇三年に風媒社から創刊された『短歌ヴァーサス』（二〇〇七年廃刊）があります。特に後者は荻原裕幸の責任編集で、さらにネット掲示板で選考過程がリアルタイム公開された「歌葉新人賞」の受賞作発表媒体でもあったため、注目を集めました。

　また二〇〇一年、加藤治郎と荻原裕幸のプロデュースによりオンデマンド出版「歌葉」が開始されています。版元はブックパークです。ここからも二〇〇〇年代を代表する歌人が登場しています。

　よって二〇〇〇年代は、伝統的な新人賞から出発した歌人と、結社から推挙されて登場した歌人と、新しい媒体での新人賞などから登場した歌人が入り交じり、短歌の世界の全容を把握するのは次第に難しくなっていきます。この時期に登場した歌人を何人か紹介しておきます。

「夢というつつがある」と梟の声する　ほるへ　るいす　ぼるへす

佐藤弓生《さとうゆみお》『世界が海におおわれるまで』（二〇〇一）

カーテンのレースは冷えて弟がはぷすぶるぐ、とくしやみする秋

石川美南《いしかわみな》『砂の降る教室』（二〇〇三）

傷ついたほうが偉いと思ってる人はあっちへ行って下さい

加藤千恵《かとうちえ》『ハッピーアイスクリーム』（二〇〇一）

たすけて枝毛姉さんたすけて西川毛布のタグたすけて夜中になで回す顔

飯田有子《いいだありこ》『林檎貫通式』（二〇〇一）

雨だから迎えに来てって言ったのに傘も差さず裸足で来やがって

盛田志保子《もりたしほこ》『木曜日』（二〇〇三）

佐藤弓生は二〇〇一年に角川短歌賞を受賞した歌人で、海外文学のイメージを援用した独特の作品が評価されています。掲出歌の下句は二〇世紀に活躍した幻想文学作家であるボルヘスをオノマトペ的に使ったもので、短歌の中にボルヘスの世界観を再演しています。石川美南は北溟短歌賞次席となって登場した歌人で、海外文学に造詣《ぞうけい》が深く、しばしば短歌で幻想的な短い物語を試みています。

加藤千恵は枡野浩一のプロデュースにより登場した歌人です。のちに小説家としても活躍するようになりました。飯田有子と盛田志保子はオンデマンド出版レーベル「歌葉」から歌集を出版した歌人です。ことに『林檎貫通式』は独特の韻律感覚がしばしば議論の対象となったほか、のちにフェミニズムの歌集として再評価されることとなりました。

ここで二〇〇四年を回顧した二つの文章を紹介しておきましょう。一つ目が岡井隆による年末回顧「旧歌壇・大衆参加型歌壇・IT歌壇三派鼎立時代の成立」(『角川短歌年鑑』二〇〇五年版)です。岡井は近年の傾向を「大衆参加型歌壇の形成」と、「IT系歌壇の新興」であると語ります。岡井はこの二つの場と旧来の歌壇とが相互に独立しつつ、影響を与え合っているとまとめます。

大衆参加型歌壇は、カルチャーセンターに参加し、生き甲斐として短歌を続けている人々が集う場のことを指します。力試しとして短歌大会や賞に応募したり、熱心な人は結社に参加することもあります。

IT歌壇は、文字通りインターネット上で作品を発表する人たちが集う場のことです。世紀末に荻原裕幸が立ち上げた電脳短歌イエローページのリンク数は増加していき、IT歌壇は歌人の手を離れて自律的に駆動するようになりました。そこで登場した歌人たちと歌壇との接点が、「うたう作品賞」や、『短歌WAVE』と北溟短歌賞、そして『短歌ヴァーサス』と歌葉新人賞でした。

二〇〇四年を回顧したもう一つの重要な文章が、穂村弘「モードの変遷と「今」」です。穂村は秀歌とは何かという問いに対して、「時代の影響を受けつつ、それに拮抗《きっこう》するようなアイデアを生み出せたとき、それは詩型にとって新たなモードを形成する。そしてそのモードを代表するものが、〔中略〕秀歌になってゆくのではないだろうか」と、一つの仮説を示します。その仮説を検証するため、穂村は与謝野晶子、斎藤茂吉、塚本邦雄、寺山修司、俵万智、小池光などの作品を引き、近現代短歌を概観しつつ、ゼロ年代における画期的な作風を示した歌人を紹介します。二〇〇四年当時を代表する歌人として挙げられたのは、中澤系《なかざわけい》と斉藤斎藤《さいとうさいとう》の二人でした。

> 二〇〇〇年代に入って、戦後の夢に根ざした言葉の耐用期限がいよいよ本格的に切れつつあるのを感じる。インターネットに代表されるメディアの変化とも関連して、修辞的な資産の放棄に近い印象の「棒立ちの歌」が量産される一方で、未来への期待と過去への郷愁をともに封じられた世代が「今」への違和感を煮詰めたところから立ち上げた作品が目につくようになった。
>
> 穂村弘「モードの変遷と「今」」『角川短歌年鑑』二〇〇五年版

この評論で登場する「棒立ちの歌」は、短歌批評のキャッチフレーズとしてその後しばしば引用されるようになります。特に北溟短歌賞次席となった永井祐《ながいゆう》は、散文的な修辞と情感の薄さによって、穂村ではない上の世代からこの語を用いて批判的に語られることとなりました。

また、ニューウェーブの世代までは信じられていた「戦後の夢」がもはや信じられなくなったという意味で、二〇〇〇年代に登場した若手歌人たちを「ポストニューウェーブ」と呼ぶ動きも生じます。難病によって夭折した中澤系は批評の場から後退し、ポストニューウェーブの文脈では歌葉新人賞で次席となった兵庫《ひょうご》ユカ、宇都宮敦《うつのみやあつし》や仲田有里《なかたゆり》が語られるようになります。

しかし、なぜかポストニューウェーブの代表歌人としては、永井、斉藤、宇都宮の三人を挙げることが通例となっています。なぜかまた女性歌人がいなくなりました。ともあれ、言及した歌人たちの歌を引きます。


「お客さん」「いえ、渡辺です」「渡辺さん、お箸とスプーンおつけしますか」

斉藤斎藤『渡辺のわたし』(二〇〇四)

3番線快速電車が通過します理解できない人は下がって
中澤系『uta0001.txt』(二〇〇四)

オルゴールの銀色の櫛指で押す　カ　わたしを黙らせるとき
兵庫ユカ『七月の心臓』(二〇〇六)

あの青い電車にもしもぶつかればはね飛ばされたりするんだろうな
永井祐『日本の中でたのしく暮らす』（二〇一二）

マヨネーズ頭の上に搾られてマヨネーズと一緒に生きる
仲田有里『マヨネーズ』（二〇一七）

だとしても漫画家だけは先生と呼びたい　先生、長生きしてください
宇都宮敦『ピクニック』（二〇一八）

彼らの生年を確認すると、日本社会におけるロスト・ジェネレーション（就職氷河期世代）に相当することがわかります。穂村が「戦後の夢に根ざした言葉の耐用期限」が切れつつあると語ったことは、社会科学の言葉で後期近代《ポスト・モダン》およびリスク社会の到来を示唆するものだったと語り直すことができるでしょう。

斉藤と中澤、および永井は、コンビニや電車アナウンスといったシステムを捉え直しています。兵庫の歌では、「力」前後に助詞がなく、オルゴールを押す力と黙らせる力がどちらも浮き上がります。こうした助詞（テニヲハ）の改革はニューウェーブ期の文体実験に比べると地味ですが、確実に口語短歌のあり方を変容させました。仲田と宇都宮のユーモアは、背後に世界の捉え方を無理にでも明るくしようとしている感覚があり、ゼロ年代の暗さが透けて見えます。永井、仲田、宇都宮は歌集刊行がかなり遅く、二〇一〇年代に持ち越されました。

なおこの時期に、ニューウェーブ世代の歌人である正岡豊《まさおかゆたか》の『四月の魚』が『短歌ヴァーサス』六号（二〇〇四）に再録され、正岡の再評価が進みます。作品を引きましょう。

身体も天体もつきつめるなら同じか　青きガス管のカーブ

正岡豊『四月の魚』（一九九〇）

二句目三句目の句跨がり、四句目の句割れなど不安定な韻律感覚。また身体と天体をガス管という筒のイメージで繋ぐ飛躍の大きさは、今でも褪せることなく魅力を放っています。

さて、ポストニューウェーブを支えた『短歌ヴァーサス』は二〇〇七年に終刊しました。瀬戸夏子は二〇〇七年以降を同人誌時代の幕開けと見なしており（『はつなつみずうみ分光器』、コラム「テン年代」参照）、短歌シーンは次の時代に移っていきます。

【第七節　ゼロ年代歌壇の動きと論争】

二〇〇七年以降の短歌シーンの状況を記述する前に、旧来からの歌壇内部の動きも確認しておきます。

ゼロ年代に入ると、ニューウェーブに影響を受けた後発世代からもニューウェーブ批判が語られるようになりました。その代表例が松村正直《まつむらまさなお》による時評「もうニューウェーブはいらない」（角川『短歌』二〇〇二年一二月号）です。松村はこの時評で、穂村弘、荻原裕幸、加藤治郎らの「口語・記号・オノマトペ」を利用した作品が自己模倣に陥っていると指摘します。同時に彼らによるエスツー・プロジェクトが先行世代と断絶し、彼らに親和的な同世代や後続世代だけの空間を生み出していることも批判します。後者の批判は先行世代による拒絶もあるためさておくとして、自己模倣批判は正鵠《せいこく》を得たものです。

ところがこの時評に対しては、思わぬ形で批判が加えられました。大辻隆弘は『未来』二〇〇三年二月号に「松村発言を否定する」という攻撃的な題の時評を寄せています。曰く、ニューウェーブの歌壇的流行は確かに終焉を迎えたが、松村は「ニューウェーブ短歌に対する認識の甘さ」がある。大辻はニューウェーブの核心を、「私」における「無意識的な深層が、圧倒的な暴力性をもって顕在化」させられたことだと捉えていました。こうした深層の開拓にあたって採用された技法が口語・記号・オノマトペであるのに、松村は手段の批判に終始し、本質を見落としているというのが大辻の主張です。

ちなみに大辻はこの時評で、「私」の深層開拓を受け継いだ若手の男性歌人六名の名を挙げています。また女性歌人がいないのですが、それはさておき、彼らの歌を引きます。

うるはしき家父長制を語りをり夕光《ゆふびかり》さす茶房に姉と

高島裕《たかしまゆたか》「東京山河」『高島裕集』（二〇〇四）

沈黙は金か、金なら根刮《ねこそ》ぎに略奪されしピサロの金か

島田幸典《しまだゆきのり》『no news』（二〇〇二）

咲き終へし薔薇のごとくに青年が汗ばむ胸をさらすを見たり

黒瀬珂瀾《くろせからん》『黒耀宮』（二〇〇二）

色のない夢ばかりみし手にのこれ今朝摘みとりしローズマリーの香

桝屋善成《ますやよしなり》『声の伽藍』（二〇〇二）

人間の壊れやすさ、と思ひつつ炙られた海老の頭をしやぶる

魚村晋太郎《うおむらしんたろう》『銀耳』（二〇〇三）

Staring at the star of Bethlehem, she's a starving stargazer!《ベツレヘムに導かれても東方で妻らは餓える天動説者》

中島裕介《なかしまゆうすけ》『Starving Stargazer』（二〇〇八）

加藤治郎と同じ未来短歌会所属の高島、桝屋、中島は、大辻の主張する通り「私」の開拓というテーマにそれぞれの方法で取り組んでいます。塚本邦雄（二〇〇五年没）の結社『玲瓏』門下の魚村も、同じ系譜に加えることはできるでしょう。特に中島は短歌における多元性《plurality》の導入に積極的で、本文が英語、ルビが日本語の短歌はそうした試作の一例に過ぎません。とはいえ、島田は知識人の内省といった路線であり、春日井建（二〇〇四年没）主宰の中部短歌会門下出身である黒瀬は、師である春日井の耽美的な路線を引き継いでいます。

大辻の松村批判は誌面上のものでしたが、ネット掲示板やWeblog（ブログ）の登場以後、歌壇における論争の速度と回数は著しく増加しました。歌人によるブログでの論争や、青磁社の週刊時評担当者間による論争など、その中から興味深いものを二つ紹介します。

一つ目は、二〇〇二年から〇四年にかけてゆっくりと争われた「紐育《（ニューヨーク）》空爆之図」論争です。これは大辻隆弘が二〇〇一年九月一一日のアメリカ同時多発テロを詠んだ次の歌に端を発するものでした。

紐育空爆之図の壮快よ、われらかく長くながく待ちゐき

大辻隆弘『デプス』（二〇〇二）

「紐育空爆之図」とは現代美術家の会田誠による一九九六年の作品であり、ニューヨークの高層ビル群を∞の字で飛ぶ無数の戦闘爆撃機が空爆している様子を描いたものです。この歌に対して、石井辰彦がまずテロを「壮快」と表現することの不適切さを糾弾しました。そこからこの歌の下句が誰のどのような感情を描いたものなのか、ブログや誌面を舞台とする様々な論議に発展し、論争は最終的に事件に際して抱いた過激な感情を表出するだけで短歌は詩となるのか、という問題に帰着します。

この問題はここで決着せず、二〇〇六年からの社会詠論争でも蒸し返されることになりました。なお論争自体の経緯を知りたい人には、山田消児の評論集『短歌が人を騙すとき』(二〇一〇)に収録されている「『紐育空爆之図』の挑発」が参考になります。

話題を二つ目の論争に移します。ウェブ時評発の論争のうち最大規模のものが、二〇〇六年から翌年にかけて継続した社会詠論争です。この論争は、小高賢が結社誌『かりん』に掲載した岡野弘彦歌集『バグダッド燃ゆ』を扱った時評に対して、大辻隆弘が週刊時評で批判を投げかけたことを発端とします。

東京を焼きほろぼしし戦火いま　イスラムの民にふたたび迫る

岡野弘彦『バグダッド燃ゆ』(二〇〇六)

『バグダッド燃ゆ』には、掲出歌のようなイラク戦争に際してムスリムに心を寄せた歌が数多く収められていました。小高は週刊時評に特別掲載を寄稿して大辻の批判に応えました。この議論に吉川宏志も参入し、論点は錯綜していきます。最終的に論争はウェブ時評を離れ、〇七年二月にシンポジウム「いま、社会詠は」が開催されました。時評とシンポジウムの記録は青磁社刊『いま、社会詠は』(二〇〇七)にて確認できます。

論争のトピックは、①ある社会的事件に際して抱いた感情をどのように短歌として表現するか、②社会詠は事件に対して歌人が外部に立っているため題詠的になっているのではないか、

③テレビや新聞からの情報をもとに作歌するため社会詠が類型化するのではないか、の三つです。これも答えが出ない問いです。しかし②と③は、誰が事件の外部に立てるのか、誰が当事者なのかという形に問いが変更されて、東日本大震災後の当事者性論議へと繫がっていくことになります。

ところで話題を変えましょう。二〇〇〇年代には、七〇年代から八〇年代にかけて登場した歌人たちの子ども世代が歌人として登場しはじめます。二〇〇七年には子ども世代の歌集が二冊刊行されました。

〈柿死ね〉と言ってデッサンの鉛筆を放り出したり娘は
花山多佳子《はなやまたかこ》『春疾風』(二〇〇二)

ケータイでメール打つ子の親指は非常に早く動きけるかも
小島《こじま》ゆかり『憂春』(二〇〇五)

蒲団より片手を出して苦しみを表現しておれば母に踏まれつ
花山周子《はなやましゅうこ》『屋上の人屋上の鳥』(二〇〇七)

噴水に乱反射する光あり性愛をまだ知らないわたし
小島《こじま》なお『乱反射』(二〇〇七)

花山多佳子の娘が花山周子、小島ゆかりの娘が小島なおです。ちなみに多佳子は玉城徹の娘なので、周子は歌人家系の三代目ということになります。

花山多佳子の歌は、結句の字足らずで美大に通う娘の行動のぶっきらぼうな感じが表現されています。対する娘の方は美術表現のつもりの行為を母に踏まれています。どちらも固めの文体に対して内容の瑣末さがおもしろさを醸し出しています。小島ゆかりの歌の結句「けるかも」も同様です。

小島なおの歌は角川短歌賞を最年少（一八歳）で受賞した際の表題歌で、広く知られています。また高校生から大学生にかけての清純な感覚を描いた本歌集は歌壇内外の話題となり、映画化もされました。

歌人の子といえば、永田和宏・河野裕子の子である永田《ながた》淳《じゅん》と永田《ながた》紅《こう》も挙げられます。永田紅の次の歌は名歌として知られています。

人はみな馴れぬ齢を生きているユリカモメ飛ぶまるき曇天

永田紅『日輪』（二〇〇〇）

永遠の一七歳という言葉があるように、矢の如く飛ぶ時間の流れは気持ちの上での若さを置いてけぼりにしていくものです。そうした感覚を圧縮した「馴れぬ齢」という二句目は優れた喩であり、飛び去るユリカモメも時間の早さを暗示しています。
○七年にはニューウェーブ以降の若手世代の収穫を示す重要なアンソロジー『現代短歌最前線　新響十人』も北溟社から刊行されています。収録歌人は石川美南、生沼義朗《おいぬまよしあき》、黒瀬珂瀾、笹公人《ささきみひと》、島田幸典、永田紅、野口恵子《のぐちけいこ》、松野志保《まつのしほ》、松村正直、松本典子《まつもとのりこ》でした。何人か歌を紹介します。

劣情が音立つるほど冷えている。きさらぎ、デスクワークのさなか
生沼義朗『水は襤褸に』（二〇〇二）

シャンプーの髪をアトムにする弟　十万馬力で宿題は明日
笹公人『念力家族』（二〇〇三）

もしぼくが男だったらためらわず凭れた君の肩であろうか
松野志保『モイラの裔』（二〇〇二）

生沼の歌では、デスクワークにおいて不必要とされる人間の欲求が提示されることから、生殖機械としての主体やサラリーマン、人間の男である主体などが重層的にいびつな形で浮き上がります。

SFやオカルトの雰囲気を漂わせた笹の歌は「念力短歌」の名称で多くの愛好者を獲得して

います。本歌集は二〇一五年にNHK教育でドラマ化されました。

松野の歌では主体と「君」が同性か異性かについて二通りの読みを考えられます。掲出歌は同性愛とも異性愛とも、友情とも恋愛とも判別がつかない曖昧な関係性を描いたものです。松野はそうした関係性を描くことに長けており、少女漫画やボーイズラブ愛好者に支持されています。

ゼロ年代歌人の概観に便利な『新響十人』は現在絶版になっており、再刊が待たれます。

【第八節　ゼロ年代の総括】

二〇〇〇年代登場の重要な歌人はとても多いのですが、実はまだ十分に紹介できていません。この時期に登場した歌人としてとりわけ話題になるのは、岡井隆門下の岡崎裕美子《おかざきゆみこ》です。

したあとの朝日はだるい　自転車に撤去予告の赤紙は揺れ

体などくれてやるから君の持つ愛と名の付く全てをよこせ

岡崎裕美子『発芽』（二〇〇五）

一首目は岡崎の代表歌で、歌集には掲出歌のような性的に大胆な歌が多く収められています。

二首目も有名歌です。テン年代以降に隆盛する二次創作短歌の世界では、既存の短歌をキャラクターの心情などに擬して鑑賞することがしばしば行われており、岡崎の掲出歌はその文脈でも人気があります。

そのほかこの時期に登場した歌人としては、短歌結社『コスモス』の大松達知《おおまつたつはる》、齋藤史に師事した目黒哲朗《めぐろてつお》、塔短歌会の真中朋久《まなかともひさ》、松村正直《まつむらまさなお》、江戸雪《えどゆき》、竹柏会『心の花』の矢部雅之《やべまさゆき》、横山未来子《やまみきこ》、奥田亡羊《おくだぼうよう》、駒田晶子《こまだあきこ》、かりんの会の大井学《おおいまなぶ》がいます。

このあたりは小高賢編の二冊のアンソロジーや、小池光・今野寿美・山田富士郎編の『現代短歌一〇〇人二〇首』（二〇〇一）などには間に合わず（間に合った人もいます）、かといって山田《やまだ》航《わたる》編のアンソロジー『桜前線開架宣言 Born after 1970 現代短歌日本代表』（二〇一五）や、東直子・佐藤弓生・千葉聡編の『短歌タイムカプセル』（二〇一八）などテン年代のアンソロジーには、編集方針の関係で収録されなかった歌人の多い層です。

また、先に永井祐、斉藤斎藤、宇都宮敦の三人を代表として挙げたポストニューウェーブの範囲も議論の多い問題です。瀬戸夏子は『はつなつみずうみ分光器』（二〇二一）のコラム「ポストニューウェーブ」にて、当初この語はニューウェーブ以降の若手をゆるく束ねる意味合いであったが、次第にアンチ・ニューウェーブ的なポエジーを追求する若手へと意味が変遷していったことを語ります。同時に、そうした歴史観では「ニューウェーブの影響を受けながらもそれぞれ独自のポエジーを形成した歌人たち」が軽視されることを問題としています。用語と区分けをめぐる問題に決着がつくのはもう少し先のこととなるでしょう。前々節で引用できなかった歌人を何人か紹介します。

手でぴゃっぴゃっ
たましいに水かけてやって
「すずしい」とこえ出させてやりたい

今橋愛『O脚の膝』（二〇〇三）

風という名前をつけてあげました　それから彼を見ないのですが

笹井宏之『ひとさらい』（二〇〇八）

ホットケーキ持たせて夫送りだすホットケーキは涙が拭ける

雪舟えま『たんぽるぽる』（二〇一一）

憶えたことすべて忘れて想像でうろつくかもねいつか上海

我妻俊樹『足の踏み場、象の墓場』（二〇一六）同人誌『率』一〇号誌上歌集

このうち今橋愛は非常に位置づけの難しい歌人です。今橋の歌には掲出歌のような三行分かち書きのみならず、現代詩を彷彿とさせる行あけや、二行書きのものもあります。

ポエジーの継承という観点から、瀬戸は笹井宏之、雪舟えまの名前を挙げています。ここに我妻俊樹の名を加えることもできるでしょう。笹井は夭折したため、しばしば時代の象徴とし

て扱われます。

さらに、加藤治郎の試行した深層の開拓という観点からは、破調で知られるフラワーしげると、ハンドルネームを筆名としているしんくわの名前を挙げることができます。

おれか　おれはおまえの存在しない弟だ　ルルとパブロンでできた獣だ

フラワーしげる『ビットとデシベル』（二〇一五）

猫のくせに、野良の雄猫のくせに、一度腹を撫でてやっただけなのにセックスしながらあの猫、俺に挨拶しやがった

しんくわ『しんくわ』（二〇一六）

フラワーしげるは小説家・翻訳家として知られる西崎憲の筆名です。掲出歌は「ルルとパブロンで」以下が下句の形を残しており、あくまで破調の範囲にとどまっています。その点でフラワーしげる作品は一九三〇年代の自由律と大きく異なります。

しんくわの歌集は長らく出版されませんでした。歌集刊行の少しあと、内山晶太はしんくわの歌を「少年誌ギャグ漫画主人公性」を感じるものと評しています（内山晶太「「知」はキン消しのように　しんくわ歌集『しんくわ』について」砂子屋書房「月のコラム」二〇一七年二月）。掲出歌はその文脈で捉えるのが妥当かとは思いますが、歌集を通読すると、ある時期のインターネットに漂っている無数の人々の心理を短歌によって捕まえた歌に巡り合うことがあります。

　ところで、〇七年前後には、同人誌の隆盛と同時に学生短歌会の隆盛もありました。

　ゼロ年代を代表する同人誌には、主な同人に石川美南、内山晶太、五島諭《ごとうさとし》、堂園昌彦《どうぞのまさひこ》、仲田有里、松澤俊二《まつざわしゅんじ》、山崎聡子《やまざきさとこ》、山田航などを擁する『pool』（二〇〇二～二〇一四）や、黒瀬珂瀾、石川美南、今橋愛、生沼義朗、高島裕、正岡豊、玲《れい》はる名《な》などが名を連ねる『[sai]』（二〇〇五～二〇一〇）があります。どちらも正確には新刊がないだけで、解散は宣言されていません。ほか、『風通し』、『短歌パンチマン』、塔短歌会の若手による評論中心の『D・arts』などの同人誌もありました。

　九〇年代の章でも触れた通り、この時期までの同人誌は謹呈を主な頒布ルートとしていました。しかし二〇〇八年の第七回文学フリマ以降、文学フリマに詩歌系の同人誌サークルが参加しはじめます。国立国会図書館に同人誌を納本するようになったのもこの時期以降です。ゼロ年代創刊の同人誌として最も影響力のあるものは、同人誌『町』（二〇〇九～二〇一一）と、その後継誌『率』（二〇一二～二〇一七）です。どちらも瀬戸夏子と平岡直子が中心的役割を果たしました。

　次に学生短歌会（学短）について。二〇〇七年以降しばらくの間、学生短歌会出身者が毎年のように短歌の新人賞を受賞するようになります。これ以前の歌壇では、結社に入って短歌を学んだ人々が、新人賞を得てデビューする流れがありました。さらに遡って新人賞の権威が確

学生短歌会関係者の歌集			2015 以前 / 2016-2020 / 2021 以降
歌人	生年	大学短歌会	第一歌集
光森裕樹	1979	京大	『鈴を産むひばり』(2010)
永井祐	1981	早稲田	『日本の中でたのしく暮らす』(2012)
五島諭	1981	早稲田	『緑の祠』(2013)
土岐友浩	1982	京大	『Bootleg』(2015)
山崎聡子	1982	早稲田	『手のひらの花火』(2013)
谷川由里子	1982	早稲田	『サワーマッシュ』(2021)
堂園昌彦	1983	早稲田	『やがて秋茄子へと到る』(2013)
平岡直子	1984	早稲田	『みじかい髪も長い髪も炎』(2021)
瀬戸夏子	1985	早稲田	『そのなかに心臓をつくって住みなさい』(2012)
吉岡太朗	1986	京大	『ひだりききの機械』(2014)
田口綾子	1986	早稲田	『かざぐるま』(2018)
望月裕二郎	1986	早稲田	『あそこ』(2013)
服部真里子	1987	早稲田	『行け広野へと』(2014)
笠木拓	1987	京大	『はるかカーテンコールまで』(2019)
千種創一	1988	外大	『砂丘律』(2015)
大森静佳	1989	京大	『てのひらを燃やす』(2013)
藪内亮輔	1989	京大	『海蛇と珊瑚』(2018)
吉田恭大	1989	早稲田	『光と私語』(2019)
吉田隼人	1989	早稲田	『忘却のための試論』(2015)
石井僚一	1989	北海道大学	『死ぬほど好きだから死なねーよ』(2017)
山下翔	1990	九州大学	『温泉』(2018)
菅原百合絵	1990	本郷	『たましひの薄衣』(2023)
井上法子	1990	早稲田	『永遠でないほうの火』(2016)
廣野翔一	1991	京大	『weathercocks』(2022)
久石ソナ	1991	早稲田・北大	『サウンドスケープに飛び乗って』(2021)
川野芽生	1991	本郷	『Lilith』(2020)
山階基	1991	早稲田	『風にあたる』(2019)
佐クマサトシ	1991	早稲田	『標準時』(2023)
榊原紘	1992	京大・奈良女	『悪友』(2020)
西藤定	1992	本郷	『蓮池譜』(2021)
阿波野巧也	1993	京大	『ビギナーズラック』(2020)
橋爪志保	1993	京大	『地上絵』(2021)
鈴木加成太	1993	阪大	『うすがみの銀河』(2022)
永井亘	1993	早稲田	『空間における殺人の再現』(2022)
安田茜	1994	立命・京大	『結晶質』(2023)
工藤玲音	1994	東北大学	『水中で口笛』(2021)
川上まなみ	1995	岡山大学	『日々に木々ときどき風が吹いてきて』(2023)
長谷川麟	1995	岡山大学	『延長戦』(2023)
初谷むい	1996	北海道大学	『花は泡、そこにいたって会いたいよ』(2018)
絹川柊佳	1997	象短歌会(日芸)	『短歌になりたい』(2022)
青松輝	1998	Q 短歌会(東大)	『4』(2023)
郡司和斗	1998	松風(二松學舍)	『遠い感』(2023)

保される以前は、結社から総合誌に推挙される流れもありました。大学の短歌サークルである学短はそうした力学の外部にあります。従って、その隆盛はカルチャーセンターなどの大衆参加型歌壇や、ＩＴ歌壇、結社中心の歌壇以外に大きな勢力が登場したと認識されました。

実際には個々の学生／元学生歌人たちが個別に努力した結果なのですが、視点を学短界隈の外に置くと、勢いのある若手集団に見えます。彼らの多くが同人誌を組織し、文学フリマでそれを頒布していたこともその印象を強めました。

なお、二〇〇九年には砂子屋書房のウェブサイトにて時評「月のコラム」と一首鑑賞「日々のクオリア」が開設されました。こちらは二〇二四年現在まで継続しており、全ての記録を閲覧できます。時代の横顔を伝える資料がネット上に残っているのは貴重なことです。

第七章　テン年代以降の短歌

【第一節　東日本大震災後の議論】

二〇一〇年代は二つの災厄に挟まれた時期です。一つが二〇一一年の東日本大震災。もう一つが二〇二〇年以降のコロナ禍です。前者では、誰が当事者なのかをめぐって、地方と都市部の格差も内包しつつ当事者性に関する論議が行われました。後者では誰もが当事者となりました。

八〇年代後半の社会詠隆盛以降、社会的に大きな事件があると、新聞歌壇の投稿欄や結社誌、総合誌の作品欄には、歌の良し悪しはさておきその事件に関する歌が多く掲載されます。震災後は、地震や津波や原発事故の凄惨さを描いたものと、気の毒な被災者を励ますものと、二つの典型的な歌が多く現れました。その現状を、福島で地震に立ち会った歌人の高木佳子《たかぎよしこ》は次のように皮肉っています。

> 三・一一以降、という。〔中略〕だが、繰り返される「巨大な題詠大会」を目にして、原子炉建屋の爆発よろしくこっぱみじんに壊れたと思った歌の世界の価値観は、それほど以前と変わらなかったように見える。

高木佳子「誰もが当事者として」『歌壇』二〇一一年一一月号

「三・一一」こと東日本大震災は日本社会の転換点としてしばしば語られます。しかし社会詠は二〇〇七年の社会詠論争のころから「題詠大会」のまま変化がない。それゆえ高木は事実の前に立ち止まり、誰もが当事者として震災と向き合うことを訴えています。

当事者性への意識は、ある人が正当な当事者であるかという意識も同時に生み出しました。だからこそ二〇一二年の短歌研究新人賞を受賞した鈴木博太の連作「ハッピーアイランド」は（タイトル自体が福島もとい「フクシマ」を言い換えたものです）、選考座談会の議論において当事者か否かが議題となりました。

東日本大震災は、被災者を現地にとどまった人と、被災地から他の地域へ避難した人とに分断しました。現地にとどまった人の作品にはときに避難者を非難するものも見られます。移住した歌人としては、石垣島へ移住した俵万智のほか、宮崎へ移住した大口玲子《おおぐちりょうこ》も挙げられます。大口の歌を引きましょう

震災の話を皆が聞きたがり話せば満足さうに帰りゆく
「福島の人は居ませんか（福島でなければニュースにならない）」と言はる
虹ふたへにかかるこの世を生きながらつねに分断を強ひられてゐる

大口玲子『桜の木にのぼる人』（二〇一五）

カトリック信徒としての深い内省を含む本歌集を震災の文脈で紹介するのは口惜しくもありますが、掲出歌は被災者へ向けられるまなざしと、人々が分断される様を描いたものとして優れています。

また、震災における当事者性を突き詰めると、死者以外に当事者はいなくなります。この考えをさらに進めると生き残ったことへの罪の意識に繋がります。この意識は終戦直後の意識との類似点を見出すこともできます。この点について、震災を死者の視点で描いた斉藤斎藤の連作「証言、私」は挑戦的です。

三階を流されてゆく足首をつかみそこねてわたしを責める
撮ってたらそこまで来てあっという間で死ぬかと思ってほんとうに死ぬ

斉藤斎藤『人の道、死ぬと町』（二〇一六）

連作の初出は震災直後の『短歌研究』二〇一一年七月号です。作者の斉藤自身は、ネットに上げられていた津波の迫る個人撮影動画を見ているうちにできてしまったと語ります（『歌壇』二〇一六年三月号）。連作には倫理の問題に絡めて毀誉褒貶《きよほうへん》が加えられました。

震災から一年後の座談会では、石川美南が歌会で出された歌を全て津波か原発の喩として読めてしまう時期があったことを語っています（角川『短歌』二〇一二年三月号）。コロナ禍の際にも同様の現象が見られたのはまた別の話です。そうした読みのバイアスが加えられた典型例に、次の歌があります。

煮えたぎる鍋を見すえて　だいじょうぶ　これは永遠でないほうの火

井上法子《いのうえのりこ》『永遠でないほうの火』（二〇一六）

掲出歌の下句「永遠でないほうの火」は間接的に「永遠の火」があることを示唆しています。人智の及ばない神々の世界を想起させる表現は、井上が福島出身であったことから、原発批判の喩として読まれることとなりました。その読み方の善し悪しをここで判断するのは止めておきます。

当事者性の問題からは、短歌の一人称性と「私性」の問題も派生します。論点を整理しましょう。「私性」とは、歌の主体と作者の関係を問うものです。短歌の「私」はそれを起点とする二つの方向性を導きます。一つが比較的早く議論されたもので、当事者の程度をめぐる罪の意識と向き合うもの。こちらは倫理の問題が付随します。当事者の正当性へのまなざしも忘れてはなりません。この点についての有益な資料として、『現代詩手帖』二〇一三年五月号の震災特集における、山田航、斉藤斎藤、高木佳子の論を挙げておきます。

もう一つが、短歌は無力なのかという問いから、社会や共同体を志向するものです。この論点が顕現したのは震災から五年ほど経った二〇一六年ごろでした。震災後の復興に際しては「がんばろう東北」や「がんばろう日本」というスローガンが語られました。短歌においても歌人自身と短歌の作中主体と主体を含む共同体を直列に繋げた「みんな」「吾ら」といった表現が登場します。梶原《かじわら》さい子『リアス／椿』（二〇一四）や本田《ほんだ》一弘《かずひろ》『磐梯《ばんだい》』（二〇一四）がその代表例です。この共同体志向には、国家と共同体と個人が直列に繋がれた戦時期の例を示唆しつつ、高木佳子が警鐘を鳴らしています（「東北という空間が容れるもの　〈私〉から〈共同体〉への変遷」『短歌往来』二〇一六年四月号）。

社会と文学はどう繋がるのかという問いは、これ以降しばしば議論されることになります。特に二〇一五年ごろ安保法制に際しての社会詠議論では盛んに語られました。題詠批判から当事者性論議へ、当事者性から共同体へと、ゼロ年代以降の社会詠にはひと続きの問題意識を見出すことができます。

【第二節　学生短歌会と世代間の断絶】

テン年代は二〇〇七年以降に登場した学生短歌会の歌人たちが本格的に活躍する時期です。ゼロ年代に話題となった永井《ながい》祐《ゆう》が歌集『日本の中でたのしく暮らす』を刊行するのは二〇一二年、永井と同世代の五島諭《ごとうさとし》歌集『緑の祠』は翌二〇一三年に刊行されました。

タクシーが止まるのをみる（123　4）動き出すタクシーをみる

永井祐『日本の中でたのしく暮らす』（二〇一二）

ペンキ屋が梯子を降りる頃合を水平にどこまでも歩いた

五島諭『緑の祠』（二〇一三）

永井祐の歌は、時間表現について大辻隆弘から「時間の定点はひとつではなく多元化されている」と評されています（大辻隆弘「多元化する「今」」『近代短歌の範型』参照）。近代短歌においてはある時間的地点からの回想として描かれていたものが、永井の歌のような口語短歌では例えば上句と下句では違う「今」が描かれているのだと大辻は主張します。実際、引用一首目では三句目の「（123　4）」を挟んで違う時間におけるタクシーの「今」が描かれていると言えるでしょう。

五島の歌は、のちに睦月都《むつきみやこ》によって「増幅しない歌」と形容されることとなります（「抑止する修辞、増幅しない歌」『短歌』二〇一九年一〇月号）。睦月は永田和宏による「合わせ鏡」論を引き、短歌は上句と下句における問いと答えの往還関係によって増幅するはずだが、五島の歌ではそれが解除されていると語ります。そうすると何がうれしいのか。睦月は「安易なポエジーを躱《かわ》す」修辞だと語ります。というのも、この系譜の歌人が試みているのは、モノ自体や行為自体に含まれる微細なポエジーを定型によってすくい取ることです。ペンキ屋が梯子を下る様子には、ほのかな危険を感じます。

永井と五島のほか、八〇年代前半生まれの早稲田短歌会出身者には次の歌人らがいます。

塩素剤くちに含んですぐに吐く。遊びなれてもすこし怖いね。
山崎聡子《やまざきさとこ》『手のひらの花火』（二〇一三）

風に、ついてこいって言う。ちゃんとついてきた風にも、もう一度言う。
谷川由里子《たにがわゆりこ》『サワーマッシュ』（二〇二一）

秋茄子を両手に乗せて光らせてどうして死ぬんだろう僕たちは
堂園昌彦《どうぞのまさひこ》『やがて秋茄子へと到る』（二〇一三）

行き先の字が消えかけたバス停で神父の問いに　はい、と答えた
平岡直子《ひらおかなおこ》『みじかい髪も長い髪も炎』（二〇二一）

梨の歯ざわり正夢の肌ざわりスペシャルも頬杖も色変わり
瀬戸夏子《せとなつこ》『かわいい海とかわいくない海 end.』（二〇一六）

ここに挙げた五人は概ね増幅する歌を作る側ですが、モノや行為の微細なポエジーを利用する点は共通しています。山崎は小学生の記憶を用いています。谷川は風の神秘性に着目し、韻律をやや崩しつつ上機嫌な主体を描いています。堂園の歌では、秋茄子から日が短くなる様子や青春・朱夏・白秋・玄冬という四季と人生を重ねる語が連想されます。下句はそこから導かれるものでしょう。

平岡と瀬戸の歌はしばしばわからない歌として挙げられるものです。しかし言葉そのものが喚起するイメージとその連関に注意すれば、読み筋を立てることが可能です。平岡の歌の下句から連想されるのは結婚式の場面です。「行き先の字が消えかけたバス停」は将来への見通しが立たないことを思わせつつ、それでも「はい」と答える主体は、何かしらの信じる道を見つけたのではないか。瀬戸の歌は脚韻が踏まれているほか、「歯ざわり」「肌ざわり」「スペシャル」といった消費を促す言葉がちりばめられています。それが定型の中に詰め込まれることで、広告のような消費を促す言葉の文脈が壊され、そうした言葉に心を動かされる私たち自身が試されている気がしてなりません。

対する京大短歌会出身者の歌人は次の通り。

あかねさす Google Earth に一切の夜なき世界を巡りて飽かず

光森裕樹《みつもりゆうき》『鈴を産むひばり』(二〇一〇)

海に来て何もできずに立っている海の生きものではない僕よ

土岐《とき》友浩《ともひろ》『Bootleg』（二〇一五）

光森裕樹の文体は戦後の知識人を思わせるもので、前章第七節で挙げた島田《しまだ》幸典《ゆきのり》の系譜を感じます。島田も京大短歌会の出身者でした。土岐の歌は上句の実景に下句でつぶやきが付加されたもので、典型的な現代短歌の構造をしています。

ゼロ年代の間は、学生短歌会は早稲田と京大に二極化していました。従って様々な大学から早稲田と京大に学生たちが集まっていました。テン年代からはその状況に変化が生じ、大学ごとに学生短歌会が設立されます。早稲田・京大で短歌サークル運営のノウハウを学んだ学生が、自分の大学にも短歌会を創設したこともあり、外大短歌会（東京外大）、本郷短歌会（東大）、立命短歌会、北大短歌会、岡大短歌会、阪大短歌会などが相次いで設立されました。学生短歌周辺の動きについてもっと詳しく知りたい人は、角川『短歌』二〇一五年五月号掲載の年表を参照ください。

書肆《しょし》侃侃《かんかん》房《ぼう》の短歌出版への参入もテン年代前半のことです。九州の出版社である書肆侃侃房は、笹井宏之の第一歌集『ひとさらい』を復刊し、第二歌集『てんとろり』を同時に刊行したことをきっかけに、歌集出版を手がけるようになりました。二〇一三年には新鋭短歌シリーズを刊行し、笹井宏之の佐賀新聞歌壇投稿歌をまとめた『八月のフルート奏者』を刊行しています。

新鋭短歌シリーズからはそのほか、木下龍也《きのしたたつや》『つむじ風、ここにあります』（二〇一三）、岡野大嗣《おかのだいじ》『サイレンと犀』（二〇一四）、鈴木晴香《すずきはるか》『夜にあやまってくれ』（二〇一六）など、二〇年代短歌シーンで活躍する歌人たちの第一歌集も刊行されています。

テン年代から本格的に活躍する学生短歌会以外の歌人としては、次の三人を挙げておきます。

口内炎は夜はなひらきはつあきの鏡のなかのくちびるめくる

内山晶太《うちやましょうた》『窓、その他』（二〇一二）

野口あや子。あだ名「極道」ハンカチを口に咥えて手を洗いたり

野口《のぐち》あや子『夏にふれる』（二〇一二）

わたしが持てばどんなあなたも銃身であるから脚をからませて抱く

野口あや子『眠れる海』（二〇一七）

そのときに付き合ってた子が今のJR奈良駅なんですけどね

伊舎堂仁《いしゃどうひとし》『トントングラム』（二〇一四）

内山の歌では口内炎ができて、それを確かめているだけなのですが、この言われ方をすると口内炎がとても詩的なものに思えてしまいます。内山はそうした詩情の演出に極めて長けた歌人です。

野口はゼロ年代から活躍していましたが、デビューの早さゆえの若書きを乗り越え、テン年代に本格的に文体を確立します。初期作品では上滑りしがちであった情念が、歌集を追うごとに質量を伴ったものになっている点で、目を離すことができない歌人です。

伊舎堂の歌では元カレ／元カノについて語る定型的な言い回しの中に、突如「JR奈良駅」という単語が登場します。つまり、現実の攪乱による笑いの誘発が試みられています。

さてテン年代の特徴は、結社とカルチャーセンターに代表される大衆歌壇とネット上の短歌の世界の境界線が曖昧になっていったことです。斉藤斎藤《さいとうさいとう》はかつて穂村弘が語ったニューウェーブ期の〈わがまま〉を引きつつ、この現象を次のように語ります。

> 表現する人間の関係の質の変化と、それに直結した表現の多様化と穏当化。当時の若者が〈わがまま〉だとすれば、いまの若者は〈なかよし〉という感じだろうか。〔中略〕情報が手に入りやすくなること。価値観の異なる人と人とがつながり、なかよくやってゆくこと。それはもちろんいいことであり、わたしたちが目指すべき社会ですらある。しかしいい社会が、短歌にとっていい環境とはかぎらない。もし悪い環境だとしても、短歌の世界が今後ますますそうなってゆくのを、止めることはできない。
>
> 斉藤斎藤「〈なかよし〉について」『歌壇』二〇一三年一二月号

〈わがまま〉から〈なかよし〉へ。例えば文学フリマ以後の同人誌では、かつての短歌同人誌が志したような理念の言挙げがしばしば欠けていました。それこそ『町』や『率』などは理念を掲げていいます。しかし『短歌男子』（二〇一三）や『短歌ホスピタル』（二〇一五）といった同人誌は、イベントに合わせて発行され、また一つのイベントとして受容されることを想定した企画誌です。

ところで、新たに登場した歌人たちについては世代間の断絶が顕《あら》わになることもありました。特に若手に絶賛された永井祐をめぐっては、なぜそれを若手が評価しているのか、上の世代にも伝わるような明示的な批評が不在であると指摘されています（小高賢《こだかけん》「批評の不在」『角川短歌年鑑』二〇一四年版参照）。

二〇一五年には、服部真里子《はっとりまりこ》の次の歌をめぐってわからない歌論争が勃発しました。

水仙と盗聴、わたしが傾くとわたしを巡るわずかなる水
神様と契約をするこのようにほのあたたかい鯛焼きを裂き

服部真里子『遠くの敵や硝子を』（二〇一八）

初出は角川『短歌』二〇一五年四月号。この号では小高賢「批評の不在」による提言を受けて、上の世代の歌人が若手の歌を読む機会が企画されたのですが、これらの歌の批評を担当した小池光は「まったく手が出ない」「もう少し作者と読者の間に共有するものがある歌であってほしい」と語ります。特に一首目はその後の議論において批判の対象になりました。

といっても、掲出歌はキリスト教の文脈を導入すれば容易に読むことができます。連作タイトルは「塩と契約」。新約聖書で語られる地の塩の喩えと、旧約における神との契約を指しています。魚を裂くイメージは五千人の供食という聖書屈指の有名エピソードを想起させます。二首目は魚という隣人愛の象徴を日常の中で詩的に表現していますし、一首目は毒のある水仙と、背徳的な盗聴という行為が、耳の三半規管を巡る水を通して繋げられることで、主体の身体に兆すほのかな罪が暗示されています。

二〇一五年当時、服部は『歌壇』で時評を担当していましたので、時評で小池に反論しました（六月号）。また、結社誌『塔』の時評を担当していた大森静佳《おおもりしずか》も、服部の歌は難解ではないと擁護します（五月号）。これに対し、吉川宏志は「うた新聞」六月号で大森の読みは自分勝手であると批判し、また角川『短歌』で時評を担当していた大辻隆弘も「読みのアナーキズム」（七月号）と批判を重ねました。

論争の経緯は『短歌』二〇一五年一〇月号掲載の大辻時評で辿ることができます。前衛短歌の時期に象徴表現を通過した歌人たちがこうした歌に拒否感を示すのは、八〇年代以降の反前衛的な、人生の重みを尊重する流れによるもので、この論争を通して若手歌人たちは小池らに不満を募らせました。

ここで服部と近い世代、八〇年代後半生まれの歌人の歌を紹介します。関東からいきましょう。

さかみちを全速力でかけおりてうちについたら幕府をひらく
望月裕二郎《もちづきゆうじろう》『あそこ』(二〇一三)

雨だれの今し穿てる泥のごと誤植の句点。いとほしむべし
吉田隼人《よしだはやと》『忘却のための試論』(二〇一五)

飼いもしない犬に名前をつけて呼び、名前も犬も一瞬のこと
吉田恭大《よしだやすひろ》『光と私語』(二〇一九)

手に負えない白馬のような感情がそっちへ駆けていった、すまない
千種創一《ちぐさそういち》『砂丘律』(二〇一五)

この世代の歌人たちは、しばしば私性の不在や、顔の見えない短歌という形で批判されます。しかし文体を通した作者像の立ち上げは放棄されていません。望月の歌では大言壮語する軽薄で軽妙な主体像が演出されていますし、吉田隼人の歌からは文学青年の自省的な感慨が感じられます。吉田恭大の歌は永井祐などの系譜に置くことができ、句読点により瞬間性が強調されています。

千種は二〇年代に人気のある歌人で、外大短歌会を立ち上げました。掲出歌のような句読点の使い方は、この世代から技法として意識化されていきました。関西方面、京大短歌会出身者も挙げていきます。

わしのした便のほのかなぬくもりがいつかは衆生《たみ》を救ふやらうか
吉岡太朗《よしおかたろう》『ひだりききの機械』（二〇一四）

はつなつのつんとピアノに立つゆびは、ゆびだけは美化してもいいから
笠木拓《かさぎたく》『はるかカーテンコールまで』（二〇一九）

君の死後、われの死後にも青々とねこじゃらし見ゆ　まだ揺れている
大森静佳『てのひらを燃やす』（二〇一三）

傘をさす一瞬ひとはうつむいて雪にあかるき街へ出でゆく
藪内亮輔《やぶうちりょうすけ》『海蛇と珊瑚』（二〇一八）

吉岡は仏教のモチーフを通して卑近なものの霊性を模索する歌人です。笠木の歌には吉田恭大や千種と同様の句読点使用例を見つけることができます。大森と藪内は硬派な文体で世界を俯瞰する幻想を模索していいます。こうして短歌文体をリアリズムとスピリチュアリズムのどちらに傾けるかは、世代ではなく、個々人が選択するものとなっていきました。

世代間の対立が顕わになった場面では、座談会「短歌における「人間」とは何か」(『短歌』二〇一六年一月号)も忘れてはなりません。この座談会では永井祐が、上の世代による批判で頻出する「人間」や「人生」は普遍的なものではなく、昭和のスタンダードに過ぎないと語ります。その上で若手歌人の試みは、日常の断片を通してそれをどのように更新するかであると語ったところ、馬場あき子が「個人の日常の断片を表現することが人間を表すことだと思っていないわけです」と応じ、議論は抽象的な形ですれ違っていきます。こうしたすれ違いは二〇年代においても未解決の問題です。

ちなみに若手歌人たちは上の世代との対話の機会も模索しています。例えば『tanqua franca』(二〇一七)は、世代の異なる歌人との対話と対決を試みた挑戦的なもので、水原紫苑《みずはらしおん》と睦月都《むつきみやこ》、渡辺松男《わたなべまつお》と山下翔《やましたしょう》など、注目の歌人と注目の若手が共同したことから、歌壇でも大きな話題となりました。

適度な対立は歌壇を活気づけます。論争を試みる際には、批判が建設的なものか内省していきたいところです。

【第三節　テン年代前半の歌壇論議】

前節では主に学生短歌会に注目しつつ、二〇一二〜一七年の世代間の対立を扱いました。この節では少し時間を戻して、二〇一四年〜一六年の歌壇論議を扱います。

この時期の議論は震災後の文脈を前提としています。東日本大震災後、当事者性と短歌の「私《わたくし》」の議論からは、倫理をめぐる問題と、共同体をめぐる問題の二つが派生しました。これらの議題を深めるため、歌壇唯一の評論賞である現代短歌評論賞では、二〇一二年に「機会詩としての短歌の可能性を探る」、一四年には「短歌の〈わたくし〉」といった課題が設定されることとなります。

この流れで二〇一四年に評論賞を得たのが、寺井龍哉《てらいたつや》の評論「うたと震災と私」(『短歌研究』二〇一四年一〇月号掲載)でした。寺井の論では、戦後の第二芸術論において臼井吉見《うすいよしみ》が唱えた開戦時と終戦時における短歌の類似性という批判を引きつつ、震災のような巨大な出来事に対して、短歌が類想化していった状況を概観します。歌壇を覆っていた戦後短歌と震災後の類似性という空気感がここで評論として言語化されました。

また二〇一四年二月には、佐村河内《さむらごうち》代作事件が起こります。耳の聞こえない作曲家という触れ込みで一世を風靡していた人物が、実は耳も聞こえるし、曲は代作であったという事件です。これを受けて角川『短歌』では、緊急企画「感動はどこにあるのか　作品と作者と〈物語〉」という特集が組まれます(二〇一四年四月号)。歌壇外の出来事に角川『短歌』が敏感に反応した背景には、似たような経歴詐称事件が一九八九年の短歌研究新人賞でも起きていたことを挙げられます(「時間《クロノス》の矢に始まりはあるか」事件)。新人賞選考はもちろん匿名です。しかし受賞作が海外在住の女子高生の作として発表され、大型新人の登場に当時の歌壇は期待を膨らませました。これが数ヶ月後に中年男性の作と判明したのです。

このように、二〇一四年の歌壇的話題は私性とリアリティが問題となっていました。この最悪のタイミングで、石井僚一《いしいりょういち》が父の死を扱った連作により二〇一四年の短歌研究新人賞を受賞します。何が最悪かというと、この連作は祖父の死を通して虚構の父の死を考えたものであったことです。実際のところ父は生きていました。しかも、それが虚構だとわからない形で描かれていました。

そのために選考委員やその他の歌人たちは、この連作に対して倫理的な引っかかりを覚え、騙されたという感情的反感を持つことになりました。ここから選考委員の一人である加藤治郎と石井僚一の間で虚構論争が勃発します。加藤は虚構の意図を問い（『短歌研究』一〇月号）、石井は応答の中で、事実による裏付けを求める短歌の「私性」の強さに驚きを見せています（同一一月号）。

小説では問題にならないであろうことが、短歌ではなぜ問題になるのか。これについては、穂村弘が二〇一四年末の歌壇展望座談会で、次のようにまとめています。

穂村　この問題は、たぶん短歌の歴史性や固有性とかかわっていて、加藤さんの文章も我々なら何を言っているのかわかるけど、短歌をよく知らない人はたぶん言われている意味がわからないだろうと思う。近代以降の短歌の「わたくし」性を軸にした文体は事実性とセットになってきていて、前衛短歌における「わたくし」の拡張はあったけれども、それはセットになる文体自体の革命でもあったということですよね。ところが今回の受賞作の場合は、「わたくし」の位置づけとセットになるはずの文体の創出がないじゃないかと。従来の、我々が知っているものに近い文体で書かれていますから。

座談会「現代短歌の虚構、匿名性について」『短歌研究』二〇一四年一二月号

短歌で虚構を行うには、それとセットになる文体の革命が必要である、という不思議な不文律が歌壇にはあります。虚構論争自体は二〇一四年中に終息しましたが、はたしてそのような制約を短歌に課している「私性《わたくしせい》」とは何なのか。この議論は多くの歌人を巻き込み、二〇一七年ごろまで続きました。

石井僚一はその後、短歌の私性に関するいくつかのシンポジウムに参加することとなりました。また歌集では、連作ごとに内容と文体の契約をその都度試みています。

生きているだけで三万五千ポイント！！！！！！！！笑うと倍！！！！！！！！！！

ユリイカ　あなただった　浴槽で目覚めたときにすべてわかった

石井僚一『死ぬほど好きだから死なねーよ』（二〇一七）

短歌における私性の根源となる六〇年代の議論では、歌集が一つの私性を立ち上げることが要請されていました。そうした点においても石井の歌集は挑戦的です。しかし石井は二〇一八年末に短歌引退を宣言し、二〇二三年夏まで短歌の世界から離れることとなりました。

話題を二〇一五年の歌壇に戻します。政治の世界では、二〇一三年の末には特定機密保護法案、二〇一五年の夏には安保法制が採決されていました。この状況に危機感を募らせた歌人たちは、「時代の危機」を題に含む二つのシンポジウムを、一五年の九月と一二月に開催しています。中心となったのは学園闘争世代の三枝昂之と永田和宏、そして先の社会詠論争の中心の一人であった吉川宏志です。

これら二つのシンポジウムを通して秀歌として記憶されることとなった短歌は知られていません。とはいえ、九月の会における黒瀬珂瀾の次の発言は、戦争詩への反省という観点から記憶すべきものです。

黒瀬　要するに、権力への批判を歌にするとき、非常に危ないのは、権力の行使者が、作者や読者である私たちと別次元にあると考えてしまうことです。やはり短歌というのは、そういうつくり方をしがちです。「／」そうじゃない。実は権力者であり、さらに権力者と結託しているのは、われわれ自身であることを、これからどうやって歌にしていかなければいけないのか。それを考えないと、歌自身が権力化していくこともあり得る。

緊急シンポジウム「時代の危機に抵抗する短歌」鼎談「戦後七十年の軋みのなかで」
シンポジウム記録集『時代の危機と向き合う短歌』（二〇一六）

黒瀬は権力者と民衆が別次元にあるものとする考え方に警鐘を鳴らしています。権力者と自分自身を一体化させる考え方や、忖度による自己検閲にも同時に注意しなければならないのは当然として、私たちは様々な対立を含む共同体の中で生きています。そこに発生する小文字の政治や権力も、またどのように社会詠としてすくい取っていくのか、考えるべきものでしょう。またシンポジウムに並行して、二〇一五年後半には吉川宏志と斉藤斎藤の間では次の歌の読みをめぐる小論争が交わされていました。

アメリカのイラク攻撃に賛成です。こころのじゅんびが今、できました
斉藤斎藤『渡辺のわたし』（二〇〇四）

二〇〇三年の発表当時も話題になった歌ではあるのですが、吉川が二〇一五年に再び問題にしたのは作者名の機能です。「斉藤斎藤」という署名がなかったとしたら、この歌は文字通り「アメリカのイラク攻撃に賛成」しているのか。吉川はこの歌に内心の批判があるとする読みを「忖度」として退けます。しかし、そうした短歌から作者の戦争に対する立場表明を推し量ろうとする吉川の態度は、作者である斉藤自身によって批判されました。発表当時問題になっていたのはアイロニーの有効性のはずなのに、それを政治的な立場表明として読むならば、相手を政治的な文脈で批判することになります。

震災後はこのように、誰が、どの立場から、発言をしているのかが、短歌の読みの上でも問題とされるようになりました。

【第四節　テン年代後半以降のフェミニズム】

二〇一一年以降から二〇一六年ごろまでは、デモなどをめぐる大文字の政治と、立場表明という小文字の政治が短歌の議論や論争に介在していました。こうしたテン年代の社会詠論議は、メディアによる報道が収束するに従って、短歌の世界でも低調になっていきました。

ところで「個人的なことは政治的なことだ」という第二波フェミニズムの語りを、私たちは二〇一七年になるまですっかり忘れていました。大文字の政治の季節が終わったのち、一七年からは再びのフェミニズムの季節が訪れます。そして二〇年代には再びのバックラッシュに直面します。ちょうど六〇年代からゼロ年代に辿った経緯を、一七年以降の現代史はかなり短いスパンで繰り返しています。

近年の短歌史においてフェミニズムを再起動させたのは瀬戸夏子でした。瀬戸は角川『短歌』の時評欄を二〇一七年一月から半年間担当することとなり、短歌史におけるフェミニズムの不在を嘆く時評「死ね、オフィーリア、死ね」を前編（二月）・中編（三月）・後編（四月）の三回にわたって発表します。これ以降の流れの土台となるので、長くなりますが、内容を抄出します。

前編：ゼロ年代に登場した歌人たちを二つのグループに分け、グループ①（斉藤斎藤、笹公人、永井祐、笹井宏之）とグループ②（雪舟えま、今橋愛、兵庫ユカ、盛田志保子）を比較した際に、後者が冷遇されていることを指摘し、冷遇されている原因を「歌壇の中心的な登場人物が圧倒的に男性歌人に偏っているから」だと語る。なお、「男性歌人」は実際の性別の問題ではない。

中編：割愛

後編：塚本邦雄の評論「魔女不在」が塚本邦雄という「女性歌人」による女性歌人へのミソジニーであることを指摘する。また「あからさまな男尊女卑的発想を含んだ、座談会やインタビューや評論が、それ自体の論旨はすぐれているということを免罪符にして」許容されている状況に異議を申し立てる。曰く「歌壇にはフェミニズムのfの字もない」。（すべて傍点原文）

この時評は『現実のクリストファー・ロビン　瀬戸夏子ノート２００９－２０１７』（二〇一九）に全編再録されています。

瀬戸の時評は極めてハイコンテクストな修辞が多用されており難解です。特にひっかかりを覚えるのは「男性歌人」と「女性歌人」という独自の用語です。

ところで「名誉男性」とは、男性におもねることで、男性同様の力を獲得し、女性差別の温存に加担している女性を揶揄する言葉として俗に用いられています。ここでの「名誉」は「名誉白人」のような、形式的に与えられる意味を帯びています。瀬戸はこの「名誉男性」のイメージを継承しつつ「男性歌人」を使っています。またそこには、アララギ的リアリズムを重んじる人物の意味も付加されています。その対立項が「女性歌人」であり、反リアリズム系の歌人にも近いニュアンスが込められています。

「歌壇にはフェミニズムのfの字もない」と宣言するこの時評は多くの反響を呼びました。同時にハイコンテクストで難解なために、多くの誤読と誤読に基づく批判も浴びせられました。けれども、歌壇における批評のあり方を問い直すフェミニズムの議論は、ここから急速に動き出していきます。

奇《く》しくも二〇一七年は、日本におけるフェミニズムが急速に再起動された年でもありました。一七年五月には、ジャーナリストの伊藤詩織が山口敬之による準強姦被害を告発します。ここから二〇一九年ごろまでは「#MeToo」運動が大きな盛り上がりを見せました。同年九月には、川上未映子の責任編集により『早稲田文学増刊「女性号」』が刊行されます。

瀬戸は歌壇における批評のあり方を問い直しました。では、どのような批評が求められるのか。フェミニズム批評とはどのようなものか。震災後の原発問題や安保法制など大文字の政治に比べて、マジョリティとマイノリティを切り分ける微細な権威・権力の問題は取るに足らないものとされがちです。ひとまずフェミニズム批評とは、大義のために瑣末な理不尽を飲み込むべきだ、という考えに異議を唱え、現存する些細な理不尽の背景を作品読解に組み入れる営為だと説明しておきます。

二〇一八年二月には川野芽生《かわのめぐみ》が歌壇賞を受賞しました。五月には大森静佳の『カミーユ』が刊行されます。フェミニズム批評は、これらの歌を十全に読むために必要な色眼鏡です。自前の色眼鏡だけで良いものと読める作品だけが優れた作品ではありません。作品を引きます。

顔を洗えば水はわたしを彫りおこすそのことだけがするどかった秋の

大森静佳『カミーユ』（二〇一八）

・と・に創造《つくり》たまへり――と聞きしかどそのいづれにも遭ひしことなし

川野芽生『Lilith』（二〇二〇）

大森の歌は顔を洗うことだけが詠まれています。しかし「顔」は性的にまなざされるものの象徴で、この歌は「水」だけが身体の形象を物神化せずに受容することができるという語りに読めます。物神化《フェティシズム》とは、モノにモノそのもの以上の意味を持たせることを意味します。例えば、特殊な印刷が施された紙である紙幣に、金銭的価値があると信用すること。あるいは、水と夕ンパク質の塊である人間の顔に、顔としての意味を見出すこと。知識はこうした読解のための足がかりとなります。

川野の掲出歌は歌壇賞受賞作から引きました。初句と二句目は創世記からの引用で、空白部分には「男」と「女」が書き込まれるはずです。そのどちらにも遭遇したことはないと語るのはなぜでしょうか。おそらくここで「・」として名指されている「男」「女」は、現実に存在する個別の人間ではなく、「男」「女」それぞれの純然たる理想像、いわゆるイデアと考えることができます。従って、三句目以下の語りには、人間を「・」に沿う存在として矯正する強制力への批判が読み取れます。

もちろん、こうした語りは二〇一七年以前にも存在しましたが、歌人たちがこれに問題意識を向けるようになったのは、この時期以降のことでした。

また二〇一八年八月には、書肆侃侃房の主催により荻原裕幸、加藤治郎、西田政史、穂村弘の四人が登壇したシンポジウム「ニューウェーブ三〇年」が開催されました。これは「ニューウェーブ」の短歌史的位置づけのために開催されたもので、九〇年代の短歌史は現在においても議論が継続しています。問題は、このシンポジウム内でニューウェーブに女性歌人はいるのかという事前質問があり、荻原が「論じられていないのでいません」と回答したことです。さらに、東直子からの会場質問でニューウェーブと女性歌人の関係を荻原以外の参加者に問うた際、加藤が「私はむしろ、女性歌人はそういったくくりのなかには入らない、もっと自由に空を翔けていくような存在なんじゃないかと思う」と発言したことが感情的反発を引き起こしました。

荻原の回答は、「ニューウェーブ」を荻原が定義した際に女性歌人の名を挙げていなかったため、真っ当なものに見えます。しかし、荻原の想定以上に短歌史用語として重み付けされたこの語をシンポジウム登壇者の四人に限るならば、再び女性歌人が名付けられないまま忘却されてしまう問題を引き起こします。加藤の発言は典型的な女性の神聖化で、問題点を指摘するまでもありません。女性を聖女か娼婦かに切り分ける行為はフェミニズムの議論で繰り返し批判されています。

二〇一九年には再び書肆侃侃房の主催で水原紫苑、江戸雪、東直子が登壇したシンポジウム「わたしたちのニューウェーブ」が開催されます。前回のシンポジウムでは消化不良であった女性歌人の問題に焦点を当てたもので、この場では九〇年代に歌集を刊行した林あまり、早坂類、干場しおり、小池純代、大滝和子などの作品が検討されています。

これら二つのシンポジウム記録はムック『現代短歌のニューウェーブとは何か？』（二〇二〇）にて確認できます。当時の議論に立脚した短歌史は、当時のジェンダー意識を反映してしまいます。とはいえ、女性歌人をニューウェーブの語りの中に組み込んだからといって、多くの女性歌人が四人の男性歌人の傍流に位置づけられることに変わりはありません。短歌史は歴史の一形式であり、歴史は過去をどのように語るかによって大きくその姿を変えます。短歌史記述のあり方を問い直す議論は、本書以降も継続されることになるでしょう。

もう一つだけ、テン年代末のフェミニズム議論において問題とされたことを紹介しておきましょう。この時期には、短歌の形式的短さが要請する「常識」に触れた文献が二つあります。一つは小原奈実による「沈黙と権力と」（『短歌』二〇一九年一〇月号）です。この論は一二〇〇字程度の短いものですが、短歌でマイノリティ性を描くことの困難に言及したため、大きな話題となりました。また『ねむらない樹』vol.4（二〇二〇）には座談会「短歌とジェンダー」が掲載され、その「常識」が読み手側の問題として再検討されています。ここからは短歌におけるクィア批評の問題が派生します。

クィアとは性的少数者《セクシュアル・マイノリティ》の総称です。当事者の作品としてまず挙げられるのが、自らゲイであることを公表している歌人、小佐野彈《おさのだん》の『メタリック』（二〇一八）でしょう。本歌集は翌一九年に現代歌人協会賞を受賞しました。

青痣を秘めた軀よ　をさなさも罪であらうかこんな街では
小佐野彈『メタリック』（二〇一八）

「おれ」になるかな「あたし」かな認知症発症後のわたくしの人称
仲西森奈《なかにしもりな》『起こさないでください』（二〇一九）
祈りつつ切手を貼るよ　性と心が癒着するしかない身を生きて

わたしから父が産まれるのが怖いわたしは怒鳴ることができない

笠木拓《かさぎたく》『はるかカーテンコールまで』（二〇一九）
田村穂隆《たむらほだか》『湖《うみ》とファルセット』（二〇二二）

小佐野の作品だけでなく、その他クィアと短歌に関連する歌人の作品も引きました。小佐野の短歌は、ゲイ男性がセクシュアル・マイノリティの代表であるかのように振る舞っている点と、男性同性愛の描き方が春日井建など既存の「文学の悪」とされてきた表現の範囲を超えていないことからしばしば批判されています。

仲西森奈は歌集内で自身がトランス女性であることを描いています。認知症発症後に自分自身の性自認がどのようにゆらぐか夢想している掲出歌は、下句のリズミカルな韻律も相まって迫力があります。笠木の歌はトランスジェンダーの少年少女を扱った志村貴子の漫画『放浪息子』の二次創作として制作された連作から引きました。田村の歌は、男性自認の立場から自身の男性性《マスキュリニティ》に懐疑を示したものです。将来、暴力的な父のような身体を自身の上で再生産してしまうことへの恐怖が詠まれています。これらの歌は、セクシュアリティへの根本的な懐疑を詠んでいる点で、小佐野の表現よりも規範性《ノーマティビティ》を攪乱する力があります。田村の歌には家族制度への懐疑も織り込まれている点も見逃せません。

家族制度に関連した歌をもう少し見てみましょう。

子を持ちても歌会へ通ふ日々をもつ男性歌人をふかく憎みつ
キリストにも〈いやいや期〉ありやパンなどは食べじと口をかたく結んで

山木礼子『太陽の横』（二〇二一）

産めば歌も変わるよと言いしひとびとをわれはゆるさず陶器のごとく
アダムの日記、イブの日記を盗み読みたったひとつの顔を洗った

大森静佳『ヘクタール』（二〇二二）

煙草吸ふひとに火を貸す　天国はいかなる場所か考へながら
鳥獣保護区に入りつつ反芻してゐたり女のひとの子どもを産む夢

睦月都《むつきみやこ》『Dance with the invisibles』（二〇二三）

山木の一首目は二〇一九年の『短歌研究』に連載されていたもので、連載時にかなり話題となっていました。これらの歌では、理想的な家族の枠組みを規定する存在としてキリスト教のモチーフがしばしば用いられています。「聖母マリア」というわかりやすい良妻賢母の表象があるためでしょうか。

睦月の歌は、歌集巻頭に主体がレズビアンであることを語る連作があるため、レズビアン自身の語りとして読むべきものです。歌集内に置かれた睦月の一首目は、家父長制を連想させるキリスト教的な「天国」を、より開放的な世界へと再 - 想像し、転覆させる効果に開かれています。歌で語られる「夢」はそうした天の国への足がかりです。

家族への懐疑という点では、父との関係性がテーマである次の歌集も見逃すことはできません。

ちちははの壊れし婚にしんしんと白樺立てりさむらい立てり
ともだちを旧姓で呼ぶともだちがちゃんと振り返る　蚊だよ
北山《きたやま》あさひ『崖にて』（二〇二〇）

姉はもう以前の記憶を手放してりんちゃんママに生まれ変わった
つっかえて流れないわたしの大便を母の彼氏が割り箸で切る
上坂《うえさか》あゆ美《み》『老人ホームで死ぬほどモテたい』（二〇一二）

北山と上坂の父はどちらもろくでなしとして歌集の中で言及されています。歌集内で父の死が言及されることも共通しています。北山の母は、歌集の内容を見る限り離婚後も独身で、上坂の母は父と離婚したあとに「彼氏」をつくっています。婚姻や出産によって女性が否応なく変化していく様子へのまなざしも共通しています。

社会制度に振り回される「女」という存在ははたして何者なのか。もう少し作品を引きます。

洗脳はされるのよどの洗脳をされたかなのよ砂利を踏む音

そりゃ男はえらいよ三〇〇メートルも高さがあるし赤くひかって

平岡直子『みじかい髪も長い髪も炎』（二〇二一）

運命は名前で決まる　だとしても　ソシャゲに重課金の女の子

乾遥香《いぬいはるか》「恋愛運」『ぬばたま』第六号（二〇二一）

設定をいじって元に戻せないお母さん元に戻してあげる

乾遥香『10月生まれ』（二〇二二）

テン年代の短歌においては、七〇年代以来の伝統となっていた女性の典型的ライフステージに沿った表現を回避し、別のあり方を模索する動きがあります。男女の性別役割分業を皮肉る平岡の表現や、運命に抗い、「母」とされてしまった存在を「元に戻」そうとする乾の表現は、日々誤魔化していた性別役割への懐疑を再確認させせられるようで少しおそろしくもあり、頼もしくもあります。

二〇年代の動きも見ていきましょう。『短歌研究』二〇二一年八月号では水原紫苑が責任編集となり、「女性が作る短歌研究」が特集されました。この特集は内容が増補され、『女性とジェンダーと短歌』（二〇二二）として書籍化されています。また『文學界』二〇二二年五月号には特集「幻想の短歌」内に、大森静佳、川野芽生、平岡直子の三人が女性歌人のものとして語られがちな「幻想」を検討し直した座談会「幻想はあらがう」が掲載されています。

こうした議論に対する当惑からか、バックラッシュ的な動きも発生しています。『角川短歌年鑑』二〇二二年の座談会「価値観の変化をどう捉えるか」や、『短歌研究』二〇二二年七月号掲載の短歌研究新人賞選考座談会における斉藤斎藤の発言は、それぞれ反動的なものとして批判されました。なお後者への反省からか、短歌研究社は近年フェミニズムに関連するテーマに積極的に取り組んでおり、『短歌研究』二〇二三年四月号では「短歌の場でのハラスメントを考える」が特集されています。

フェミニズム批評がまとまった本としては、川野芽生の時評集『幻象録』(二〇二四)があります。二〇一九年以降のフェミニズムに関連した問題はこの一冊でおおかた辿ることができます。

最後に、川野が期待を寄せている山中千瀬《やまなかちせ》の作品と、川野の評を紹介します。


(雨は?) 雨は、降ってた。(傘は?) さрасполагさんかった。

この世の語彙で言えばそれだけ。


山中千瀬「グッドラック」『短歌研究』二〇二三年四月号

川野は掲出歌における「雨」をハラスメントの喩として読んでいます。ともすれば唐突な読みに思えますが、これは「ハラスメント」特集内に寄稿された連作であることに注意すれば、あながち無理筋ではありません。日々直面する微細な理不尽を言葉にするには、異界から言葉を取り寄せなければならないのかもしれません。フェミニズムに関連する議論は、今後もしばらく続きそうです。

おわりに

何のために短歌史を振り返るのか、書きながら自問してきました。人文学には歴史の正面図という概念があります。この概念に立脚すると、歴史は年表を眺めるように側面から客観的に知ることができるものではなく、過去から現在までの出来事という多重の色眼鏡を通して立ち現れてくるものとなります（野家啓一『物語の哲学』二〇〇五、参照）。

私の学問上の師であるマニュエル・ヤンは民衆史の専門家です。ヤン先生からは、ハワード・ジンの『民衆のアメリカ史』における歴史記述の立場を学びました。この本は何度か再刊されており、私が読んだのは二〇〇五年刊行の明石書房版でした。ジンは「民衆の」歴史は偏った歴史だと言います。しかし既存の歴史こそ、権力のため偏った歴史であると重ねます。思い返して心の中でジンに拍手しつつ、書き手になると、結局どうしたらいいのかわからなくなりました。ここには二つの問題があります。

まず文学は基本的に権威主義です。どれを良い作品とするか。提示された作品を良いものだと受けいれるときに、私は権威に服することになります。この権威性を排して文学評論は成り立ちません。引用する作品の取捨選択に際して、私は誰を収録し、誰を収録しないかの判断を迫られ、その都度深く悩み、その都度判断の責任を引き受ける覚悟を問われました。私の名を付して提出された短歌史に同意するか否かは、読者の判断に委ねられています。しかし出版された本だという権威が、言外に同意を求めます。

もう一つは、既存の短歌史があまりに男性中心的すぎることです。ハワード・ジンよろしく、男性以外に偏った短歌史を描き出すこともできたでしょう。しかし「民衆」の語は透明でいいですねとも思います。その民衆も結局男性に偏っていたかもしれません。私が仮に「女性の」と言った瞬間に、生きている人間の半分くらいは、自分のことではないと思ってしまいます。それでは意味がない。短歌史への内省を促さないといけないのですから。どうして「人間」は男の顔をしているのか。「北京原人」が呼び出す「人」の顔は男の顔をしているのか。

結果として本書の大部分は、エリート歌人の作品を引き、かつ男性中心の歴史をなぞる結果になりました。私が死んだ男の歌人ばかり好きになっているのも影響しているでしょう。その価値判断の規準には、きっとこれまでの（男性中心の）短歌史が影響しています。

本書の冒頭で、私は短歌史が秀歌の累積であることを示しました。これは二〇二二年に逝去された短歌史家である篠弘が評論中心の短歌史を提示していることを踏まえつつ、評論に記録される以外の場所で秀歌として語られている女性歌人の作品も歴史記述に取り込むための手法です。秀歌として知られる過程が明らかになっていない歌をどのように短歌史内で意味づけるかに際しては、その過程への想像力が問われます。こうした語りの過程に対する想像力を、師であるヤン先生は歴史的想像力《historical imagination》と呼んでいました。

本書は短歌史の入門書です。この入門は、既存の短歌史を読むことだけでなく、書くことにも開かれていると信じます。願わくは、本書の読者のうちの誰かから、新たな短歌史の書き手が現れますように。

A．D．二〇二四年八月

高良真実　識

参考文献一覧（歌集・全集等を除く）

阿木津英『イシュタルの林檎　歌から突き動かすフェミニズム』（五柳書院、一九九二）
阿木津英『折口信夫の女歌論』（五柳書院、二〇〇一）
阿木津英『二十世紀短歌と女の歌』（學藝書林、二〇一一）
阿木津英『アララギの釋迢空』（砂子屋書房、二〇二一）
阿木津英編著『短歌のジェンダー』（本阿弥書店、二〇〇三）
浅田徹、勝原晴希、鈴木健一、花部英雄、渡部泰明編『帝国の和歌　和歌をひらく第五巻』（岩波書店、二〇〇六）
石川信雄『石川信雄著作集』（青磁社、二〇一七）
岩田正『土俗の思想』（角川書店、一九七五）
上田三四二『戦後短歌史』（三一書房、一九七四）
H2O企画編　短歌史プロジェクト『Tri』創刊号（同人誌、二〇一五）
H2O企画編　短歌史プロジェクト『Tri』第2号（同人誌、二〇一五）
H2O企画編　短歌史プロジェクト『Tri』第3号（同人誌、二〇一六）
H2O企画編　短歌史プロジェクト『Tri』第4号（同人誌、二〇一六）
H2O企画編　短歌史プロジェクト『Tri』第5号（同人誌、二〇一七）
H2O企画編　短歌史プロジェクト『Tri』第6号（同人誌、二〇一七）
H2O企画編　短歌史プロジェクト『Tri』第7号（同人誌、二〇一九）
及川隆彦『インタビュー現代短歌　うた・ひと往来』（春風社、二〇〇六）
大澤聡『定本批評メディア論　戦前期日本の論壇と文壇』（岩波書店、二〇二四）
大辻隆弘『子規への溯行』（砂子屋書房、一九九六）
大辻隆弘『アララギの脊梁』（青磁社、二〇〇九）
大辻隆弘『近代短歌の範型』（六花書林、二〇一五）
大辻隆弘、吉川宏志共著『対峙と対話　週刊短歌時評06－08』（青磁社、二〇〇九）

大森静佳『この世の息　歌人・河野裕子論』（角川文化振興財団、二〇二〇）
岡井隆『現代短歌入門』（講談社、一九九七）
岡井隆『挫折と再生の季節　一歌人の回想』（ながらみ書房、二〇〇〇）
岡井隆、小高賢（聞き手）『私の戦後短歌史』（角川書店、二〇〇九）
岡井隆監修『岩波現代短歌辞典』（岩波書店、一九九九）
奥村晃作『抒情とただごと』（本阿弥書店、一九九四）
加藤克巳『現代短歌史』（砂子屋書房、一九九三）
加藤治郎『ＴＫＯ《テクニカル・ノックアウト》　現代短歌の試み』（五柳書院、一九九五）
加藤治郎『短歌レトリック入門　修辞の旅人』（風媒社、二〇〇五）
金子明雄、高橋修、吉田司雄編『ディスクールの帝国　明治三〇年代の文化研究』（新曜社、二〇〇〇）
河出書房新社編『「同時代」としての女性短歌』（河出書房新社、一九九二）
河出書房新社編『現代短歌の全景　男たちのうた』（河出書房新社、一九九五）
川野里子『幻想の重量　葛原妙子の戦後短歌』（本阿弥書店、二〇〇九）
川野里子『七十年の孤独　戦後短歌からの問い』（書肆侃侃房、二〇一五）
川野芽生『幻象録』（泥書房、二〇二四）
河野裕子、道浦母都子、阿木津英、永井陽子編著『歌うならば、今　'84京都春のシンポジウム』（而立書房、一九八五）
川本千栄『深層との対話』（青磁社、二〇一二）
川本千栄『キマイラ文語』（現代短歌社、二〇二二）
木俣修『近代短歌の諸問題』（新典書房、一九五六）
木俣修『昭和短歌史』（明治書院、一九六四）
木俣修『近代短歌の史的展開』（明治書院、一九六五）
木俣修『大正短歌史』（明治書院、一九七一）
窪田空穂、土岐善麿、土屋文明編『明治短歌史　近代短歌史・第一巻』（春秋社、一九五八）
窪田空穂、土岐善麿、土屋文明編『大正短歌史　近代短歌史・第二巻』（春秋社、一九五八）
窪田空穂、土岐善麿、土屋文明編『昭和短歌史　近

代短歌史・第三巻』（春秋社、一九五八）
小泉苳三『近代短歌史　明治篇』（白楊社、一九五五）
小泉苳三『明治大正短歌資料大成』（鳳出版、一九七五）
小池光『短歌　物体のある風景』（本阿弥書店、一九九三）
小池光『茂吉を読む　五十代五歌集』（五柳書院、二〇〇三）
小池光、三枝昻之、佐佐木幸綱、菱川善夫編『現代短歌ハンドブック』（雄山閣出版、一九九九）
小池光、今野寿美、山田富士郎編『現代短歌一〇〇人二〇首』（邑書林、二〇〇一）
神野志隆光［ほか］『和歌史　万葉から現代短歌まで』（和泉書院、一九八五）
小高賢『現代短歌作法』（新書館、二〇〇六）
小高賢編著『現代短歌の鑑賞１０１』（新書館、一九九九）
小高賢編『近代短歌の鑑賞77』（新書館、二〇〇二）
小高賢編著『現代の歌人１４０』（新書館、二〇〇九）
小森陽一、紅野謙介、高橋修編『メディア・表象・イデオロギー　明治三十年代の文化研究』（小沢書店、一九九七）
三枝昻之『現代定型論　気象の帯、夢の地核』（而立書房、一九七九）
三枝昻之『うたの水脈』（而立書房、一九九〇）
三枝昻之『正岡子規からの手紙』（五柳書院、一九九一）
三枝昻之『前川佐美雄』（五柳書院、一九九三）
三枝昻之『昭和短歌の精神史』角川ソフィア文庫（角川学芸出版、二〇一二）
三枝昻之『佐佐木信綱と短歌の百年』（角川文化振興財団、二〇二三）
三枝昻之、吉川宏志編『時代の危機と向き合う短歌』（青磁社、二〇一六）
品田悦一『斎藤茂吉　あかあかと一本の道とほりたり』（ミネルヴァ書房、二〇一〇）
品田悦一『斎藤茂吉　異形の短歌』（新潮社、二〇一四）
品田悦一『万葉集の発明　国民国家と文化装置としての古典』新装版（新曜社、二〇一九）

篠弘『近代短歌史　無名者の世紀』（三一書房、一九七四）
篠弘『近代短歌論争史　明治大正編』（角川書店、一九七六）
篠弘『篠弘歌論集』現代歌人文庫27（国文社、一九七九）
篠弘『近代短歌論争史　昭和編』（角川書店、一九八一）
篠弘『歌の現実　新しいリアリズム論』（雁書館、一九八二）
篠弘『現代短歌史Ⅰ　戦後短歌の運動』（短歌研究社、一九八三）
篠弘『自然主義と近代短歌』（明治書院、一九八五）
篠弘『現代短歌史Ⅱ　前衛短歌の時代』（短歌研究社、一九八八）
篠弘『現代短歌史Ⅲ　六〇年代の選択』（短歌研究社、一九九四）
篠弘『疾走する女性歌人　現代短歌の新しい流れ』集英社新書（集英社、二〇〇〇）
篠弘『残すべき歌論　二十世紀の短歌論』（角川書店、二〇一一）
篠弘、馬場あき子、佐佐木幸綱監修『現代短歌大事典』（三省堂、二〇〇〇）
島津忠夫『女歌の論』（雁書館、一九八六）
青磁社編『いま、社会詠は』（青磁社、二〇〇七）
瀬戸夏子『現実のクリストファー・ロビン　瀬戸夏子ノート２００９－２０１７』（書肆子午線、二〇一九）
瀬戸夏子『はつなつみずうみ分光器　after 2000 現代短歌クロニクル』（左右社、二〇二一）
俵万智選『わたくしたちのサラダ記念日』（河出書房新社、一九八八）
高野公彦編『現代の短歌』講談社学術文庫（講談社、一九九一）
田中綾『権力と抒情詩』（ながらみ書房、二〇〇一）
谷岡亜紀『〈劇〉的短歌論』（邑書林、一九九三）
玉城徹『近代短歌の様式』（短歌新聞社、一九七四）
玉城徹『茂吉の方法』（清水弘文堂、一九七九）
玉城徹『昭和短歌まで　その生成過程』（短歌新聞社、一九九一）
短歌新聞社編『大正昭和の歌集　短歌現代7月号別冊』（『短歌現代』二九巻八号、短歌新聞社、二〇〇

五）
中央公論新社編『うたわない女はいない』（中央公論新社、二〇二三）
中井英夫『黒衣の短歌史（増補）』（潮出版社、一九七一）
永田和宏『表現の吃水　定型短歌論』（而立書房、一九八一）
永田和宏『解析短歌論　喩と読者』（而立書房、一九八六）
永田和宏『「同時代」の横顔　短歌時評　1986－1990』（砂子屋書房、一九九一）
ながらみ書房編『現代短歌の新しい風』（ながらみ書房、一九九五）
ジュディス・バトラー『ジェンダー・トラブル　フェミニズムとアイデンティティの攪乱』新装版（青土社、二〇一八）
濱田美枝子『『女人短歌』小さなるものの芽生えを、女性から奪うことなかれ』（書肆侃侃房、二〇二三）
濱松哲朗『日々の鎖、時々の声』（私家版、二〇二一）
東直子、佐藤弓生、千葉聡編『短歌タイムカプセル』（書肆侃侃房、二〇一八）
菱川善夫『歌のありか』（国文社、一九八〇）
菱川善夫『美と思想　短歌史論』菱川善夫著作集4（沖積舎、二〇〇七）
福田恆存『国語問題論争史』（新潮社、一九六二）
古谷智子『都市詠の百年　街川の向こう』（短歌研究社、二〇〇三）
穂村弘『短歌という爆弾』（小学館、二〇〇〇）
穂村弘『短歌の友人』（河出書房新社、二〇〇七）
本林勝夫、武川忠一編『現代短歌を学ぶ』（有斐閣、一九八〇）
前田透『評伝前田夕暮』（桜楓社、一九七九）
松澤俊二『「よむ」ことの近代　和歌・短歌の政治学』（青弓社、二〇一四）
松澤俊二『プロレタリア短歌　コレクション日本歌人選079』（笠間書院、二〇一九）
松村正直『短歌は記憶する』（六花書林、二〇一〇）
松村正直『戦争の歌　コレクション日本歌人選078』（笠間書院、二〇一八）
松村正直『踊り場からの眺め　短歌時評集2011－2021』（六花書林、二〇二一）

水原紫苑編『女性とジェンダーと短歌　書籍版「女性が作る短歌研究」』（短歌研究社、二〇二二）
道浦母都子『女歌の百年』岩波新書（岩波書店、二〇〇二）
武川忠一『近代歌誌探訪』（角川書店、二〇〇六）
森岡貞香監修『女性短歌評論年表』（砂子屋書房、二〇〇八）
安森敏隆、上田博編『近代短歌を学ぶ人のために』（世界思想社、一九九八）
山田消児『短歌が人を騙すとき』（彩流社、二〇一〇）
山田航編著『桜前線開架宣言　Born after 1970 現代短歌日本代表』（左右社、二〇一五）
山本武利『近代日本の新聞読者層』（法政大学出版局、一九八一）
吉本隆明『定本言語にとって美とはなにかⅠ』角川ソフィア文庫（角川書店、二〇〇一）
吉本隆明『定本言語にとって美とはなにかⅡ』角川ソフィア文庫（角川書店、二〇〇一）
米田利昭『戦争と歌人　渡辺直己の生涯と芸術』（紀伊國屋書店、一九六八）
渡邊順三『史的唯物論より観たる近代短歌史』（改造社、一九三三）
渡邊順三『定本近代短歌史　上巻』（春秋社、一九六三）
渡邊順三『定本近代短歌史　下巻』（春秋社、一九六四）

【謝辞】

本書執筆にあたり、阿木津英様からは女歌論に関して貴重なご意見を賜りました。また荻原裕幸様には、九〇年代以降の短歌史に関するインタビューに応じていただきました。両氏に改めて御礼申し上げます。

髙良真実（たからまみ）

一九九七年、沖縄県生まれ。歌人、文芸評論家。早稲田短歌会出身。第四〇回現代短歌評論賞、第四回BR賞受賞。同人誌「Tri」、「滸」、短歌結社竹柏会「心の花」所属。

はじめての近現代短歌史《きんげんだいたんかし》

二〇二四年一一月六日　第一刷発行
二〇二四年一二月二六日　第二刷発行

著者　髙良真実《たからまみ》
装幀者　名久井直子
装画　kigimura
発行者　碇高明
発行所　株式会社草思社
〒一六〇-〇〇二二
東京都新宿区新宿一-一〇-一
電話　営業　〇三（四五八〇）七六七六
編集　〇三（四五八〇）七六八〇
本文組版　株式会社アジュール
本文印刷　株式会社三陽社
付物印刷　株式会社平河工業社
製本所　加藤製本株式会社

ISBN978-4-7942-2708-9　Printed in Japan　検印省略